東アジアの歌と文字

真下 厚・遠藤耕太郎・波照間永吉［編］

勉誠出版

【目次】

〈アジア遊学254〉

東アジアの歌と文字

第Ⅲ部 中国少数民族における歌と文字

第Ⅳ部 資料紹介

東アジアにおける歌と文字の出会い

真下　厚

一、漢字の音・意味を用いて

いま、わたしたちは学校で音楽の時間に教科書を開いて、そこに載せられている歌詞と楽譜を見ながら歌を歌っている。またカラオケでは、スピーカーから流れてくるメロディに音声の記憶を重ね、映像画面の下に表示される文字を目で追いつつ歌を歌う。

このように、いまでは歌の歌詞は文字で創作され、それが当然のこととなっているが、歌の長い歴史のなかではじめから書いて作られていたわけではなかった。歌の歴史は文字の始まりよりずっと古い。日本古代の歌垣（若い男女が歌を掛け合って求愛する機会）のように、交互に歌い合うなかで、歌は文字で書かれることなく、即興的に生み出されていた。

このように口頭で作られてきた歌が文字で記録され、さらには文字で創作され始めたのはいつのことだったろうか。日本では、八世紀の『古事記』『日本書紀』『風土記』のなかに歌が記録され、その時代の歌を集めた『万葉集』には文字で創作された歌が数多く載せられている。

それらはどのように書かれているのか。

たとえば、『古事記』では、須佐之男命が八俣の大蛇を退治した後、出雲国の須賀の地に宮を作った時にそこから雲が立ち上った、そこで歌を作ったとして、「夜《や》久《く》毛《も》多《た》都《つ》　伊《い》豆《づ》毛《も》夜《や》弊《へ》賀《が》岐《き》　都《つ》麻《ま》碁《ご》微《み》爾《に》　夜《や》弊《へ》賀《が》岐《き》都《つ》久《く》流《る》　曾《そ》能《の》夜《や》弊《へ》賀《が》岐《き》袁《を》」（八雲立つ　出雲八重垣　妻籠みに　八重垣作る　その八重垣を）という歌が記されている。ここにみられるように、歌のことばは漢字一字が日本語の一音に充てて書かれている。これは『日本書紀』『風土記』でも同じだ。『万葉集』全二十巻にはこれと同様、漢字の音を借りて日本語の一音を表す音仮名主体表記の歌からなる巻もあるが、「春過而《はるすぎて》　夏来良之《なつきたるらし》　白妙能《しろたへの》　衣乾有《ころもほしたり》　天之香来山《あめのかぐやま》」（巻一・二八　持統天皇）のような表記の歌巻のほうが主流で、「春」「過」「夏」「来」などのように漢字の意味を表す日本語のことばに充てる表記が多くなされている。

なお、古代の遺跡からは歌やその一部を記した木簡が出土しており、そのほとんどが漢字の音を借りる音仮名で表記されている。

これら『古事記』『日本書紀』所載の歌は歴史の伝承に関わる価値あるものとして記載され、また『万葉集』の歌は文学的に優れていたり、または歴史を伝えるなどとして厳選して収載されたものであろう。これらは歌の表記形式といい、歌集の記載形式といい、歌を書くことのかなり進んだ段階にあるものと考えられる。

ところで、これらの歌はどのように音声化されていたのだろうか。『古事記』や『日本書紀』の歌には歌曲名が記載されているものもあるが、『万葉集』の歌には「誦」「唱」「吟詠」「口吟」「口号」のように記されてはいるものの、具体的にはよくわからない。[1] また、天皇や貴族たちが催す宴席では歌が音声化され、一座の人々に披露されたであろうが、それがどのように文字化されたのか、やはり十分にはわからない。さらには、歌が文字によって創作されるようになったとき、音声の側面はどうだったのか。こうした歌と文字の関わりについて、古代のごく限定的な歌資料だけでは知ることができない。

しかし、このような「歌と文字の出会い」という文化現象は古代の日本にのみ生じたことではない。東アジアでは歌を掛け合う文化がいまも豊かに伝えられ、たとえば中国広西壮族自治区の壮族や湖南省の湘西苗族、雲南省の白族などでは、口頭で生み出された歌が文字で書き記され、また文字によって歌が創作されている。

このうち、壮族では漢字を参考にして作られた古壮字と呼ばれる自民族の文字によって書き記している。(2)

一方、苗族や白族では古代の日本の場合と同様、漢字の音を借りたり意味を充てたりすることによって歌を書き記している。しかし、異なる言語の文字を用いる場合は、自民族の言語にいかに対応させるかという問題が生じる。漢字の字音を充てる場合、歌のことばが漢字の音・声調と完全に一致するものはないから、正書法が定まっていなければ近似する音・声調の文字がさまざまに充てられることになる。

古代の日本では漢字を用いた日本語表記は律令国家の官人社会においてある程度定まって用いられていたが、湖西苗族では苗歌を書くのに一人ひとりがそれぞれで近似した音・声調の漢字を充てている。これはまさに歌が「書かれはじめた」というべき段階にあるといえよう。このようにして充てられた文字は嚴密にいえば本人以外にはわからないのだが、一部では手紙による歌の贈答が行われてもいる。それは歌の表現に耳慣れているゆえ、わかりにくい個所があっても判読できるからだという。歌という表現のシステムがその訓みを支えているのである。(3)

大理白族も漢字を用いて白語を書いている。明代初めに大理の文人が記した「山花碑」の歌では漢字の音を借りた文字は少なく、漢語由来の語や漢字の意味を充てた文字が多くて表意性の強い表記となっている。(4)また、現在も行われている白族の芸能の台本には漢字の意味を充てた文字主体の表記のものと漢字の音を借りた表記を主体とするものの両方があり、意味を充てた文字主体の表記がなされる場合は読み手が台本をそらんじていることが前提になっているという。(5)こうした白族の場合とは異なって、先の苗族の歌ではほとんどが音・声調の近い漢字が借りられ、意味を充てた文字はごくわずかしかない。

二、歌と文字の多様な関わり

このように、歌と文字の関わりの様相は、固有の文字を生み出した民族も含め、東アジアの各地域・各民族においてさまざまである。琉球国では日本から平仮名が導入され、十六世紀から十七世紀にかけては首里王府によって『おもろさうし』が編纂された。これは王府や地方で伝承されていた神歌を主として平仮名によって書き記して収載したものであるが、その表記は複雑である。当時の琉球国のことばがどのように書かれ、音声化されたのか。オモロ歌謡の歌声を捉えようと、長年にわたって研究が続けられてきている。(6) また、短詩形定型の琉歌は目で読むための意味優先の表記形式と音声化するための音優先の表記形式の両方が存在していた。なお、音優先の表記形式では、読者による意味の理解が前提とされていた。(7)

中国の壮族では、伝承の物語を掛け合いのかたちで歌った故事歌が文字化され、それが歌われて再び文字化される。こうした声と文字の往還が繰り返されている。また、こうした故事歌の文字化が歌掛けで即興的に生み出される比喩歌の世界にも影響を与えることになったという。(8) 古代の日本で歌が文字で書かれるようになって歌表現が変化していったのはこうしたことと響き合うことであるのかもしれない。(9)

また、湘西苗族で口頭で作られた一句七音節の歌が音声化されるとき、そのままに唱えられる場合と強調語などのことばを加えて歌われる場合とがあるが、(10) これは歌を書く文化の刺激・影響によって声の世界で生じたものであるのかもしれない。

なお、沖縄の竹富島では口頭で伝承されてきた歌が近年文字で記録化されることとなったが、そのことを通して声の世界における伝承の混乱を回避するシステムが浮かび上がってきたという。(11) 歌の文字化を考えることは、このように声の世界を照射することにもなるのである。

東アジアの歌文化の豊かさは歌の掛け合いの場で次々に歌が生み出されるという点にのみあるわけではない。このように、歌と文字との関わり合いのさまざまな様相をみることができるのもその大きな特徴の一つなのである。ただ、この問題は声の世界、文字の世界の両方にわたることゆえ、これまであまり論じられてこなかったように思う。それを各地域、各民族などの個別的な問題としてではなく、大きく捉えてみようとするのが本書の意図したところである。

その豊かな歌文化とそれをめぐる研究をお楽しみいただければ幸いである。

注

(1) 拙著『万葉歌生成論』(三弥井書店、二〇〇四年)参照。
(2) 手塚恵子「壮族の掛け合いうたにおける声と文字」(本書)。
(3) 拙著「中国湘西苗族の歌と文字」(本書)。
(4) 岡部隆志「『山花碑』における音(声)と文字」(『共立女子大学・共立女子短期大学総合文化研究所紀要』二三号、二〇一七年)。
(5) 遠藤耕太郎「古事記歌謡の表記と口誦性——中国少数民族ペー族の語り芸をモデルにして」(『国語と国文学』九〇巻五号、東京大学国語国文会、二〇一三年五月)。
(6) 照屋理「琉球王国・沖縄における歌と文字——おもろさうし」(本書)。
(7) 波照間永吉「琉歌と南琉球の抒情歌の文字記録」(本書)。
(8) 注2に同じ。
(9) エルマコーワ・リュドミーラ「古代の歌の命——ある手法の変貌について」(本書)。
(10) 注3に同じ。
(11) 狩俣恵一「南島歌謡の記録と伝承の諸相——竹富島の巻唄をめぐって」(本書)。

[総論]

中国辺境民族の歌と文字のかかわり

遠藤耕太郎

えんどう・こうたろう――共立女子大学文芸学部教授、一般社団法人アジア民族文化学会代表理事。専門は日本古代文学と中国少数民族文化。主な著書に『モソ人母系社会の歌世界調査記録』（大修館書店、二〇〇三年）、『古代の歌――アジアの歌文化と日本古代文学』（瑞木書房、二〇〇九年）、『万葉集の起源――東アジアに息づく抒情の系譜』（中公新書、二〇二〇年）などがある。

声の歌と文字（漢字）のかかわりを立体的にとらえるためには、俯瞰的、歴史的な縦の軸と、具体的、同時代的な横の軸を交差させることが必要だ。そこに、声の歌と文字との往還運動のなかで双方が融合編成されるという、中国辺境に生きた、そして今を生きる人々の文化的特徴が立ち現れてくる。

はじめに

本書第一部、第三部には、中国辺境に暮らし、漢字によって自民族の歌を書く人々――古代日本・雲南省に暮らすペー族、湖南省に暮らすミャオ族、広西壮族自治州に暮らすチワン族――の、声の歌と文字のかかわりに関する論考が収められる。古代日本の声の歌はむろん今は残っていないが、中国少数民族の人々の暮らす地域では、現在もたくさんの声の歌が歌われている。

「声の歌」というのは、ふつう、文字を持たない人が歌掛けなどで即興的に歌う歌というような意味で用いられている。例えば、雲南省大理に暮らすペー族の人々の声の歌は、七七七五・七七七五音を基調とし、七七七五音の第一・二・四句に押韻する形式で歌われる。この形式を、ふつう山花体《さんかたい》と呼んでいる。

山花体というのは、七七七五音の音数律と押韻の形式が、明代の「詞記山花《しきさんか》 詠蒼洱境《えいそうじきょう》（詞を山花で記し、蒼洱境を詠む）」という題の「詞」（後述）の形式と同じだからである。この詞は、明代初め、一四五〇年に大理市喜州《きしゅう》慶洞庄《けいどうしょう》西南にある聖元寺《せいげんじ》の補修を記念して建てられた記念碑の裏面に、漢字によってペー語の発音を表記するペー文（万葉仮名のようなもの。後述）で刻されている。作者楊黼《ようほ》は、大理に暮らした著名な文人である。この時期には、記念碑や墓誌の裏に刻された山花体形式の詞がいくつも残っている。(1)

ペー族の場合、声の歌は遅くとも明初の時点で文字の歌となんらかのかかわり――民間の声の歌の形式を知識人が取り込んだのか、知識人の詞の形式が民間に流布したのかはひとまずおいて――を持っていた。そして、後述するように現在も彼らの声の歌は文字とかかわり続けている。

そうすると、声の歌と文字のかかわりと言った時には、とりあえず二つの軸があるということになる。一つは、現在の声の歌が文字とどのようにかかわって形成されたのかという俯瞰的、歴史的な縦の軸、もう一つは、声の歌が現在、文字の歌とどのようにかかわっているのかという、具体的で同時代的な横の軸である。この縦軸と横軸が組み合わさったところに、声の歌と文字の立体的なかかわりが見えてくるだろう。

筆者はこれまで、中国の西の辺境に国家を立ち上げた南詔《なんしょう》（七世紀後半～九〇二）にかかわる文字資料に残された声の歌と文字のかかわり、明代の文人による山花体形式の詞、主に清代以降の漢族伝来の語り芸と声の歌とのかかわりについて、調査を重ねてきた。

本稿では、私の調査したペー族の声の歌と文字のかかわりを、この二つの軸から概観することによって、本書第一部、第三部に収められる諸論の端緒としておきたいと思う。

一、声の歌の形成と文字

本節では、声の歌と文字のかかわりの縦軸、すなわち現在のペー族の声の歌が、歴史的に文字とどのようにかかわって形成されたのかについて論じる。

(1) 南詔の歴史

ペー族の祖先は、唐代に現在の大理に建国された南詔の構成員であった白蛮《はくばん》であると考えられている。立石謙次(2)に従って、南詔の歴史を簡単に押さえることから始めよう。

南詔以前、雲南西部には、大小さまざまな勢力が存在し、この地方を統一するような王朝はなかった。当時の中《ちゅう》原《げん》王朝では、雲南一体に暮らす民族を、大まかに、烏蛮《うばん》と白《はく》蛮に区別していた。白蛮は比較的中国文化を受け入れ、生活様式や言語が中国に似ている集団、烏蛮は山林に居住し、比較的中国とは異なる生活様式を営む集団であると考えられている。

こうした中で、烏蛮出身の六つないし八つの、「詔《しょう》」と呼ばれるグループが台頭してきた。詔とは、彼らの言葉で、君主、王の意である。これをまとめて六詔とか八詔という。

さて、この六詔、八詔と呼ばれるグループのうち、蒙舎詔《もうしゃ》は、最も南の蒙舎という地域（現在の大理州巍山《ぎざん》県）に勢力を持っていたために南詔とも呼ばれていた。七世紀半ばから八世紀初めにかけて、南詔の初代細奴羅《さいどら》、二代羅盛《らせい》が唐に朝貢、さらに七三八年には四代皮羅閣《ひらかく》が、洱海《じかい》北部の七詔を制圧し、大理盆地に暮らしていた白蛮グループを撃破する。こうして、南詔は、烏蛮である南詔家を中心に、多くの白蛮系有力氏族が政治を担う連合国家を建立した。さらに皮羅閣は唐の命令を受けて、雲南東部の西爨《せいさん》という白蛮グループを攻撃、唐・玄宗皇帝より「雲南王」として冊封《さくほう》された。

ところが、皮羅閣の子、五代閣羅鳳《かくらほう》は、唐に反旗を翻し、吐蕃《とばん》（チベット帝国）に臣従することで勢力を広げ、雲南省東部から、ミャンマー東北部に及ぶ地域を支配した。しかし、閣羅鳳の孫の六代異牟尋《いぼうじん》の時代になると、吐蕃との関係が悪化、異牟尋は再び唐と同盟を結び、「南詔王」に冊封される。そして南方の瀾滄江《らんそうこう》（メコン川上流）流域にまで勢力を広げる。

これ以降、南詔は唐との結びつきを強め、朝貢の使者を盛んに派遣する。また、南詔に隣接する四川の中心都市、成都には、唐文化を学ぶ数千人近くの南詔の留学生がいたと記録されている。

八〇八年、異牟尋が死去すると七代尋閤勧《じんかくかん》が即位するが、この王は短命で翌年に死去。息子の勧龍晟《かくりゅうせい》が即位するが、臣下に殺害され、これ以降南詔王は臣下に実権を奪われることになった。

(2) 漢字を学ぶ

さて、南詔が初めに唐の冊封体制に組み込まれたのは、七三七年の四代皮羅閤の時代である。次の閤羅鳳の時代、南詔は吐蕃に臣従している。唐と吐蕃という二大国の緩衝材的な役割を果たすことで、南詔は勢力を拡大してきた。ただしこの間、川野明正(3)が指摘するように、「南詔は漢文化受容と唐朝を模範とする政治制度導入を継続してい」た。この時期に、清平官《せいへいかん》(宰相)をはじめとする官制が制定されるが、これを指導したのは、閤羅鳳に重用された漢人、鄭回《ていかい》であった。鄭回は王室や重臣の子弟の教育役であり、また吐蕃に臣従する対外政策を転換させて唐と和解させた。さらに、次代異牟尋の時期には、成都に多くの子弟を留学させ、唐との交流を促進させた。

藤沢義美(4)は、閤羅鳳は「漢文化摂取に相当の関心を持っていた人物であったことは知られるが、南詔王室の子弟に漢学を本格的に教えたのは鄭回以降のことであ」るから、「自ら自由に漢文を読み書き出来る程の王であったとは認めがた」く、「南詔歴代の中でも、もっとも武勇に優れた武人肌の人物」であったらしいと推定する。さらに、次代異牟尋は、『旧唐書《くとうじょ》』南詔蛮伝に「頗知書、有才智、善撫其衆(頗《すこぶ》る書を知り、才知有り、善《よ》く其の衆を撫《な》づ)」と記されるように、当時の南詔王室では最も漢学の素養があったことから、南詔王が漢文に習熟したのは、異牟尋以降のことであると述べる。

中原王朝に冊封された国の支配者は、中華王朝の文化をバックとして、それぞれの地域を治めた。そのためには、漢字を学び、四書五経による儒教倫理を身につけ、中華王朝風の政治を行なう必要があった。異牟尋もまた、漢人の鄭回を師として、中華王朝の文化を学んでいったのであろう。その中心の一つに、礼楽思想に則った儀礼の整備があった。

(3) 宮廷儀礼歌の制作

中原王朝では、すでに周代の宮廷の饗宴の場で、燕楽《えんがく》(宴楽)が奏されていた。これは民間に由来する音楽や、外来音楽を吸収、融合した音楽であった。南北朝以降、多くの外来の曲が取り込まれ混乱をきたしたため、隋・開皇元年（五八一）にそれらを整理して七部伎が設けられた。七部伎は漢代以来の民間音楽（清商伎《せいしょうぎ》）のほか、高句麗《こうくり》やシルクロードや南アジアの国々の音楽であった。その後、いくつかの変更が加えられ、唐・貞観《じょうがん》年間（六二七〜六四九）に十部伎に整理された。(5) こうして、西域、北狄、東夷、南蛮の音楽が中原の音楽と融合して混交的で凡アジア的な音楽が形成されていった。

中原王朝は周辺諸国（蛮夷）の楽を宮廷で管理・伝習することで、自らの支配権を確認したのであり、逆に周辺諸国の王はその体制に組み込まれることで、中華文明をバックとして国内での権力を保持したのである。

『新唐書』南蛮伝によると、七九四年、唐・徳宗は冊立使《さくりつし》袁滋《えんじ》らを南詔に派遣し、異牟尋を「南詔王」に任命した。これを迎える南詔の隊列は壮観なものであった。まず兄、蒙細羅勿《もうさいらぶつ》らが良馬六十頭に乗って二十余里に連なり、その後、異牟尋は首都、陽苴咩城《ようしょびじょう》を出て五里まで迎えた。先頭に象十二頭が牽かれ、次に馬軍隊、次に伎楽《ぎがく》隊、次に斧《ふ》鉞《えつ》を担いだ子弟が並び、異牟尋は金の甲《かぶと》を被り、虎の皮を着て、双鐸《そうたく》を執り、息子の尋閣勧《じんかくかん》が隣に立ち、その後ろに歩兵数千人が続いた。

その日の宴に伎楽が披露されたが、その中に七十歳余りの笛を吹く老人と、歌を詠う老女がいた。異牟尋は彼らを指さして、先人（皮羅閣か）が開元年間（七一三〜七四一）に帰国した時に、玄宗皇帝に胡部《こぶ》（西域）および亀茲《きじ》（現在の新疆ウイグル自治区アクス地区クチャ県付近）の音声各二部の楽人を賜ったが、すでにほとんどの楽人が亡くなり、今はこの二人になってしまったと述べている。南詔の楽舞を担当する楽所には、すでに胡楽や亀茲楽が伝承されていた。

『新唐書』礼楽志によれば、冊立の儀式の六年後（八〇〇年）、異牟尋は、歌舞団を成都に派遣し、剣南節度使《けんなんせつどし》、韋《い》皋《こう》（唐の冊封に再び入ることを唐側から仲介した人物）に「夷中歌曲《いちゅうかきょく》」を献上する。韋皋はこれに大量の手を加えさせ、『南詔奉聖楽《なんしょうほうせいがく》』と名付け、歌詞を記載し、楽譜、舞図とともに唐に献上した。歌詞は、漢文で書かれていたのだろう。

翌年、南詔の歌舞団が入京すると、徳宗は麟徳殿《りんとくでん》で親しくご覧になり、宮中の楽所の楽人（太常工人《たいじょうこうじん》）に伝習させた。『南詔奉聖楽』は、およそ次のような楽舞であった。二十八畳の序曲の後、賛引《さんいん》（指揮者）二人が工人《こうじん》（舞人、楽人）六十四人を引き連れ登場し、そのうちの舞人十六人が鳥の羽を手に執って四列に並び、「南詔奉聖楽」の五文字を順次形作り、それぞれの字に合わせて、五言の詞を歌う。「南」字を形作った時には、「聖主無為化」と歌い、「詔」字には「南詔朝天楽」、「奉」字には「海宇修文化」、「聖」字には「雨露覃無外」、「楽」字には「辟土丁零塞」と歌った。詞はそれぞれ三回繰り返されたようだ。字舞が終わると、舞人一六人は四列となり、『辟四門《へきしもん》』を舞い、次に一人が『億万寿《おくまんじゅ》』を舞い、『天南滇越俗《てんなんてんえつぞく》』四章を歌う。最後に歌舞七畳六成して終わる。[6]

顧峰は、[7] 字舞が唐の「奉寿楽《ほうじゅがく》」の伝統上にあるのに対し、『天南滇越俗』は典型的な「夷中歌曲」であると述べる。「滇」は雲南地方のこと、「越」は「越嶲《えつけい》」（現在の雲龍《うんりゅう》県以北一帯）を指す。ただし、その歌詞は『新唐書』には「其文義繁雑、不足復紀（其の文義は繁雑にして、復た紀すに足らず）」とされ、記録されていない。

当時、雲南地方にどのような民間の歌があり、それが具体的にどのように「夷中歌曲」に改編されたのか、また「夷中歌曲」が漢語だったのか、ペー語を漢字によって記した歌（後述）だったのかはわからない。

ただ、これらの記録から分かるのは、南詔の楽所には伎楽を始めとする舞人・楽人がおり、国内外の歌舞を管理・伝習していたこと、民間から収集された歌を改編して唐に献上することがあったということである。民間の声の歌を収集し、管理・伝習するのは中華王朝の礼楽思想に則った音楽政策であり、南詔はそれを模することで自らの王権を保証したのである。

（4）宮廷の詩形式

前述したように、唐王朝のもとに収集された西域、北狄、東夷、南蛮の音楽は、中原の音楽と融合して混交的な凡アジア的な音楽を形成した。そのような音楽に、七音五音の近体詩定型（絶律）をあてがい、合わない部分を改編することでできた詩形式が「詞」（「曲子詞《きょくしし》」とも）である。

南詔においても、宮廷の楽所に収集された各地の声の歌は、唐風の音楽や漢詩と融合し、改編され、南詔の宮廷儀礼歌の形式、つまり南詔の「詞」の形式が形成されていったのだろう。

異牟尋以後、しばらく唐との友好関係が続いたが、九世紀後半、吐蕃の力が弱まるのに従って、南詔は再び唐と対立する。このような緊張関係の中で、九〇二年、鄭回の子孫である鄭買嗣《ていばいし》は、十四代南詔王舜化貞《しゅんかてい》（在位八九七～九〇二）を殺害し、政権を奪取、大長和国《だいちょうわこく》を建国する。

『五代会要《ごだいかいよう》』南詔蛮によれば、九〇七年に唐が滅亡した後、後唐・天成二年（九二七）、大長和国は後唐王朝との対等な関係を求めて、督爽《とくそう》や布燮《ふしょう》（ともに宰相にあたる官職名）らを使者として、皇帝舅《きゅう》に疏《そ》（上奏文）を奏上した。その際、「転韻詞《てんいんし》一章、詩三韻、共十聯、有類撃筑詞」なるものが添えられていた。

この「転韻詞」が、南詔が唐との音楽的交流の中で作り上げた詞形式の一つであったのだろう。徐嘉瑞《じょかずい》は、(8) この転韻詞の形式が、明代の知識人が記念碑や墓碑の裏面に刻した七七七五音形式（山花体形式）であったという。そこまで言えるかわからないが、いずれにせよ、南詔の音楽政策のなかに、南詔の詩の形式（詞）が整えられていった。

（5）山花体の融合編成

南詔の後継国家、大理国は一二四五年、元のフビライによって滅ぼされ、その後、明代には、漢民族がこの地域に大量に移入し、漢文化が急激に浸透していく。こうした中で、ペー族文人はペー文で、自民族の詞を創作した。

ペー文は、借詞、訓字、音仮名、新字によってペー語を一字一音で表記する表記法である。ペー語はそもそも漢語に近い要素を持っており、現在のペー語の六、七割は漢語と共通するという。その音と意味を漢字でそのまま表すのが借詞である。「風」と書いて「ピ」[pi^{35}]とペー語で発音するのが訓字。ペー語で「たくさんの」は「ロニ」[$le^{31}ne^{21}$]と発音するが、それを「侶你」（漢語音は「ロニ」に近い）と表記するのが音仮名。新字は漢語にはない字を創作するということだが、「拼」と書いて「ペ」[$p\varepsilon^{42}$]と発音し、「暗誦・朗読」の意を表すようなものである。なお、音仮名の用法はすでに南詔七代尋閣勧《じんかくかん》と宰相との贈答詩（八〇八年）に使用例が見られる。(9)

ペー文で刻された七七七五音形式（山花体形式）の詞の中でもっとも有名なのは、先に紹介した明・景泰元年（一四五〇）銘をもつ『聖元西山記《せいげんせいざんき》』（大理聖元寺西山伽藍修復の記念碑）の裏面に白文で刻された、「詞記山花　詠蒼洱境」詞である。この詞は一聯八句、十聯より成り、一聯八句は七七七五・七七七五音よりなり、第一・二・四句末に押韻する山花体形式で作られている。

前述したように徐嘉瑞は山花体形式の起源を、大長和国時代の「転韻詞」の形式に求めたが、それは、「転韻詞一章、詩三韻」が、四句のうち、三句において押韻することを示すと考えたためである。

この山花体形式がどのように生成したのかは説の分かれるところである。ペー族歌謡研究者段伶は、唐代に、楽曲に合わせて作られた詞（曲子詞）が流行し、文人らがさまざまな地方の楽曲に合わせた詞を次々と創作したことに注目し、当時、南詔国の中心部（大理）においては、南詔の文人らがペー族の楽曲に従って漢語詞あるいはペー語詞を作成することが行なわれていたと推測する。つまり、山花体形式は本来ペー族民間で行なわれていた楽曲の音数律であり、南詔文人がその形式に当てはめてペー族の詞をなしたということだ。(10) だが、これを証明するのはむずかしい。前述したように南詔期には「夷中歌曲」として改変されたペー族の詞形式はあったと思われるが、それが山花体形式であった保証はないからだ。

これに対して筆者は、山花体形式が南詔の官人やそれ以降の文人らによって作成された詞であることを認めつつ、その五音、七音という音数律は漢詩や詞との融合編成の中で作られたリズムであると考えている。五音、七音という音数律は、中原の南、東に位置する周辺民族の現在の声の歌にかなり広く用いられていること、ペー族の民間の歌掛けは現在は五音七音の山花体形式で行なわれているが、古い歌掛けを残すといわれる西山地区の「打歌」は基本的には偶数音数律であること、また、冊封体制下あるいは圧倒的に強大な中原王朝と接した地域においては、五七音音数律という中原の詩や詞に連なる普遍性を持つ詩形（詞）を獲得することが、国内、地域内における王権の正統性を保証することになったと考えるからである。(11)

文字と出会う前のペー族の声の歌が、どのような形式だったのかはわからない。現在でも西山地区のように偶数音を中心とする地域があるように、地域による差もかなりあったのだろう。そういうさまざまな形式をもった民間の声の歌が、いったん宮廷の楽所に吸い上げられ、中原の音楽や漢詩と融合する中でできあがった山花体形式という宮廷詩（詞）の形式が、再び民間の声の歌に及んでいくというのが筆者の見通しである。今、私たちがペー族の人々の歌垣で聞いている声の歌は、むろん歌っている本人たちは意識していないが、文字と出会う以前の声の歌と、中原の凡アジア的な音楽や漢詩が融合編成されて成立したものだということである。

（6）読む文学としての山花体

　ところで、文字で書かれた明代の「山花碑」には、次のような視覚を意識した音仮名が用いられてもいる。(12)「四季色花阿園ゝ」（第三聯第三句）は「四季を通して山花はあちこちに咲き」という意味だが、「色花」の「色」字は［se^{35}］で「山」を表す音仮名であると同時に、「色鮮やかな」という意味を持たせている。また「有去在威儀模草」（第九聯第六句）は「また茅が繁茂する地に赴く」という意で、かつての大理古城が茅に埋もれている状態を歌っている。「威儀」［$ue^{35}ji^{44}$］は漢語「葳蕤」（現代漢語で［wēiruí］、草の繁茂する状態を表す）の音仮名であると同時に、真っ直ぐ伸びる茅の勢いのよさを、まるで茅が威儀を正しているというように表記することで、今は茅に覆われている大理荒都への追懐の情を表現しているのだろう。このように「山花碑」はすでに、読むことで鑑賞する文字の歌のレベルに到達している。

　ただし、それはこの詞が音声を捨て去ったということではない。岡部隆志が、楊黼をはじめとする明代文人は、当然漢語漢文に精通していたにも関わらず、なぜペー文でこの詞を表記したのかという観点から次のように述べている。(13)

漢詩の向こうを張ってペー族の詞を作ろうとしたとき、彼らはその詞が漢詩の水準に近づけば漢字で詩を書けばよいというジレンマを抱えながら、一字一音でペー語を表記できるペー文の表音性を意識し、漢字の表意性だけでは表しえない何かを表そうとした。楊黼が一字一音でこの詞を表記するのは、文字を持たないペー語と漢字の出会い以来の音声の働きが、楊黼の身体にも刻まれていているからだと岡部は言う。

　この指摘は重要である。音声が漢字の意味だけでは表わし得ないペー族の人々の心を表わす機能を持つというのはその通りだと思う。ただし、その音声が具体的にどのような形式であったのかはわからない。筆者は、楊黼を始めとした文人たちに身体化されていた音声の形式自体が、南詔以来繰り返されてきた、凡アジア的音楽と漢詩との融合編成の中で形成されてきたものであると考えている。

二、声の歌と文字の歌の往還

述べてきたように、ペー族の歌の形式である山花体形式は、南詔以来の、声の歌と文字の歌との融合編成の中で形成されてきた。その融合編成は現在の彼らの歌文化の中にも、具体的な様相として現れている。本節では、声の歌と文字のかかわりの横軸、すなわち声の歌は現在、文字の歌とどのようにかかわっているのかについて論じる。

(1) 大本曲と本子曲

現在も行なわれているペー族の伝統的な語り芸に、ペー文で書かれた台本を、三弦の伴奏で歌う語り芸、「大本《だいほん》曲《きょく》」と「本子曲《ほんしきょく》」がある。

大本曲、本子曲は、漢民族の宝巻《ほうかん》（仏教思想をわかりやすく、物語的に説いた説教文芸。しだいに仏教から離れ、戯曲などを取り込んだ語り芸となった）や戯曲が、ペー族居住地域に流入し、ペー語で歌われる（語られる）語り芸となったものである。その成立は不明な点が多く、唐代、宋代、明代の各説が主張されている。現存するもっとも古い台本は、清・光緒年間（一八七五～一九〇八）に書写された『柳蔭記《りゅういんき》』などである。(14)

『柳蔭記』は、梁山伯《りょうざんぱく》と祝英台《しゅくえいだい》を主人公とする中国の代表的な伝説（梁祝伝説）をもとにした語り芸である。この伝説の淵源は古く唐代に遡り、晋代（四世紀）の会稽《かいけい》を場面とする。梁祝伝説を題材とした宝巻や戯曲は多く、『英台宝巻』、『還魂記《かんこんき》』、『同窓《どうそう》記』『柳蔭記』などと題されている。(15)

大本曲は、「大きな台本（「本子」）の曲」の意である。一本の台本は演唱に二～三時間を要する長大なもので、現在、一四八話が確認されている。「大本曲」の演唱の仕方には、三つの流派――洱海《じかい》西岸の大理古城以北の「北腔」、古城南部の「南腔」、洱海東岸の「海東腔」――があるが、洱海西岸の「北腔」、「南腔」が中心をなしている。

演唱は宝巻など漢民族伝来の語り芸の形式を踏襲し、「詩」、「白文《はくぶん》（散文）」、「唱詞《しょうし》」からなる。「詩」、「白文」は全くの漢語で語られ、「唱詞」のみがペー語によって歌われる。唱詞は山花体形式で、流派によっていくつものメロディーがある。この演唱の仕方に対応して台本も、前者は漢文、後者はペー文によって記される。

一方、大理の周縁に位置する剣川《けんせん》県の本子曲は、大本曲に比べ演目数も少なく、一話の量もあらすじのように短いものが多い。例えば、大本曲『柳蔭記』中巻は五一二首、一三〇七二字であるのに対し、本子曲『柳蔭記』の相当部分は二八首、七二六字、およそ一八倍の差がある。(16)

また、演唱の仕方も、「詩」、「白文（散文）」はなく、「唱詞」のみであり、そのほとんどが歌垣で用いられる一つのメロディー（剣川調《ちょう》）で歌われ、台本の一部が実際に掛け合わされる歌垣歌の一節に出てくることもあるように、(17)本子曲は声の歌とかなり近いところにある。

台本の表記の仕方を見ると、大理の大本曲は訓字を主体とする表記で記されており、剣川の本子曲は音仮名を主体とする表記で記されている。このような表記の仕方の差はあるが、語り芸の学習はまず先達の語りを耳で聞いて覚えたうえで、台本を書写するという形で行なわれることは共通している。

訓字主体表記の台本を用いる楊興庭《ようきょうてい》は「大本曲は父（楊漢《ようかん》）に習った。まず本を見ずにどう歌うかを覚える。文字にするのは正確に歌うためのメモである」(18)と述べ、楊正華《ようせいか》も「大本曲はまず口頭で習う。言葉を身に付けた上で、台本を見て歌う。台本は歌う際のメモだ」と述べている。また音仮名主体表記の台本を用いる剣川「本子曲」の歌い手、段昆雲《だんこんうん》も「まず聞いて覚える。その後、写して覚えていく」と述べている。訓字主体表記も音仮名主体表記も、ともに音声による記憶が前提となっている。

(2) 大本曲の表記と伝統芸能化

大本曲は訓字主体表記で記されるが、それを再音声化するにあたって困難なことは、ある漢字を借詞と見て漢語音で発音するか、訓字と見て訓読みで発音するかの判断にあるという。その判断には漢字で表記されたペー語を再音声化するための一定のルールへの慣れが必要だが、それを身につけるには師匠についての相応の訓練が必要であるという。

楊興庭（図1）は「歌は年配の芸人たちから習い、十四歳から導師《どうし》についた。全部を暗誦するのは大変なので、台本は、その助けとして利用した」と述べている。

図1　大本曲「柳蔭記」を演唱する楊興庭（右）（2011年8月11日、筆者撮影）

その訓練の実際を、現地で大本曲を実際に学んでいる立石謙次は、(19)「テキストをインフォーマントに読んでもらう際、白語で読むべき箇所を漢語で読んだり、またはその逆に読んだりしてしまうことがある。彼らは「間違えた」と認識し、読み直す。私がテキストを読み上げ、漢語と白語の発音を取り違えた場合も確実に指摘される。彼らにとってこの読み替えはきわめて重要な違いと認識されている」（白語はペー語のこと）と述べている。

意味としては漢語音で読んでも訓字としてペー語音で読んでも理解可能であるにもかかわらず、彼らがその音声にこだわるのは、そこに声によって立ち上るような情調があるからだろう。そういう情調を大切に表現しようとするために、厳密な声による教授が繰り返されることになる。

こうした声による教授が台本に表れることもある。(20) 趙丕鼎《ちょうひてい》の使う大本曲『柳蔭記』の台本に、「弟格閑人双」［ti^{55}keɹ^{35}ɕa^{55}ȵi^{21}sua^{44}］とある。「弟」は音仮名で「また」の意。「格」も音仮名で「心配する」の意。「閑人」は訓字で「関係ない人」の意。「双」は音仮名で「噂する」の意。一句は「また、関係ない人に噂されるのが心配です」という意である。この「閑人」はここでは訓読み［ɕa^{55}ȵi^{21}］しているが、同じく趙丕鼎の別テキストではこの部分が「暇尼」と音仮名で表記されている。この違いについて、楊興庭は「閑人」と記すと、「人」を［rěn］（借詞）と発音するのか、［ȵi^{21}］（訓字）と発音するのかで迷い、歌の発声に時間がかかる。それで、うまくない人は［暇尼］と音仮名で記すことがあると答えてくれた。

訓字は厳密な音声による再現を求めているが、そうした声の教授に基づいたリテラシーが充分でない場合には、それを音仮名によって示すことがあるということだ。音仮名表記は、一面でこうした機能をもって訓字主体表記を支えている。

訓字表記を中心とした大理の大本曲は、音声の記憶に基づきつつ、厳密な声による教授を含み込んだ伝統芸として自立していったのである。楊興庭が、「歌垣に行って歌掛けをしたことはない。大本曲は上品なので、家の中で歌う。外で歌うのは俗なもの」だと述べているのは、大本曲は民間の声の歌とは一線を画すと言う意志表明でもある。

（3）本子曲の表記と歌垣歌

一方、剣川地域の本子曲は、ほとんどが音仮名で表記されている。この地域は、今でも歌垣のさかんなところである。段昆雲は歌垣歌の名人である。一九九八年の石宝山の歌垣では、歌の下手な女性と掛け合いをして、多いに群衆を笑わせていた（**図2**）。また、基本的な文字の読み書きができ、漢字の音読みを用いて記した本子曲の台本を、人々に頼まれて結婚式や葬式で歌うこともある。二〇一一年に段昆雲に本子曲『柳蔭記』を演唱してもらった際（**図3**）、彼は地元の剣川県文化局に勤める張文《ちょうぶん》がかつて書写した台本を、自分が歌いやすいように書き換えて演唱した。(21) 書写の際に加えられた改変のほんの一部を掲載する。

①　汉阶劳利安迷朵↓汉阶劳利堂迷朵
②　牛处壁标壁牛↓额处壁标壁牛
③　天天日看山伯得↓天天日汉山伯得

①で段氏は、張文本の「安迷朵《アミド》」を「堂迷朵《タミド》」に改変した。「ア」も「タ」も「互いに交流する」という意味であり、「アミド」、「タミド」はその否定形である。ニュアンスとして、「アミド」は「互いに交流するチャンスがない」、「タミド」は「互いに隔てられた」という意で、微妙な違いがある。その改変について張氏は、歌い手の癖として、張氏自身は「アミド」が歌いやすく、段氏は「タミド」が歌いやすい、口に載せやすいということで改変が行なわれたと答えてくれた。また、②の「牛」から「额」への書き換え、③の「看」から「汉」への書き換えはともに、訓字を音仮名に改変したものである。

音仮名表記による再音声化は、訓字表記を再音声化する際のリテラシーの低さに起因するだけでなく、より積極的に、「歌い手の癖」、「口に載せやすい」といった歌い手の身体的なありように基づいて、新たなテキストを作ってい

図2　剣川石宝山の歌垣の群衆の中で、歌垣歌を歌う段昆雲（中央）（1998年9月18日、岡部隆志撮影）

図3　本子曲『柳蔭記』を歌う段昆雲（左）と三弦の伴奏をする蘇貴（2012年8月15日、筆者撮影）

くことになる。

さらに、二〇一五年に段昆雲に本子曲『柳蔭記』をもとにして、歌垣歌が作れるかと聞いたところ、即興で次のような創作をしてくれた[22]（図4・図5）。

【本子曲『柳蔭記』】

山伯は英台を送ります。ともに寄り添い十八里。木が枝を棄てても枝は木を棄てないように、兄弟は別れることはできません。それなのに、蜜蜂が花を棄てるように、金の魚が海を棄てるように、指の爪と肉が裂けてしまうように、その痛みには耐えられません。

【段昆雲の創作(23)】

兄の私はしばらく妹を送り、あなたの家の門口にやってきました。楊柳の葉が揺れて依り合うように、あなたの手を握ってやってきました。蜜蜂が花を棄てるように、金の魚が海を棄てるように、指の爪と肉が裂けてしまうように、苦しみで死んでしまいそうです。

祝英台は男装して学校に通い、梁山伯と親友になり兄弟の契りを交わす。が、英台は故郷に帰らねばならなくなる。山伯は英台を送っていくが女だと気づいてはいないという場面である。本子曲は、第三者の語り手の立場でその状況を説明し、弟との別れを悲しむ山伯の心を比喩を三つ連ねて歌っている。一方、段昆雲は、歌垣で歌う男の立場に立ち、寄り添って歩く山伯と英台の描写を三つの比喩を連ね、女との別れを悲しみ、帰らないでほしいと歌垣の場で女を誘う歌としているのである(24)。

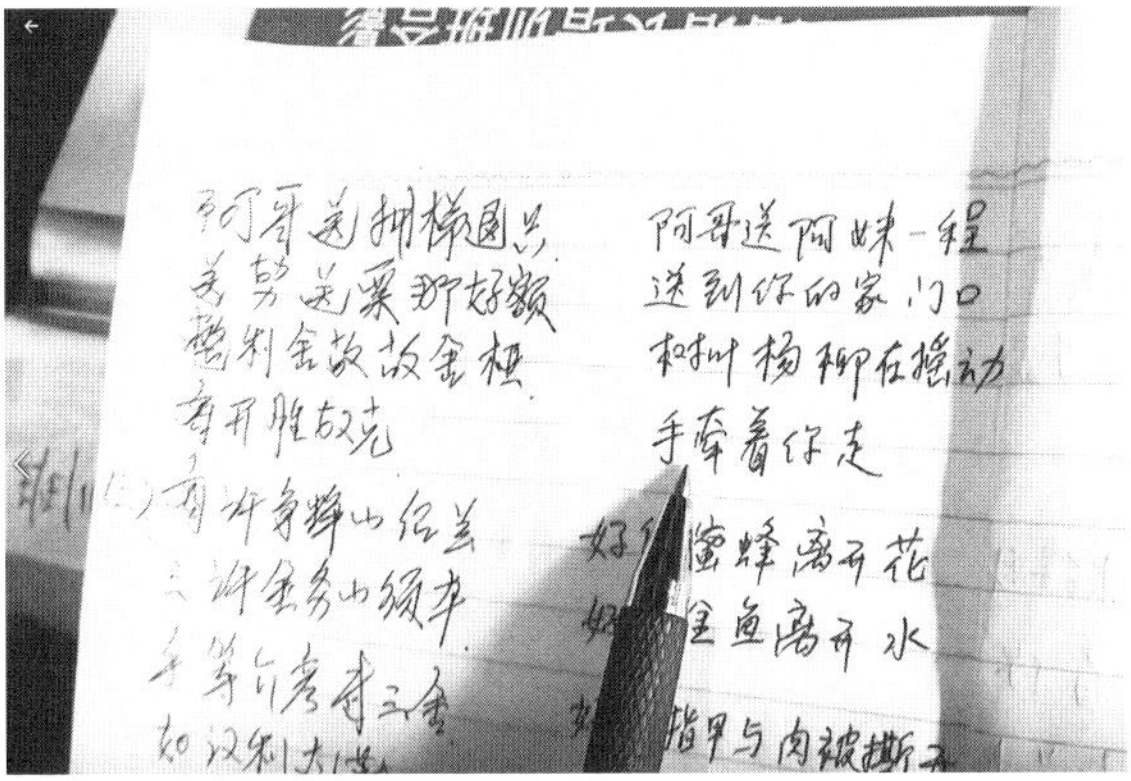

図4　段昆雲によって本子曲『柳蔭記』から創作された歌垣歌
向かって左がペー語を漢字で記したペー文、右が中国語訳

図5　自らの創作した歌垣歌を歌う段昆雲（2015年8月27日、筆者撮影）

こうした本子曲と歌垣での声の歌の融合編成のありようは、剣川でもっとも有名な本子曲の一話、『月裡桂花《げつりけいか》』にも顕著に表れる。そのストーリーは、蒋

介石の国民党軍との戦いから一時的に故郷に戻った男（張月斎《ちょうげつさい》）が、女（李桂香《りけいか》）と出会い、互いに駆け引きをしながら名前を尋ね、名乗り合い、徐々に愛情が芽生え膨らむが、男は戦地に戻らなくてはならず別れていくという、極めて単純なもので、男女の問答形式になっている。

歌掛けの上手な人はこれをよく知っており、その歌詞をメモして持っている人もいる。(25) また、段昆雲は「『月裡桂花』を覚えれば、歌掛け歌をマスターできる」と述べている。いわば歌掛けの教科書のようなものであり、実際の歌掛けでも、『月裡桂花』の一節が掛け合わされることがある。(26)

さて、『月裡桂花』の男女の別れの部分で、男はその悲しさを、次のように歌う。

いつまた会えることかと聞くと、足を前へ運べなくなります。金色の魚が海水と別れるような気持ちだし、蜜蜂が花の溝を離れるような気持ちです。(27)

金色の魚と海水の関係が男女の仲睦まじさの比喩になるのは、前掲の本子曲『柳蔭記』にも、それをもとにして段氏が創作した歌垣歌にも登場する。また、蜜蜂と花の比喩は、実際の歌掛けで次のように歌われている。

私には、小さな蜜蜂が鳴いている声が聞こえましたが、どういう気持ちで鳴いているのですか？蜂は生まれつき花が好きです。(28)

ここには歌掛けで多用される比喩が『月裡桂花』や『柳蔭記』といった本子曲に融合編成され、文字を介した語り芸として享受されつつ、それがまた実際の歌掛けに戻ってくるというような、声と文字の歌の往還がある。自らも本子曲の歌い手である張文は、「（本子曲の）『柳蔭記』は台本に基づかず、物語のストーリー、あらすじによって作ったものだろう……。ただあらすじだけであるが、生活に使われていることばやペー族独特の比喩がとても豊富である」と述べている。

本子曲という文字で書かれた台本は、大本曲のように長い語りを厳密に演唱する伝統芸ではなく、あらすじ化したストーリーの中に、歌垣歌や日常の言葉を取り込んだ新たな語り芸として自立したということだろう。それは、歌垣歌の教科書として声の歌に開かれている。声の歌と文字は、現在も往還を繰り返し、双方が融合編成しつづけているのである。

（4）「古語」の発見

そうした融合編成の中に、自民族、あるいは地域的なアイデンティティを形成していこうという意識が働くことにもなる。

張文は、本子曲に音仮名が多用されることについて、「剣川を中心とした中部方言と大理を中心とした南部方言は異なるので、記録の方法も異なる。中部方言には古いペー語が残っているが、大理では漢語の影響が強い。大理の言葉は訓読みというよりも漢語そのものといってもよい」と述べている。ここには、音仮名とは、「古いペー語」、つまりペー族の「古語」を表すための表記法であるという認識がある。

むろん、「古語」は歌垣歌の比喩表現なのであるから、本来的には南詔以来続いてきた、声の歌と文字との融合編成を経て形成されたものである。在地知識人によって「古語」が発見されたと言ってもよいだろう。

さらに張文の整理出版した歌掛け歌や本子曲を集成した『剣川県芸文誌』[29]は、出版に際して本子曲を表記する音仮名を統一する規範を示している。その意図を氏は、音仮名を統一することで、より広範な地域の人に読んでもらいたいからだと述べている。

在地知識人たちは、音仮名表記された「古語」に、剣川という地域アイデンティティを負わせ、それをより普遍化するために音仮名を統一しようとする。むろんそれが音仮名である以上、いくら統一が図られても剣川を中心とする文化圏の外に広がることはない。

剣川出身で、大理市文化局に勤務していた施珍華《しちんか》は、自身が歌垣歌や本子曲を歌う一方で、音仮名で書かれたさまざまな文献を整理しつつ、漢語による本子曲「柳蔭記」を香港で出版している[30]。ここには、剣川という地域文化圏を超えた、さらなる普遍性を求めようとする意図がある。剣川地域を超えたペー族としての民族アイデンティティといってもよいだろう。ただ、それがより広い普遍性を求めることになった時、声に開かれていた音仮名表記は再び、漢語へと書き換えられることになる。ここでも声の歌と文字との融合編成が行なわれている。

おわりに

現在、ペー族の歌垣などで歌われている声の歌は、文字と全く関係を持たない純粋なペー族の歌ではない。声の歌と文字のかかわりは、中原王朝の西の周縁にあたるこの地域が、国家を立ち上げた南詔期に始まる。それまで、かなりの地域差を持ちながら歌われていた民間の声の歌が、中原王朝に冊封された南詔の音楽政策の中でいったん宮廷の楽所に吸い上げられ、中原の音楽や漢詩と融合編成する中で、一定の南詔の詞の形式へと整備された。その詞は、遅くとも明代には山花体形式として完成し、多くの文人らがペー文と呼ばれる借詞、訓字、音仮名、新字を交えた表記法で記すことになった。さらにその詞形式は民間に広まり、民間の声の歌の形式にもなっていった。

ペー族の声の歌と文字のかかわりの縦軸は、およそこのように整理することができるが、しかし、宮廷の詞が民間に入っていくといっても、それは民間の歌をそれ以前とは全く異なるものにするわけではない。民間の声の歌には、例えば歌垣や葬式といったそれぞれの場で働く歌の機能があるからだ。

文字が声の歌に入り込む時、そこでは横軸として、声の歌と文字との往還運動が起こる。その様相は多様であるが、本稿ではその一端を、現在の台本を用いた語り芸と声の歌とのかかわりとして観察してきた。

漢族の宝巻や戯曲を受容したペー族の人々は、その形式を残しつつも、山花体形式のペー文によって「唱詞」を歌う、自らの語り芸を作り出した。台本に記されたペー文使用のあり方には地域差があり、大理中心部では訓字を多用した厳格な伝統芸、大本曲となり、大理周縁の歌垣がさかんな剣川では、歌垣歌の比喩や日常的な言葉を取り込んだ、歌垣歌の教科書を意識した語り芸、本子曲となった。その本子曲が再び声の歌として、歌垣で歌われることにもなる。

こうした声の歌と文字との往還運動は現在の中国辺境に暮らす少数民族の人々の歌文化の中に、多様な形で観察することができるだろう。また、そういうありようをモデルとして、中原王朝の辺境に国家を建設した、古代日本や古代朝鮮における声の歌と文字かかわりを立体的に把握する方法が考えられてもいいだろう。

漢語に堪能で漢文化をよく理解し、しかも自民族、自地域の声の歌にも通じている人々は、語り芸の表現に声の歌を聞きとり、そこに自らのアイデンティティを感じる。むろん、その声の歌もまたかつて何度も文字と融合編成されてきたものである。彼らは、そのアイデンティティをより広い範囲に普遍化すべく、文字を統一したり、漢語に翻訳したりする。ここにも、声の歌と文字の融合編成が行なわれている。

そういうアイデンティティの持ち方もまた、明代の文人や、南詔の支配階級の人々のそれへと遡るのだろう。同時にそれは、現在、中国辺境に暮らす多くの少数民族の漢文化にも自地域の文化にも通じる人々、また古代日本や古代朝鮮の支配階級の人々、そして現代の我々のアイデンティティの持ち方とも共通すると思われる。

注

（1）「十哀詞碑」（一四五六年）、「山花一韻碑」（一四八一年）など。本文及び解釈を、遠藤編「中国少数民族歌謡における音・意味・文字」（『共立女子大学・共立女子短期大学総合文化研究所紀要』第23号、二〇一七年）に示した。
（2）立石謙次『雲南大理白族の歴史ものがたり――南詔国の王権伝説と白族の観音説話』（雄山閣、二〇一〇年）。
（3）川野明正『雲南の歴史　アジア十字路に交錯する他民族世界』（白帝社、二〇一三年）。
（4）藤沢義美「南詔官制の史的考察」（『岩手大学学芸学部研究年報』（21）、一九六三年六月）。
（5）近藤春雄『中国学芸大事典』（大修館書店、一九七八年）、孟慶遠主編・小島晋治他訳『中国歴史文化事典』（新潮社、一九九八年）。
（6）林謙三／山寺三知翻刻・校訂「南詔奉聖楽について」（『國學院大學北海道短期大学部紀要』三十四巻、二〇〇七年）。
（7）顧峰「論《南詔奉聖楽》」（『南詔文化論』（雲南人民出版社、一九九一年）。趙寅松主編『白族研究百年（二）』（民族出版社、二〇〇八年）に再録。
（8）徐嘉瑞『大理古代文化史』（雲南人民出版社、二〇〇五年）。初出は『大理古代文化史稿』（中華書局、一九七八年）。
（9）遠藤「アジア辺境国家の七五調――ペー族の五・七音音数律を遡る」（岡部隆志・工藤隆・西條勉編『七五調のアジア』大修館書店、二〇一一年）に唱和詩を全文掲げ、日本語訳を付した。
（10）甲斐勝二「資料と検討　中国語文学習の周辺其二《〝山花詞〟簡論》訳注」（『福岡大学総合研究所報』一四四号、一九九二年十月）。また、二〇一〇年八月、段伶氏より直接ご教示いただいた。
（11）注9に同じ。
（12）以下の『山花碑』の引用、段、句の番号は、遠藤編「東アジアにおける「声の伝承」と漢字の出会いについての研究――中国雲南省ペー族文化と日本古代文学」（『共立女子大学・共立女子短期大学総合文化研究所紀要』第19号、二〇一三年二月）

による。
（13）岡部隆志「『山花碑』における音（声）と文字」（注1論文所収）。
（14）楊政業主編『大本曲簡志』（雲南民族出版社、二〇〇三年）。
（15）注12論文参照。
（16）大本曲『柳蔭記』は、張錫禄・甲斐勝二主編『中国白族白文文献釋読』（広西師範大学出版社、二〇一一年）、本子曲『柳蔭記』は、張文・陳瑞鴻主編『石宝山歌会伝統白曲』（雲南民族出版社、二〇一一年）に依る。
（17）工藤隆・岡部隆志『中国少数民族歌垣調査全記録1998』（大修館書店、二〇〇〇年）。
（18）以下、本論に引用したインフォーマントの発言は、二〇一一年から二〇一四年にかけての調査による。二〇一二年までのインタビューについては注12書に掲載した。
（19）立石謙次「中国雲南省大理白族の「大本曲」の概説と紹介――テキストを中心に」（『國學院雜誌』第一一二集第九号、二〇一一年九月）。
（20）趙丕鼎本、趙丕鼎の別テキストはいずれも、注12論文による。
（21）二〇一二年八月十五日、剣川県文化館にて。
（22）張文・陳瑞鴻主編『石宝山歌会伝統白曲』（雲南民族出版社、二〇一一年）。
（23）二〇一四年八月二十六日、剣川県文化局にて。
（24）当日、段毘雲は本子曲『柳蔭記』より四つの場面を選び、それぞれ男女の問答を創作した。詳細は「アジア民族文化研究」20号（二〇二一年三月）に掲載を予定している。
（25）蘇貴氏の書き写していた『月裡桂花』を、注12論文に掲載した。お互いが出会い、互いに駆け引きをしながら名前を聞き、名乗り合うところで終わっている。
（26）注17に同じ。
（27）段伶・楊応新『白曲精選』（雲南民族出版社、一九九四年）。
（28）注17書所収の【歌垣Ⅰ】2男3女。
（29）剣川県志辧公室編『剣川県芸文志』（雲南民族出版社、二〇一〇年）所収「伝統白曲選」。
（30）施珍華他訳『白族本子曲』（香港天馬図書有限公司出版、二〇〇三年）。

［総論］

琉球歌謡の文字との出会い
――『おもろさうし』の記載法を中心に

波照間永吉

琉球歌謡の中で文字と最も早く出会ったのはオモロである。『おもろさうし』の歌詞記載の基本は「一／又」記号を用いて、同一詞句の記載を省略するというものであったが、これは、後の歌謡集と比較しても合理的なものであった。しかし、その合理性の故、一首の解釈のためには詞章の復元作業が必須のものとなっている。

はてるま・えいきち――名桜大学大学院国際地域文化研究科（後期博士課程）。専門は歌謡呪。主な著書に『沖縄古語大辞典』（共編著、角川書店、一九九五年）、『定本琉球国由来記』（外間守善と共編著、角川書店、一九九七年）、『定本　おもろさうし』（外間守善と共編著、角川書店、二〇〇二年）、『鎌倉芳太郎資料集ノート篇』全四巻（編著〈第三巻のみ麻生伸一と共編〉、沖縄県立芸術大学附属研究所、二〇〇四～二〇一六年）、『南島祭祀歌謡の研究』（砂子屋書房、一九九九年）などがある。

はじめに――琉球歌謡と文字

（1）琉球固有の文字について

「琉球歌謡」というのは、奄美・沖縄・宮古・八重山の四つの諸島、すなわち琉球語（琉球諸語）をマザーラングェッジとする、いわゆる琉球文化圏に生まれ伝わった歌謡群をさす。これまでは「南島歌謡」の名で呼ばれてきたが、以下、琉球歌謡と呼ぶこととする。この歌謡群の文字との出会いとその後の展開についてみようとするのが本稿の目指すものである。

さて、琉球歌謡と文字の問題を考える前に、まず、琉球語を書き記す文字はどのようなものであったか、ということにふれなければならない。上記の四つの諸島が、古く琉球国の版図であったことは周知のとおりである。これが、一六〇九年薩摩藩の侵攻を受け、それまでの中国の冊封国であるという関係の上に、徳川幕府の支配という二重の軛を受ける国となった。そして、一八七九年、明治維新国家による「琉球処分」＝「琉球併合」によって、琉球国は解体され、奄美は鹿児島県、沖縄・宮古・八重山は沖縄県となった。そのような歴史の中で、琉球文化は独自の文字を持ち得たかということである。

この問いに対して、外間守善は、石刻絵文字などの存在から説き起こしながら、結縄文字、スーチューマなどの記標文字、カイダーディー、ダーハン、「時双紙」「砂川双紙」などについてふれて説明を試みた。しかしその結果は、結縄文字、スーチューマ、カイダーディーは「数量を表わすための手段として文字にかわるたいせつな役割を果していた」[1]、固有の文字の有無については「やはりわかりにくい」[2]というものであった。

ところで、外間が同論文の中で「ユタが占いに用いた十干十二支」としてふれていたのは、『琉球神道記』[3]に記された十七の文字と「時双紙」に使われた二十程の「文字」であった。『琉球神道記』には、その「文字」について「昔此国ニ天人下リ文字ヲ教コトアリ」で始まる説話記事がある。この『琉球神道記』の記事が『琉球国由来記』にもほぼそのまま利用されていることは[4]、この文字についての伝承がある程度流布していたことを意味するだろう。この『琉球神道記』に記された文字が、外間の言うように「ユタが占いに用いた」かは議論が必要だが、「時双紙」などの「占者」の行う占いに関する文字であったらしいことは、説話が「月日ノ撰定今ハ半アリ。残分ニシテ物ヲ占ニ正キナリト云」（『神道記』）、「裂残半ヲ片カネト云。巫覡用テ、月日ノ撰定アリ」（『由来記』）としていることからも容易に想像できる。特殊な文字であったということになろう。『神道記』『由来記』は、記された文字が「残分」あるいは「残半」のうちの「少々」であったとする。これからするともっと沢山の文字があったことになるが、これはあくまでも説話上の話であり[5]、これ以上のことは分からない。以上が文献の記す琉球固有の文字に関する記録である。これからすると琉球語を記すための琉球独自の文字の創出はなかったと推測する他なさそうである。

（2）琉球語文の文字記載

琉球から明の太祖に送られた文書（一三七二年）が「科斗文」であったということについては上記の論文で外間も指摘しているが、これについては伊波普猷・比嘉春潮・仲原善忠がすでにふれていた[6]。琉球文書に確認される最も古い文字使用の例である。ここに出る「科斗文」とは、比嘉・仲原・外間ともに伴信友による「科斗書といえる《ママ》はいろは仮字を一字づつはなち書きにしたること」（比嘉）という解釈に拠って、「仮名文字ではあるまいか」（仲原）としている。つまり、十四世紀後半には平仮名によって外交文書を作成する状況になっていたということになる。これを伝えたのは日本から渡来した僧が考えられており、上記の論者たちは、英祖王（一二六〇～一二九九年）の時代に渡来し浦添グスクの近くに極楽寺を建てた僧・禅鑑の名を挙げている。

しかし、平仮名を用いた資料が具体的に琉球国内で確認されるのは十五世紀末からである。「弘治七年／おろく大やくもい／六月吉日」と記された「小禄大やくもい石棺銘」が一四九四年、「たまおとんのひのもん」が一五〇一年、「園比屋武御嶽の額」が一五一九年、「真珠湊碑文」が一五二二年、「田名文書」の一号文書が一五二三年、「崇元寺下馬碑」が一五二七年である。その後『おもろさうし』第一巻が一五三一年に編集されることになる。ここに至って、琉球語を仮名文字で記す文化が十分に定着していたことが我々の目でも確認されることになる。

一、『おもろさうし』の記載法

(1)『おもろさうし』とその記載法の特徴

それでは琉球歌謡の文字との出会いに焦点を据えて考えよう。平仮名によって琉球語を記すことが十五世紀末までは遡ることができることは先に書いた。十六世紀に入ると「たまおどんの碑」や「ヤラザ杜ぐすくの碑」「真珠湊の碑」「石門の前の碑」「首里城南の碑」「かたのはなの碑」など、王府が建てた碑に琉球語の文が記されている。[7] その中には「みせせる」（呪詞）がそのまま記されており、『おもろさうし』と並んで、琉球歌謡詞章の文字化の初期事例として重要である。これらの琉球歌謡の記事は、古琉球期の文学の背景とミセセルとオモロの関係を考える資料として重要な意味をもっている。これらの碑文の記事に基づいて、聞得大君らの君神が活躍する古琉球の首里王府の祭祀と歌謡文学のあり方については別で考えたのでご参照いただきたい。[8]

これらの金石文それぞれには呪詞や神託ミセセルの一篇が記される。「石門の西のひのもん」[9] を例に示そう。

首里の王おきやかもいかなし天のみ御み事に（欠）ま玉みなとのみちつくり／はしわたし申候時のひのもん
嘉靖元年みつのへむまのとし四月九日きのとのとりのへに（欠）きこゑ大きみき／み〱（ママ）のおれめしよわちへまうは
らいの時に御せゝるたまわり申候／とよみもりよそいもりおくのみよくりことまりにま玉はしくにのまたやわた
しよわちへつかしよわちへたしきやくきつさしよわちへあ／さかかねとゝめわちへみしまよねんみくによねん
てゝ御ゆわいめしよ／わちや事千人のさとぬしへあくかへそろて御はいおかみ申候このはし／はくにのあんしけ
すのため（以下略）

掲げた碑文の中にはミセゼルが含まれている。碑文では「御せゝる」と書かれている。その「御せゝる」本文は、傍線の施された「とよみもり」から二行下の「みくによねん」までである。地の文の中に組み込まれ、流し書きされている。碑文の内容そのものを十分に理解しないと把握が難しい。

これと比較すると同時代に成立した『おもろさうし』第一巻（一五三一年）は画期的である。オモロは古琉球期の琉球国の北半の地（北琉球）に生まれた歌謡であるが、尚家本『おもろさうし』巻一―一は、

あおりやへが節
一　きこゑ大きみきや
おれてあすひよわれは
てにかしたたいらけて
ちよわれ
又　とよむせたかこか
又　しよりもりくすく
又　またまもりくすく

簡訳
1　聞得大君神が
降りて遊びなさいましたら
天の下を平らげて
ましませ
2　鳴響む精高子君神が
3　首里杜グスクに
4　真玉杜グスクに

と記されている。

これを見てまず目に付くのは「一」「又」という記号である。そして、「一」の部分に四行の歌詞、「又」の各行に

はそれぞれ一行の歌詞が記されていることにも注意がいくだろう。この「一」「又」という記号は何を意味するのか。そして、何故「一」と「又」の所で記された詞章の語数が異なるのか。これこそが『おもろさうし』のもっとも根本的な問題であり、オモロと文字との出会いの中で編み出された記載法であったのである。以下でこの問題について考えてみよう。

先ず全体的なことを見よう。オモロ本文や節名《ふしな》は平仮名表記がほとんどで、時に漢字が用いられる。漢字は上記の例で「きこゑ大きみ」とあるように、大体は画数の少ない漢字である。そして、現存する最古の写本である「尚家本おもろさうし」には、濁点・半濁点、句切り点などは一切施されていない。そして、注目されることはその記載法が一様であることである。すなわち、歌詞の前に小字で「あおりやへが節」と節名が記され、歌詞の行頭に「一」が記されている。そして、その下に一行十字程度で一節《せつ》分の歌詞が記され（大体三行から五、六行）、次の節の始まりには、行頭に「又」が記され、その下に歌詞が記されるという形式である。これは全巻変わらない。

さて、『おもろさうし』第一巻は「きこゑ大きみがおもろ／首里王府の御さうし」の表題をもち、四十一篇のオモロが収録されている。この巻は巻成立の時の前代国王である尚真時代の、聞得大君を中心とする王府祭祀やその治世下に起こった戦乱（一五〇〇年のオヤケアカハチの乱・鬼虎の乱など）にかかる祭祀で謡われたオモロを収録している。以下二十二巻まで編纂され、全部で一五五四首の祭祀歌謡オモロが収録された。ただ、不思議なのは、第二巻（四六首）の編纂が、第一巻が成立してから八十二年後の一六一三年であり、第三巻以降はさらに十年おいた一六二三年であることである。この時間差が何に起因するかは謎であり、池宮正治氏は、第一巻の編纂年として記された「嘉靖十年」の記載そのものが問題ではないかと、新説を提起しているほどである。(10)仮に池宮氏の指摘通りであったとすると、『おもろさうし』の編纂は一世紀ほど遅れて十七世紀の初葉末ということになる。後の議論との関係で留意しておこう。

「一」「又」という記号で歌謡の節《せつ》の切り替わりを示すのは、琉球歌謡ではオモロだけである。琉球古文書でもこの形式は稀で、行政文書として宮古文書に一例と久米島文書他に数例を見いだすだけである。(11)薩摩文書にもみられないようであり、歌謡の記載形式としては『おもろさうし』の独自の工夫と言ってよいだろう。

この「一」「又」記載法には大きな発明があった。それは、第一節など前節に出た詞句（フレーズ）は後ろの節では記載を省略する、といういき方である。これを上記の巻一―一でみると、第一節すなわち「一」の部分は四行からなっている。ところが、最初の「又」から三番目の「又」まではそれぞれ一行ずつしか記されていない。すなわち第二行目「おれて　あすひよわれは」から第三・四行目の「てにかした　たいらけて　ちよわれ」がないのである。このままでは歌謡の歌詞の実態としては不思議な形ということになる。歌謡は原則、一定の長さを持つ旋律とそれに載せて謡われる歌詞の統合体である。とすれば、第一節のみが三十一音で、それ以外は第二節八音、第三節七音、第四節八音だけという現状は、歌謡の原則から外れているということになる。

この問題を根本的に解明したのは玉城政美の「オモロの構造」[12]である。玉城はこの論考でオモロの記載法の根底には「省略」があることを突き止めた。玉城はオモロが対句部と反復部からなるものであり、反復部の歌詞は記載上省略されることを基本に据え、反復部の詞句が全節にわたって完全に記載されるものを「完全記載」、これが一部分のみ記される（結果、反復句の後半分が省略される）ものを「部分記載」、そして、第二節以下でその全部が省略されるものを「省略記載」とした。玉城によると「完全記載」はわずか四十七篇、部分記載が七五篇、それ以外の一四三二篇のオモロは「省略記載」であるという。上記の例で言うと、第二節以下では第二行〜第五行の詞句が省略されているというわけである。従って、このオモロを解釈するためには、これらの詞句を補って、各節全体を三十音程度の詞章として復元しなくてはならないのである。

(2) オモロの周辺歌謡の記載形式

この『おもろさうし』の歌謡記載法は、その他の琉球歌謡資料と見比べると、その合理性がよくわかる。これを幾つかの例で確認してみる。まず、一七〇三年頃に成立したとされる『久米仲里旧記』[13]である。本書には全四二編の歌謡（呪詞のマジナイゴト、祝詞のオタカベも含む）が収録されているが、その記載は次のようになっている。

右同時みすづろ[14]

一ほうわいほうわいほうわいやほう嶽のほうわいもりのほうわいおろ
しほうわいいみやしほうわいほうわいほうわいほうわいやほう
右同時かういにや
一むかしからあるやにけさしからするやにおしわきのおやのろおし
わきのわいぬし五の神あとおゐて七の神揃へてせのぐせにおれて
けをのもりおれておれておれなふちへいみやちへいみやなふちへ（以下略）

「みすづろ」というのはミセゼルという歌謡ジャンル名であり、本源的には「神の託宣」とされるものである。琉球歌謡全体でも現在のところ二十篇しか例がない。本書にはこの一篇だけが収録されている。「かういにや」はクヮイニャ、あるいはクェーナと称されるもので、対語・対句を重ねて事件・事柄を叙事的に展開する歌謡である。『南島歌謡大成　Ⅰ　沖縄篇上』(15)には一四九篇が収録され、本書には十二篇が収録されている。

まず、その歌謡の記載であるが、最初に歌謡の表題があって、次の行に詞章全文の始まりを示す「一」書きがあり、その下から詞章が記されていることがわかる。句読点や、歌謡の旋律の繰り返しを示す節番号などは一切無く、詞章そのものを流し書きで書き連ねている。改行は意味の切れ目を考慮することなく、丁面の行末にくると一語の途中からでも折り返している。「みすづろ」の例を漢字表記を交えて整理して示すと次のようになろう。

ほうわい、ほうわい、ほうわいやほう
一　嶽《たけ》のほうわい、杜《もり》のほうわい
二　下《お》ろしほうわい、い参《みや》しほうわい、
ほうわい、ほうわい、ほうわいやほう

あるいは、

ほうわい、ほうわい、ほうわいやほう
一　嶽のほうわい、

二　杜のほうわい
三　下ろしほうわい
四　い参《みや》しほうわい、
　　ほうわい、ほうわい、ほうわいやほう

という形も考えられる。[16] いずれにしても、最初の行と最後の行の「ほうわい、ほうわい、ほうわいやほう」はハヤシであろう。これを省略せずに書いているのである。

「かういにや」の例は次のようになるだろう。

一　昔から有る様《や》に、けさしからする様《や》に
二　おしわきの親のろ、おしわきのわい主《ぬし》
三　五の神集《あとお》ゐて、七の神揃へて
四　瀬の寄せに降《お》れて、気《けを》の杜《もり》降れて、
五　降れて降れ直《なふ》ちへ、い参《みや》ちへい参直《みやなふ》ちへ（以下略）

これについても、対句項ごとに節が分かれていたとすると

一　昔から有る様《や》に、／二　けさしからする様《や》に／三　おしわきの親のろ、／四　おしわきのわい主／五……

という具合になる。節数は倍に増え、これだと各節が短い旋律と詞章で構成されていたことになる。いずれにせよ、この「かういにや」にはハヤシの文句の記載はなく、本歌詞のみが記載されているのであるが、『おもろさうし』のように旋律の繰り返しによって節《せつ》が変わることを表す方法は採られてない。歌詞を節ごとに分けてしめすという、「分節化」の作業がなされていないことがわかる。

また、『君南風由来并位階且公事』の「(右之時仲里) 間切くわいにや」では、

あはれかなしきみはい久米のきみはいあはれかなしきみはいおとゝきみはいあはれかなしきみはいかしらかうのとまりあはれかなしきみはいかしらかうのみなと（以下略）

のように、各節の頭に「あはれかなしきみはい」(天晴れ愛《かな》し君南風)がハヤシとして繰り返されるが、これを煩瑣なまでに、最後まできっちりと書いている。[17] お陰でこの「くわいにや」では節の構成が明かである。そのような効用があるのも事実ではある。

(3) 宮古・八重山の歌謡の記載形式

次に宮古島の事例をみよう。宮古の歌謡は十八世紀初葉には公的資料に筆録されるようになる。『宮古島旧記』『宮古島記事仕次』に十一篇の歌謡が収録されているのである。これらはグスク時代から十六世紀初葉にいたる宮古島の社会的事件と英雄達の活躍と悲劇を謡っており、宮古の歌謡研究のみならず歴史・文化研究の貴重な資料となっている。ここでは紙幅の都合もあり、これらの中では短い方の事例を挙げる。

四嶋の親橋積あやこ

一、首里天の美御不け玉天の美御不けおやけめすあかり
一、狩俣の親なれ嶋尻原主なれおやけめすあかり
一、大神かめかけそへ池間かめかけそへおやけめすあかり
一、あんせそやむすてから四原てやむそへてからおやけめすあかり
一、渡地ハ積あけ瀬は積あけおやけめすあかり
一、積上ハらいからやきよいワちいからやおやけめすあかり
一、上や上不こり嶋や嶋不こりおやけめすあかり

本歌は「雍正旧記」[18]に記された歌謡十編(「飛鳥爺葬礼の時の歌」も含めた)に含まれるものである。全七節で、各節は「一」書きで始まる。漢字・平仮名交じりで、語句の切れ目は示されていない。そして「おやけめすあかり」(富貴なるメスアガリ。メスアガリは人名だろう)がハヤシとして各節最後に繰り返されることが、その記載からわかる。これも前半だけを整理して示してみよう。

一　首里天の　美御ふけ、玉天の　美御ふけ　オヤケメスアガリ

二　狩俣の　親なれ、嶋尻原　主なれ　オヤケメスアガリ
三　大神迄《かめ》　かけそへ、池間迄《かめ》　かけそへ　オヤケメスアガリ
四　あんせそやむ　すてから、四原てやむ　そへてから　オヤケメスアガリ

　これを歌形論的に説明すると、この歌は、対句の型が、一つの対句が一節内で構成されるII型で、反復句は一種類の句が本歌詞の後ろに配置される型、ということになる。「一」書きであるゆえに、各節で繰り替えされる反復句は省略されることがない。後代なら第一節にハヤシを記し、その後ろに「（ハヤシ以下略）」などとして第二節以下では記載を省略するところである。(19) このように、歌詞を「一」書きで書き流し、その下に反復句を各節で繰り返す方法は『宮古島旧記』の中の十篇のうち、ハヤシの記された歌謡六篇全てに貫徹している。それは例えば「とのよせみやのきゆらい城ん」（「兼久按司鬱憤のあやこ」）のように意味のある比較的長いハヤシも、「よい」（「唐人渡来のあやく」「同人（仲宗根豊見親）定納相調初而琉球へ差上候時あやこ」）のように掛け声的な短い語まで、徹底している。『おもろさうし』ではそのハヤシの記載が、なんらの説明もなしに省略されていたのである。

　次に八重山の例をみてみよう。八重山歌謡の記録の最も古い事例は十八世紀初頭の成立とみられる『八重山島大阿母由来記』(20) にみえる「こいにや」「あやご」各一篇である。

　　往古悪鬼納嘉那志之御手入候時真乙姥初て悪鬼納嘉那志罷登り登城仕　首里天嘉那志美御前御拝がらめき御おふけ被下冥加至極に付みよおのけ申こいにや之事

一　めどもするめどものおなぐするおなぐのやゑんきてみおがまい
一　首里道は明てやいみよまい道しらべてやゑんきてみおがまい
一　はんすてるたけんたら羽もいるたけんたらやゑんきてみおかまい
一　おきなとのむなかにかみのとのふくらにやゑんきてみおかまい

（以下略）

　全十一節の歌謡である。漢字・平仮名交じりで記されている。各節は「一」書きで書き起こされ、反復句「やゑんきてみおがまい」（来年も来て拝謁しましょう）が全節の末尾に記されている。

これを整理して示すと次のようになる。

一　女殿《めども》する　女殿《めども》の、女子《おなぐ》する　女子《おなぐ》の　来年来テ《ヤヱンキ》御拝《ミオガ》マイ
二　首里道は　開けてやい、御御前道《みよまい》　調べて　来年来テ《ヤヱンキ》御拝《ミオガ》マイ
三　我《ば》ん孵《す》でる　丈《たけ》んだら、羽萌《も》いる　丈《たけ》んだら　来年来テ《ヤヱンキ》御拝《ミオガ》マイ
四　沖縄渡の　真中《んなか》に、神の渡の　脹《ふく》らに　来年来テ《ヤヱンキ》御拝《ミオガ》マイ

後者の「あやご」（歌詞の記載は割愛する）は「往古悪鬼納嘉那志の御手に入貢納船造立候時諸人作あやご」の表題で、全十節である。漢字・平仮名交じりで記されて、各節が「一」書きで書き起こされているのは前者と同じである。しかし、こちらには対句部の歌詞のみが記され、反復句の記載は一切ない。

この二つの歌謡の表題に記される「往古悪鬼納嘉那志之御手入候」は、一五〇〇年に起こった首里王府軍とオヤケアカハチに率いられた八重山在地勢力との間で闘われた「オヤケアカハチの乱」が平定され、尚真王の統治下に入ったことを意味する。すると、この二つの歌謡は一五〇〇年初頭には成立しており、それが約二〇〇年後に記録されたということになる。前者が現在「真乙姥《まいつばあ》ゆんた」の名で伝承されている歌謡(21)の本来の姿とすると、「真乙姥《まいつばあ》ゆんた」は五〇〇年以上の伝承の歴史を生きてきたことになる。この五〇〇年の歴史の中で、詞章の入れ替えなどが起こり、現在見る形になったものであろうか。

八重山歌謡の事例としては他に、琉球国末期から近代にかけて成立したとみられる節歌集がある。(22)これについても具体的にみてみたいところだが説明だけに留める。これらの歌集では、原則、歌詞の記載のみである。これらの歌集収録の節歌は現在も盛んに歌唱されており、本歌詞とハヤシが組み合わさって歌われるのが常である。それからするとハヤシを記さないこれらの歌集は、原則ハヤシの記載を全部省略する方向であったことが推測される。これは、楽譜（工工四）にハヤシは記載してある、ということが前提となっているかも知れない。ただ、「仲筋節」「くいがま節」「なかなん節」「きやいぞう節」の四篇には第一節の本歌詞の後に、字下げをして「はやし」が記されており、例外をなしている。当然、第一節に記されたハヤシは全節で繰り返される。他には「古見の浦節」にもハヤシが記されてい

るが、この歌はハヤシが複数種類ある、いわゆる「特殊反復型」であり、本歌詞との区別がつかなかった可能性がある。ともあれ、これらの節歌集はハヤシの記載を省略する方向で歌詞全体の記載がなされており、近世期の文献とは異なっている。

近世期の久米島・宮古・八重山の文献の歌詞記載のあり様をみたのであるが、基本的に歌詞は「一」書きで書き流され、ハヤシはその入るべき位置にすべての節《せつ》で完全に記されるものであった。これと『おもろさうし』の記載法との間には相当な隔たりがあると言って良い。『おもろさうし』の記載法の用語を借りると、近世期文献の歌詞記載は「完全記載」を大原則としていたことになる。これと比べると、『おもろさうし』が如何に合理的な歌詞記載の方法を編み出していたかが分かるだろう。この『おもろさうし』の記載法、すなわち反復部の歌詞を第一節のみに記し、以下の節ではこれを記載省略する方法を採ったのが『八重山歌節寄』と『八重山歌集』の四篇であった。しかし、これとて「一」書きであり、『おもろさうし』のように「一・又」式記載ではなかった。こうみてくると、『おもろさうし』の記載法の特殊性がよくわかる。

二、『おもろさうし』の記載法とオモロの展開

しかし、『おもろさうし』の記載法の問題はこれで終わりではない。玉城の論文以後、琉球歌謡における「歌形論」的研究がすすみ、オモロの反復句の問題は単純ではないことが明らかになり、そして、『おもろさうし』の記載の省略の問題は、対句部にまで及んでいることが明らかになったのである。つまり、前述の『おもろさうし』巻一―一の二行目を小野は反復部としたが、これは対句部の後半句であり、第二節以下では対句部の後半と反復句の全部が省略されていると言うことが明らかにされたのである。(23) 琉球歌謡における対句部と反復部は、そもそも機能が異なる。対句部は事件・物語の進行を展開するが、反復部はハヤシであり、意味のない掛け声や、一篇のテーマを集約して表現する詞句であり、全節で繰り返し謡われるものである。すなわち、対句部の詞句は一回性を旨とするのに対し、反復句は文字通り、全節で反復歌唱される反復性を基本とする。そのような二部の機能の問題を認識しながらオモロの記

載の問題を明らかにする必要があるのである。

　この問題は、オモロの発展、あるいは展開ということをどのように跡づけるかという問題とも関わっている。琉球歌謡の特徴が長詞形であること、そして、その各節が対句部と反復部の二部で構成されていることを先に言ったが、対句部と反復部の問題は、事件・物語の叙述と展開の問題、そして歌唱の形式とも関わりのあることである。オモロの対句部・反復部の画定は、オモロのとりあげる事柄の展開をどのように跡づけるかという、一篇の解釈の問題と大きく関わっている。現在のオモロ研究の焦点と言ってよいだろう。

　その長詞形オモロは、どのように展開したか。何故、オモロの大多数は「一」「又」の二節だけで終わっているのか、この形は形式として成立しているのか。あるいは、記載上の問題によってこの形に納まっているのか、という問題である。外間守善はこの「一」「又」二節でおわる形式をオモロの一つの発展的形式とみてこれを「オモロ形式」とした。すなわち、長詞形で叙事的に展開していた歌謡が「詩的緊張の結果」「歌形が短く構造化して」この形となり、これが「反復をもってする呪的確かめの心意から解放されたとき、おもろは新しいウタ（琉歌）の世界へ流れこんでいく[24]。」とした。抒情詩の発生につながるとしたのである。

　この抒情詩発生の問題をもう少し記載法の問題とからめてみてみたい。すなわち、琉球にあっては、文字との出会いによって新しい形式の歌がもたらされるかという問題とは別に、オモロの記載法という観点に立ちながら、短詞型歌謡・抒情詩の発生の問題をみる必要があるかもしれないのである。

一四―九八二[25]

一　ぢやなもひや　　　　　　1　謝名思いは
　たが　なちやるくわが　　　　誰が産した子か
　こが　きよらさ　　　　　　　此んなにも美しく
　こが　みぼしや　あよるな　　此んなにも見たく有ることだよな
又　もゝぢやらの　　　　　　2　百按司が

あらておちやる　こちやぐち　　倦《あぐ》んでいた宝庫の口を
ぢやなもいしゆ　あけたれ　　謝名思いこそが開けたのだ
又 ぢやなもいが　　　　　　　3 謝名思いが
ぢやなうへばる　のぼて　　　謝名上原に登って
けやげたる　つよは　　　　　蹴上げた露は
つよからど　かばしやある　　露からこそ芳しくあるのだ

このオモロは、全体は三節から成っているが、内容的にはそれぞれが独立している。すなわち、第一節は謝名思いの出自のゆかしさを謡い、第二節では謝名思いの事績の偉大さを、第三節ではこれらを総合して、謝名思いが尋常の存在ではないことを賞賛している。一節毎に歌い手達の心情が吐露されている。三節を繋げて何らかの事件を叙述しているわけではないし、反復句があってこれによって謝名思いを讃えているわけでもない。このように見たとき、このオモロがこれまでのオモロの行き方を一新する物であることが看取できる。オモロにはこの類の無対形式はない。無対といえば、巻一二—七二八のように、ほとんどがハヤシで、しかも第二節、第三節ともに、第一節の文句の繰返し（小さな異同はある）である例があるが、これはよほど特殊である。

なお、九八二番オモロを元にして作られた琉歌がある。「とよむ謝名もゑが　謝名上原のほて　けあげたる露の玉のきよらさ」（『琉歌全集』一七〇三番歌）である。本オモロの第三節のみを引いてある。これからみると、このオモロの各節は、上に書いたように内容的に独立したものであったことが、この琉歌改作例からも言えるだろう。

別の例を見よう。巻一四—一〇四三のオモロは外間が「オモロ形式」と呼んだものである。

一 きこゑ　くになおり　　　1 その名に聞こえた国直の村は
いりて　みづ　こゑば　　　村に入って水を所望すると
みづ　なきやん　まみき　　水は無いと言って、真神酒を
いぢやす　まぐに　　　　　出す、素晴らしい国だ

又 とよむ　くになおり　　　　2 その名の轟き渡る国直は

第一節・第二節の「きこゑ　くになおり／とよむ　くになおり」は対句である。「国直」という村を褒め称えた文句である。本オモロの全体の詞章は、第二節で第一節の二行目以下の「いりて　みづ　こゑば〜いぢやす　まくに」を繰り返した形である。問題は、このオモロが対句部・反復部に分かれていたかということである。すなわち「いりて　みづ　こゑば」以下は反復句なのか、「いりて　みづ　こゑば」までが対句部で、「みづ　なきやん　まみき」以下は反復句であるのか、即断できないのである。つまりは、このオモロの詞句は意味的つながりが緊密で、先の巻一―一でみたように、対句部と反復部で動作主体が異なるなどの、明らかな断絶はない。一節全体が線状的につながっているのである。もしこのことが認められるのであれば、オモロはここにおいて、対句部と反復部という二部による構成ではなく、一節毎に意味完結する形式に至っているということができる。しかも、このオモロの一節各行の音数は八・八・八・六音となっており、琉歌の音数律である。偶然ということも考えられるが、オモロの一行毎の音数が八音を中心としている傾向は明らかであり、そのような流れの中で、対句部と反復部の境界がなくなることによって、琉歌的形式が誕生することは十分に考えられる。

もっとも、対句部・反復部という構成は歌唱法の問題――歌唱主体や歌唱形式の問題とも関わるから、このことも含めて考えねばならない。玉城は南島歌謡の歌唱法には大きく、独唱法、斉唱法、復唱法、分担歌唱法、交互歌唱法があることを指摘した。(26)本オモロで対句部と反復部が問題となるのは、分担歌唱法と交互歌唱の場合で、この二つの形で歌われたとすると、それぞれの部を甲乙二つのグループが担当することになる。ところで、この二部の境界がなくなるということは、甲乙二つに分かれる必要性がなくなることでもある。したがって、この場合、本オモロは分担歌唱法や交互歌唱法ではなく、独唱・斉唱・反復のいずれかの歌唱法が採られていたことになる。

このようにこのオモロでは、対句部と反復部という長詞形琉球歌謡の基本形式をこわして、一節ごとに意味完結する線状的な詞章の構成という局面が展開してきている、と推測されるのである。

この例に似たのがもう一つある。巻一四―九九九番がそうである。

一　さでしがわ　のぼり
あめ　ふらん　つよの
ゑけりぎや　みそではな
ぬらちへ
又　さでしがわ　くだり
くれ　ふらん　つよの

1　サデシ井泉に上り
雨は降らないのに、露が
兄者の御袖の端を
濡らして
2　サデシ井泉に下り
雨は降らないのに、露が

このオモロでは第一節の最初の二行と第二節に記されている二行が対句を成している。従って、第一節の三・四行目の詞句は第二節でも繰り返されるということになる。問題は、この反復句がそれぞれの第一・二行目と深く結びついているということである。第二行目の末尾の「つよの」は「露が」で、反復句の「ゑけりぎや〜ぬらちへ」の主格の提示となっているようにみえる。おそらくはそのとおりで、このオモロは、井戸に上り下りする兄者の袖を涙の露が濡らしている、ということを言っているものである。「涙の露に袖を濡らす」というのは、琉歌に「里前船送て戻る道すがら　降らぬ夏ぐれに我袖ぬらち」（琉全一三〇一）とあるのをあげるまでもなく、琉歌以前、和歌の世界ですでに膾炙した表現である。琉歌の抒情世界への道がここに出現している、と捉えて良いのではなかろうか。

このようにオモロは、対句部と反復部という長詞形琉球歌謡の基本構造をもちながらも、ごく僅かではあるが、後の琉歌につながる短詞形の叙情的な詞形まで創出してきているとみられるのである。これを「一」「又」記号を使って節《せつ》の変わり目を示し、同一詞章は後ろの節では記載を省略するという方法を編み出して、これを全編で成したのが『おもろさうし』という文献であった。ただ、これはあくまでも『おもろさうし』という文献に記された歌謡オモロの問題であり、この記載されたオモロを土台にして新しい歌が次々に生まれたというわけではない。首里王府がオモロという歌謡を『おもろさうし』という書冊にまとめた、その内側についてみたものにすぎない。しかしここには、琉球歌謡を如何に記述するかという問題について、王府内部に創意工夫があったこと、しかもそれが合理的な方法の創出となっていたことがある。その合理性は、後の『君南風由来并位階且公事』（一六九七〜一七〇六年頃）の記す

「(右之時仲里) 間切くわいにや」[27]が、全六三節の各節冒頭で繰り返される「あはれかなしきみはい」（あっぱれ敬愛すべき君南風よ）という反復句を全て記載している、ということなどと比べてみると明らかである。

この詞章の記載法と並んで、『おもろさうし』の仮名表記がどのように古琉球期琉球語の音韻を表記したかについてもみるべきである。『おもろさうし』の表記法の研究によると、『おもろさうし』の表記はオモロの時代の音韻を正確に反映していると考えられている。母音はa・i・u・e・u（一部にo）の四母音（一部に五母音）とみられ、イ段とエ段の音に書き分けがあり、オ段はウ段の音へ変化していきつつある。現在の琉球語でいえば、奄美語の母音と同じ様な状態であったのではないかとされている。ただし、「い」についてはハ行・ワ行の「へ」「ゑ」と混同している。また、子音についてはi母音の後では口蓋化が法則的に起こっていることなどが指摘されている。これについては紙幅の都合もあるので、高橋俊三「オモロ語要説」[28]を参照していただきたい。

おわりに

琉球歌謡の文字との出会いを『おもろさうし』の記載法を中心に考察した。『おもろさうし』の記載法について、その記載が、同一歌詞の後節での記載の省略を大前提とすることを説明した。その方法を可能としたのは「一」「又」を用いた記載法であったとみた。この『おもろさうし』の記載法は、十八世紀初頭に書かれた『久米仲里旧記』『君南風由来并異界且公事』、『御嶽由来記』『宮古島記事仕次』、『八重山島大阿母由来記』などの歌謡の記載が、「一」書きを採ることによって、反復句を全節で繰り返し記載しなくてはならなかったことと対照すると、省力化の観点から合理的な方法であったと言って良いだろう。

しかし、その合理化によって後代のオモロにふれる人々は一篇の本来の詞章の姿がたどれなくなってしまった。この問題に気づき、オモロの読解法を模索したのが、戦前は、新オモロ学派とされた島袋全発の「展読法」[29]、宮城真治の「補填法」[30]、世礼国男の「反覆法」[31]であった。ところが、これらの読解法は問題の端緒を開きはしたが、なお、本質的な部分に至ることは出来なかった。これが大きく展開したのは昭和四十年代になって小野重朗が「分離解読法」

を提唱してからである。小野は概略次のように述べた。「オモロの一篇の構造を叙事進行部と反復部に分け、叙事部と反復部は意味的に直結するべきではない。反復部は、第三者の謡う掛け声であり、ハヤシであるから、事柄の展開は、一・又・又・又…と続く叙事部の詞章のみを繋げて解釈すべきである。そして反復部は第二節以下では記されないから、「一」の第二行以下を「又」に記された対句部詞章の後に補い挿入すればよい」。小野のこれらの指摘は現在のオモロ研究では正されなければならない部分も多い。しかし、小野の指摘は、オモロの解読にあたっては記載上省略された反復部を補って解釈しなければならないことを説いて、オモロ研究の一つの分水嶺になった、と言える。

小野の「分離解読法」の不備を改めたのは玉城政美の研究であった。玉城は「オモロの構造」で『おもろさうし』の記載法には「完全記載」「部分記載」「省略記載」があることを指摘した。そして、『おもろさうし』の記載法の大前提は記載の省略にあることを的確に示した。その後、オモロ解釈の問題として、対句部と反復部の区画の判別が重要な問題としてあることを指摘した。玉城のこの指摘は、琉球歌謡の「歌形論」研究から導き出されたものであり、オモロを琉球歌謡の普遍的な形式である「対句法」の観点から分析しようとするものであった。

玉城の「歌形論」の影響を受けながら、『おもろさうし』の記載法をより厳密に検討する中から、筆者は『おもろさうし』の記載の省略は反復部にのみとどまるものではなく、対句部においてもこれが見られること。そして、それは「対句部」と「反復部」の境界の線引きによっては、相当なオモロにおいて起こっていることになるであろうことを指摘した。[32]『おもろさうし』の合理的な試みは、大きな課題を生むものでもあったことが分かってきたのである。このように『おもろさうし』の記載法の実態を解明することは、オモロ解読に直結するのである。

最後に、以上のような歌形論的研究とあいまって琉球歌謡研究の必須の作業があることを言っておきたい。先に見たように高橋俊三は『おもろさうし』の表記法――オモロの音韻を明らかにした。このオモロの音韻の表記法を基にすると、瞥見した『久米仲里旧記』などの十八世紀以降に成立した文献や宮古歌謡・八重山歌謡の歌詞の音韻表記には相当な問題がある。大方の資料は漢字・仮名を用いた歴史的仮名遣いを交えながら記している。ここに方言音韻を正確におこすという意識はなかったのではないか。これは琉球語の表記の問題である。これは近代以降も同じであったと言えるが、今後の琉球歌謡の研究はこれらの文献に記された方言音を復元し、正確な語釈にたどり着くという作業が求められているのである。これは歌謡集を編む側にとっても重要な視点であることも言っておきたい。

注

(1) 外間守善『日本語の歴史九　沖縄のことば』(中央公論社、一九八一年)九二頁。
(2) 同上書　九一頁。
(3) 一六〇八年。財団法人明治聖徳記念学会編『琉球神道記』(明世堂書店、一九四三年)八三・八四頁。
(4) 外間守善・波照間永吉『定本琉球国由来記』巻三―六八項「文字」一〇七・一〇八頁。
(5) 前掲注3『琉球神道記』八四頁、注4『定本琉球国由来記』一〇八頁参照。
(6) 伊波普猷「日本文学の傍系としての琉球文学」(初出一九二七年。『伊波普猷全集』第九巻、平凡社、一九七五年、三六・三七頁)、比嘉春潮「沖縄文化史」(『比嘉春潮全集』第一巻、沖縄タイムス社、一九七一年、五一八頁)、仲原善忠「官生小史」(『仲原善忠全集』第一巻、沖縄タイムス社、一九七七年、五三三頁)など。
(7) 「たまおどんの碑」は王家の陵墓である玉御殿の入口に建立された碑。この墓に葬祭されるべき人々の名を挙げ、末尾に「このかきつ/けそむく人あらハてん/あをきちにふして/たゝるへし」(拙編『鎌倉芳太郎資料集(ノート篇Ⅲ)歴史・文学』沖縄県立芸大附属研究所、二〇一五年、六七七頁)という呪詛の文言を持つ。「ヤラザ杜グスクの碑」は倭寇の侵入を防ぐために那覇港入口に築かれたヤラザ杜グスク完成の時の碑。その中に聞得大君らの神々が降臨し、グスクの防御の永遠なることを祝福する神託を持つ。「真珠湊の碑の文」は尚真王が倭寇の襲来に備えて軍用道路を敷設し、王国の軍勢を那覇港へ結集することを命じたもの。「御グスク南の門の碑」は尚清王による首里城南壁の二重化工事の竣工の時の碑。聞得大君などの神が降臨し下した祝福の神託と、その後にニライカナイから来訪したニライの大主のオモロによる祝福がなされた、という記事を持つ。「かたのはなの碑」は首里グスク東方にある弁の嶽への参道を石畳道とする工事の竣工の時に建立。聞得大君神の降臨があったとの記事をもつ。これらの碑文の記事に基づいて、聞得大君らの君神が活躍する古琉球の首里王府の祭祀と歌謡文学のあり方については別で考えた(注8の拙稿)。
(8) 拙稿「金石文にみる古琉球の王府祭祀」(『沖縄県史　各論編　第三巻　古琉球篇』沖縄県教育委員会、二〇一〇年)。なお、これらの碑文については拙編『鎌倉芳太郎資料集(ノート篇Ⅲ)歴史・文学』(沖縄県立芸術大学附属研究所、二〇一五年)六七五―七一八頁参照。
(9) 前掲注8『鎌倉芳太郎資料集(ノート篇Ⅲ)歴史・文学』六七八頁。読点は省いた。/は「鎌倉ノート」の改行を表す。ミセゼルについては外間守善・玉城政美編『南島歌謡大成Ⅰ沖縄篇上』(角川書店、一九八〇年)四四頁参照。

（10）池宮正治「王と王権の周辺――『おもろさうし』にみる」（『琉球文学総論』笠間書院、二〇一五年）一六九・一七〇頁。

（11）宮古島の旧家に伝来した「志よりの御み事」と記された「萬暦二十三年八月廿九日」日付のある辞令書（『平良市史　第三巻　資料編一　前近代』平良市役所、一九八一年、七頁）、久米島の旧家伝来の辞令書（『久米のきみはゑ500年――祭祀にみる神女の世界』久米島自然文化センター、二〇一〇年）、また、高良倉吉『琉球王国の構造』（吉川弘文館、一九八七年）にも例がある。

（12）玉城政美「オモロの構造」（『沖縄文化研究』三号、法政大学沖縄文化研究所、一九七六年）。玉城の指摘以前、小野重朗は「朝凪・夕凪のおもろ」（『沖縄文化』三八号、一九七二年）で「分離解読法」を提唱した。その後も「南島古歌謡の歌形の系譜」（『沖縄文化』四一号・四二号、沖縄文化協会、一九七四年）でこれを精密化した。氏のこの方法論はその後のオモロ解読に大きな影響を与えた。しかし、その中で、大意次ぎのような指摘もしていた。すなわち、〝オモロの対句部と反復部の判別は難しくない。オモロの第一行目が対句部でそれ以下は反復部である〟というものである。しかし、これは明らかに誤りで、オモロの対句部の認定は簡単ではない。この問題については拙稿「オモロの対句部と反復部をめぐって――オモロの反復を中心に」他（『南島祭祀歌謡の研究』砂子屋書房、一九九九年）でふれた。

（13）『久米仲里旧記』は成立年未詳。これまでは一七〇三年頃とみられていた。しかし、「司馬姓家譜」の「四代比嘉筑登之智義」の項の「一　康熙四拾三申年ヨリ同四拾五戌年迄（中略）父老方より往古之事聞合間切旧記組立候事」（拙編『鎌倉芳太郎資料集（ノート篇Ⅰ）美術・工芸』沖縄県立芸術大学附属研究所刊、二〇〇四年、三八八頁）という記述により、その成立は康熙四五（一七〇六）年以後ということになろう。

（14）引用は高橋俊三・池宮正治『琉球大学図書館仲原文庫所蔵「久米仲里旧記」複製』（影印本）（自家版、一九七二年）一九頁。

（15）外間守善・玉城政美編『南島歌謡大成Ⅰ沖縄篇上』（角川書店、一九八〇年）。

（16）前者の形は一節の中で一対が構成されるⅡ型であり、後者の形だと二節で一対を構成するⅠ型になる。対句の型については拙稿「八重山歌謡の歌形の諸相」（『沖縄文化研究』九号、法政大学沖縄文化研究所、一九八一年）参照。

（17）活字本は沖縄久米島調査委員会編『沖縄久米島資料編』（弘文堂、一九八三年）六四―六六頁。他に「（右之時具志川）間切くわいにや」（六六―六八頁）にも記載されている。この方は全四七節だが、これにも各節冒頭に反復句「あはれかなしきみはい」が記載されている。

（18）写本。『平良市史　第三巻　資料編一　前近代』（平良市役所、一九八一年）四一―五七頁に翻刻。本歌は五〇頁に掲載。

（19）実際、近代に入って成立した『宮古島の歌』を収録した外間守善・新里幸昭編『南島歌謡大成　Ⅲ　宮古篇』（角川書店、一九七八年）四二二頁では

首里天《しゆいてん》の美御《みお》ほげ王天《わうてん》の美御《みお》ほげ

おやげめずあがり〈各行の下につく〉
狩俣《かりまた》の親《おや》なれ嶋尻《すまず》原主《ばらしゅ》なれ
（以下略）

としている。なお、『宮古島の歌』の成立の事情や伝本については上原孝三氏の研究「『宮古島の歌』の成立をめぐって」（『沖縄文化』一一六号、沖縄文化協会、二〇一四年）がある。

（20）『南島　第一輯』（一九四〇年　南島発行所刊。一九七六年　東京・八重山文化研究会再版）所収本による。なお、読点とハヤシを示す「　」は省いた。

（21）『南島歌謡大成Ⅳ 八重山篇』に「真乙姥《まいつばあ》ゆんた」〈石垣村。全一四節〉がある。このユンタのうち、五節が「こいにや」の詞句と重なる。また、「真乙姥あよう」〈新川村。全六節〉・「真乙姥のあよう」〈西表島祖納村。全六節〉があるが、この方は冒頭の一節だけが重なり、それ以下は別詞章となっている。しかし、テーマは重なっていると言える。

（22）ここでは真境名笑古筆写「八重山歌節寄」（『南島歌謡大成Ⅳ 八重山篇』収録）、喜舎場永珣筆写『八重山歌集』（石垣市立八重山博物館所蔵）をとりあげる。前者は「大浜用能の本」から筆写した純然たる歌詞集である。各曲とも「一」書きで歌詞が書き流されている。後者は「大浜用能本ヨリ筆写　明治四十三年川平にて写」とあるが、これは各曲とも最初に楽譜（工々四）があり、その後ろに歌詞が「一」書きで書き流されている。この両本は「大浜用能の本」からの筆写と言うが、収録曲数に違いがあり、また配列にも相違がある。

（23）拙稿の『おもろさうし』の記載法をめぐる三本の論考（『南島祭祀歌謡の研究』砂子屋書房、一九九九年）八二五―九一六頁を参照。

（24）外間守善「解説」（『日本思想大系一八　おもろさうし』岩波書店、一九七二年初版）五五二頁参照。

（25）オモロの引用は外間守善・波照間永吉編著『𡧃本おもろさうし』（角川書店、二〇〇四年）による。なお、区切り点は省略するなど、若干手を加えた。

（26）玉城政美「南島歌謡の歌唱法（試論）」（『琉球の言語と文化　仲宗根政善先生古稀記念』論集刊行委員会、一九八二年）参照。

（27）前掲注17参照。

（28）高橋俊三「オモロ語要説」（拙編『琉球の歴史と文化』角川書店、二〇〇七年）所収）参照。

（29）島袋全発「おもろさうしの読み方――展読法の研究」（『沖縄教育』一九三二年）。

（30）宮城真治「『おもろさうしの読方　展読法の研究』に対する卑見」（末次智『世礼国男と沖縄学の時代――琉球古典の探求者たち』森話社、二〇一七年、一九八―二三六頁）所収。

（31）世礼国男「琉球音楽歌謡試論」（『新沖縄文学』二三号・二四号、沖縄タイムス社、一九七二・一九七三年）。

（32）前掲注23参照。

歌における声と文字の出会いと共存

岡部隆志

おかべ・たかし――共立女子短期大学名誉教授。日本古代文学専攻。主な著書に『古代文学の表象と論理』（武蔵野書院、二〇〇三年）、『神話と自然宗教　中国雲南少数民族の精神世界』（三弥井書店、二〇一三年）、『アジア歌垣論　附中国雲南省白族の歌掛け資料』（三弥井書店、二〇一八年）などがある。

日本の古代社会は漢字を用いて歌を表記する際、一字一音の音仮名表記を用いたが、『万葉集』は訓主体表記であり、音仮名は文字による歌（詩）表現を意識していて現場での声の歌とは次元が違うと見なされている。そのような見方に対し、本稿は、文字の歌も声の歌も同じ次元で相互に影響しあっているのではないか、という見方を提起した。

一、文字と歌の出会い

（1）文字の霊・声の霊

中島敦の小説に『文字禍』[1]という作品がある。文字を発明した古代アッシリアで文字の霊が出るという噂が立つ。王から調査を依頼された老博士は、文字を覚えた人びとが、以前より視力が落ち、足が弱くなり、健康でなくなり、職人は腕が落ち、戦士は臆病になったことを知る。着物が発明されて人の皮膚が弱くなり、乗り物が発明されて足腰が弱くなったように、文字を覚えたことで人びとは文字を持っていなかったときの能力を失ったのであるが、老博士は、そのような変化は文字の霊の仕業だと考えた。あるとき彼のもとに若い歴史家（宮廷の記録係）が訪ねてくる。歴史家は老博士に、歴史とは、実際にあった事柄を言うのか、それとも粘土の文字盤に書かれた事柄を言うのかと問う。老博士は両方とも同じことだと答える。歴史家は書き漏らしはないのかとさらに問うと、老博士は、書かれなかったことは無かったことだ、歴史とは文字盤のことだと思わず答えてしまう。答えてから老博士は自分も文字の霊に取り憑かれたことを知る。彼は王に文字がこの国を不幸にすると報告するが、文化人である王の不興を買い謹慎を命じられ、ついには、文字の霊の仕業か粘土の文字盤の下敷きになって命を落とす。

この小説は文字を発明した社会がその文字によって不幸になっていく様子を寓話として描いたものだ。近代における文明批判を文字批判として描いている。老博士と歴史家とのやりとりが印象深く記憶に残っていたので、まずはこの物語の紹介から本稿を始めたい。

(2) 歌の文字表記に関する研究動向

本稿のテーマは「日本古代における歌と文字」である。文字を持っていなかった日本の古代では当然歌は声でうたわれていた。やがてその声の歌を文字で書き記す時代がやってくる。いつ頃から歌を文字で書き記すようになったのかよくわかってないが、歌木簡の出土例（難波宮跡から出土した「はるくさ木簡」）から、七世紀中頃には歌を一字一音の音仮名で記していたことはわかっている。そして八世紀には編纂されたと思われる歌集『万葉集』は文字で表記されている。とすれば、七世紀に声の歌は文字と出会い（それ以前に出会っていた可能性はある）、八世紀には文字による歌集を生み出したということになる。

『万葉集』の歌が実際に歌われた時代は、七世紀から八世紀にかけてである。収録されている歌は、音声によって表現されたと考えられるが、『万葉集』は文字によって表記された歌集として現存している。従って、『万葉集』は声で表現された歌を文字で記録した歌集だ、という至極当然な理解がでてこよう。だが、近年の『万葉集』研究はその考え方をとらない。確かに声で表現された現場があったとしても、そこでの歌と、文字で表記された歌とは、表現の質そのものが違っているから、同じ次元で論じられない、『万葉集』は文字で表現された歌（詩）であって、そこから、表現の次元の異なる、実際に声で表現された現場の歌の様相を再現することに意味はない（あるいは出来ない）という立場をとる。仮に文字の歌から声の歌を再現したとしても、それはあくまで文字から再現された声であり実際に表現された声の歌とは違うという考え方である。つまり、『万葉集』は文字の表記のレベルにおいて歌の表現が評価されるべきだ、ということである。このような研究の方向は、声としての歌を否定するものではないが、大方の研究の動向として、最近の『万葉集』研究は声としての歌へは関心が向いていないと言えるだろう。

(3) 本稿の目的

このような研究の方向はわからないではない。客観的資料として文字（万葉仮名）は残っているが、声は資料として存在せず、唯一の資料である文字から声としての歌を再現したとして、その声が実際にどういうものであったのか確かめる術はないからだ。

だが、確かめようがないからといって、声の歌へ関心を向けなくてていいのだろうか、とあらがってみたくなるのは、やはり声の歌の様相の探求は、『万葉集』研究にとって、文字としての歌の探求と同様に重要だと思うからだ。長年、中国少数民族の歌の掛け合い（日本での歌垣）を調査研究してきた私は、声の歌の現場というものの豊かさを知っている。その私が、『万葉集』の文字の歌の向こう側に声の歌の豊かさがあると想定することは意味の無いことだとは思わない。無論、『万葉集』の歌が声の歌を記録したものだなどと単純に考えている訳ではないし、文字表現としての歌の豊かさも十分承知している。資料のない古代の声の歌を考察の対象とすること自体の困難さも理解している。が、それでも、声の歌を等閑視した文字の歌の研究が十全だとは思えないのだ。歌という言語表現にとって声は切り離せない何かとして最後までまとわりつくものなのではないか、とさえ思う。そう思う私は、声の霊というものに取り憑かれているのだろうか。

小説『文字禍』の老博士が万葉研究の現状を見たなら、研究者たちは文字の霊に取り憑かれているとみなしたかもしれない。そして、記録（書記）されなかった声の歌は？と問われて、文字に取り憑かれた立場から、そんなものは存在しないのと同じことだと答えたかもしれない。

さて、声の霊に取り憑かれているのかも知れない私の立場からすれば、声の歌は書かれなくても存在したと主張したい、声の霊と文字の霊は共存し、相互に影響しあって、文字及び声の言語表現をより豊かにしていったのではないかと思うのだ。本稿における私の立ち位置は、このような立場、つまり、文字及び声を対立的に切り離すのでは無く、相互に影響し合いながら言語表現としての歌を生成していくのだ、という視点をとることである。古代の文字の歌を収蔵した『万葉集』から、声の歌を顕在化させるのは困難なことだが、文字の歌に声の歌の影響もしくは相互作用を見ることは可能だろう。それについて論じるのが本稿の目的なのだが、その前に、日本古代における声と文字の出会いについて述べておきたい。

二、漢字を用いた日本語表記の工夫

(1) 文字を必要としなかった社会

日本の古代社会は文字をもっていなかった。その日本が外来の文字である漢字に出会うのは弥生時代である。弥生時代にはすでに大陸から渡来した人たちがいた。彼らは当然文字を持ち込んだだろう。鹿児島県種子島で弥生時代の広田遺跡から、「山」と陰刻された貝札（彫刻を施したペンダント）が出土している。この貝札は巫女の遺骸の上に置かれており、「山」という文字に神仙思想の不老不死の意味を込めたのではないかという説がある。(2)種子島の弥生人にとってこの「山」は文字というより不老不死を表す呪術的記号だったようである。

文字を持たない社会が外来の文字と出会ったからといって、その社会が文字の便利さに気付きその文字をただちに使い始める訳ではない。その社会が文字を必要とする社会で無ければ、文字という表現方法を取り入れたりしないし、母語を文字で表記しようなどという試みも行わない。人類学者川田順造は、かつて、太鼓の音だけで民族の歴史を語るアフリカのモシ族文化を紹介し、モシ族のような文字を持たない社会を「無文字社会」と名付けたが、そのことを反省し、むしろ「文字を必要としなかった社会」と呼ぶべきで、そのほうが「これらの社会における、豊かな音や身体の図像における伝え合いの実態を表すのにふさわしい」と述べている。(3)

この発言はよくわかる。私は長年中国の少数民族である白《ペー》族の歌文化の調査を行っている。白族は白文《ペー》と呼ばれる母語の表記文字を持っているが、歌の表記に用いるだけで一般的な表記文字として使われていない。他の多くの少数民族もほとんどは母語の表記文字を持っていない。中国国内の少数民族は政治的には漢族が担う国家に支配されており、また漢文化の強い影響下にあることで、日常語は漢語と異なる母語であっても、文字による伝達は漢語（漢文）を使う。従って、日常語だけで生活が可能なほとんどの少数民族の人々は、文字を持たない人々、つまり文字を必要としない人々なのである。文字を必要とする人々は、中国国家による政治制度、あるいは経済・文化の恩恵を必要とする人たち（知識層）であるといってよい。

ジェームズ・C・スコット『ゾミア』(4)は、中国西南地域の山岳地帯に居住する少数民族には、かつて文字（漢字）を用いていたが、漢族国家の支配から逃れ、山奥で暮らしているうちに漢字を使わなくなった民族がおり、文字をもたない生活をしているからといってその民族が昔ながらの原始的な生活を続けているとは限らないと述べた。この主張は、文字の獲得は文明と同じ進化で後戻りはしないとみなしてた人たちを驚かせた。必要が無ければ文字を捨てる社会がある、ということを知らしめたこの本の功績は大きい。その社会の制度や文化にとって必要だからこそ文字言語は根付くのであり、必要が無ければ根付くこともないし、文字を持つ社会が文字の無い社会に戻ることもあり得るということなのだ。

（２）文字を必要とする社会の成立

さて、文字を持たなかった日本の古代社会は、漢字に出会って文字言語に習熟していくことになるのだが、当然そうなったのは古代社会が文字を必要とするようになったからである。その大きな契機は、中国との外交にあったと考えられる。弥生時代以降日本の古代社会に成立した国は中国と外交関係を結ぶ。『後漢書』東夷伝に「建武中元二年、倭の奴国奉貢朝賀す」という記述がある。この建武中元二年（五七年）に後漢の光武帝から倭の奴国に送られたのが、江戸時代に志賀島で出土した「漢委奴国王」の金印であると言われている。また、邪馬台国の卑弥呼は魏の明帝に使者を送り明帝から「親魏倭王」の爵位をもらっている（『魏志倭人伝』）。古墳時代に入って倭の五王の時代（五世紀）、倭王はいずれも宋の冊封体制下に入って宋に朝貢している。これらの外交に際して外交文書が交わされたはずである。中国の文書を日本側が読めなくてはならなかったし、日本側もまた外交文書を用意したはずだ。無論それらの文書は漢文であり、日本の古代国家は、中国との関係において漢文という文字言語に習熟せざるを得なかった。やがて、自国の政治経済における支配システムの構築において文字言語が不可欠であること気づき、異国の表記文字であっても、漢文は日本の内部に普及していくことになる。

漢文は異国の文字言語であるから、使いこなせるのは当初は一部の知識人であったろう。しかし、漢文を使いこなせないと役人になれないとなれば、皆が漢文という表記文字を習うようになる。そのようにして、律令国家が成立する七世紀から八世紀にかけて、漢文は公文書における日本の表記文字として一般的になる。八世紀初期に成立した『日本書紀』は、文字を使いこなす日本という律令国家の威信を示すための歴史書だとも言えるが、それが漢文で書かれていても当然だとみなされていたのである。漢文は日本の書記言語としてそれほどに日本の内部に浸透していったと言える。

（３）日本語化する漢文表記

だが、漢文はやはり異国の文字言語であり、事柄の意味を伝えるには優れているとしても、日本語の細かなニュアンスや、歌のような音声を伝えるには限界がある。固有名詞などの表記は意味ではなく音を優先しており、漢文表記では固有名詞は記述出来ない。また日本語の目的語と動詞の語順が漢語では逆である。日本語を漢文で表記するということは、漢語という日本語とは異なる言語体系に翻訳し、その翻訳表記を習得することであるが、当然、翻訳できないことにたいしてはそれなりの表記上の工夫が必要になる。その工夫は、例えば、固有名詞は漢字の音を優先して表記する。歌の表記も音を優先した漢字を用いる。漢語では表記しない助詞や助動詞を表記する。目的語と動詞の語順を日本語の語順にしてしまう、といったことである。これらの工夫を徹底すれば、漢文は当然漢語としての体系を崩すことになる。つまり、中国人には読めない漢文になってしまう。そのように崩された漢文を変体漢文と呼ぶ（神野志隆光は「非漢文」と呼ぶべきだと言っている）[5]。『日本書紀』にもそれらの工夫があるが、変体漢文までは崩されていない。だが、同時期に編纂されたと思われる『古事記』は中国人では読めない変体漢文になっている。

何故『古事記』は変体漢文で書かれたのか。それについては様々な議論があるのだが、大雑把に言えば、漢文表記では伝わらない何かを漢語の体系を崩してまで表記する必要にせまられた、ということであろう。そのような何かを表記する必要性の背景には、『古事記』が編纂された八世紀初期までに、漢文表記が、国家を運営するために必要な公的文書の範囲を越えて、文化領域を含む社会の様々な場面に次第に必要とされていったということがあるだろう。漢文表記の浸透とともに、日本人は、自分たちの文化を自覚し始め、その自覚された文化を書き表すに際し正統な漢文表記に限界を感じ、その表記方法を工夫し始めたということである。そうやって、漢文表記は次第に日本語の表記に変化していったのである。

（4）日本語式に漢字を用いる工夫

正統な漢文表記を崩して日本語のニュアンスを伝えるためには、漢字を漢語の表記ではなく日本語の表記として使う必要がある。漢字以外の文字を日本語は持っていないからである。そこで三つの方法が考えられた。一つは、漢字の音をそのまま用いてその漢字を日本語の文字として用いる方法。音読みという。現在でも外国語の単語がその読みのまま日本語に定着した外来語がたくさんあるが、そのようなものと考えればよい。二つ目は漢字の意味に対しその意味と同じ日本語の音形をその漢字の読みとする方法。これを訓読みという。例えば「山」を中国語の音で「ｓａｎ」と読めば音読みの漢字となるが、日本語式に「やま」と読めば訓読みの漢字になる。三つ目は、漢字の音だけを借りて一字一音式に日本語を表すやり方。「やま」を「山」と表さずに「夜麻」と書くようなやり方である。この「夜麻」を音仮名という。『万葉集』の表記にも用いられているので万葉仮名とも呼ぶ。この表記方法が後の仮名文字に発展していくことになる。以上のような漢字を用いた三つの方式で日本語としての文字表記は生まれていった。

ただし以上のような方式は日本独自の工夫というわけではない。中国に仏教が伝来し、大量の仏典が中国語へ翻訳されたが、それは梵語を漢字を使って表記することだった。金文京はこの仏典漢訳の方法を日本の僧侶達は知っており、漢文を日本語で読むという訓読の方法の直接の起源は、梵語から中国語の翻訳にあったろうとしている。(6) 七世紀に多くの漢語仏典が日本にもたらされたが、漢訳仏典における漢字を使っての訓読を参考にして、漢文を日本語式に表記する方法を生み出したというのである。このような方法は日本だけが行ったわけではない。日本と同じように中国の周縁に位置し、文字を持たなかった朝鮮やベトナムも漢字を用いて母語の表記を行っている。このように、漢語という異言語（中国の場合は梵語）を、漢字を用いて母語に翻訳し母語表記を試みようとしたのは、東アジア漢字文化圏における共通の方法だったのである。

(5) いつ頃歌が書かれ始めたか

日本の古代社会において歌は声で表現されるものであったが、漢文による表記の浸透とともに声の歌を文字で表そうという機運が起こる。歌と文字の出会いである。歌と文字の出会いがいつの頃まで遡れるのかはわからないが、漢語への翻訳を基本とする漢文表記では声の歌は表記できない、と理解されていたと考えられる。つまり、漢語である漢文ではない漢字表記（変体漢文もしくは非漢文）で歌を記そうと意識されたときが、歌と文字との出会いということになろう。

二〇〇六年に難波宮跡から「波留久佐乃皮斯米刀斯…」と読める木簡が出土した。この木簡は七世紀中葉のころに埋没したものと推定され「春草の始めの年」との読みがなされ、歌の冒頭部分であるとされた。(7) 世に言う「はるくさ木簡」の発見である。この発見は、歌の表記におけるそれまでの定説を覆す衝撃的なものであった。それまでは、人麻呂歌集に見られる略体歌の表記（助詞助動詞を省略し漢文風に訓字主体の漢字を並べた表記）が歌の表記として先行し、一字一音の音仮名表記はその後だろうとみなされ、従って、音仮名表記の成立は七世紀末以降だと考えられてきた。ところが「はるくさ木簡」によって、柿本人麻呂の時代より前の七世紀中頃には一字一音の歌表記が行われていたことがわかったのである。この木簡以外にも、歌を一字一音で表記した歌木簡が各地から発見され、これらの発見を受けて犬飼隆は「実在する物的徴証を並べてすなおにものを考える限り、七世紀に日本の韻文を書くときは、当時可能であったいくつかの方法のうち、一字一音式表記を選択するのが通常であったと言わなくてはならない」(8)と述べている。

一字一音の音仮名表記は五世紀末から六世紀初等に築造されたとされる埼玉県稲荷山古墳から出土した鉄剣に象嵌された文字「獲加多支鹵《わかたける》大王《おおきみ》」（雄略天皇）に見られるが、このような固有名詞はかなり古い時代から一字一音で表記されていた。音仮名による歌表記がどこまで遡れるかはわからないが、七世紀中頃には一字一音の音仮名で表記されるようになっていたということである。七世紀は、中国や朝鮮半島との緊張した外交関係のあった時代である。朝鮮からの渡来人も多かった。大陸からの文化も入ってきた時代であり、漢文をベースにした文字表記がかなり浸透し、声の歌を文字によって記すべき言語文化とみなすまでに、表記意識の高まりがあった時代だと言える。この七世紀に文字と声の歌とは出会った、と言えるのではないだろうか。

(6) 漢詩文化に倣おうとした万葉歌の表記

七世紀の歌の表記が、一字一音の音仮名で書くことが通常だったとすると、七世紀後半から八世紀前半の歌を集めた『万葉集』の表記が一字一音の音仮名表記に統一されていないのは何故なのか、という疑問が生じる。神野志隆光は、個々の歌の現場で一字一音の音仮名が歌の表記として選択されたのは、歌の表記の実用に適していたからだとする説を踏まえ、『万葉集』は訓主体表記を基軸にした歌集であり、仮名主体表記は訓主体表記に相対するものとして選択されたものであるとする。つまり歌の現場で選択された実用的音仮名表記は、『万葉集』における表記のレベルでは、漢詩に通じるような訓主体表記の歌の対極にある、歌の現場を忠実に伝える歌の在り方の表現として選択されたものであって、歌の現場がそこから再現できると解してはならないと述べている。(9)

つまりこういうことだ。中国の漢詩という高度な言語文化に触れた日本の知識人は、日本の声の歌を漢詩に並ぶ言語文化として自覚し、あるいはそれをベースに日本の歌（詩）文化を創造しようとした。その成果が『万葉集』である。歌の表記は、漢詩の水準に近づくものとして訓主体中心の表記が選択された。音仮名表記は、訓主体表記では伝えられない日本の歌の固有性（即興的な声の歌の在り方）の表現として選択されたが、それは、漢詩的言語文化のレベルを想定した表記であって、歌の現場での実用的表記とは質が違うということである。例えば、『万葉集』巻五の、大伴旅人宅で催された「梅花の宴」における「梅歌の歌」三十二首の表記は一字一音の音仮名だが、これは、歌が声として表現される宴の場を装う表記上の演出とみるべきで、歌の現場の声を拾う一字一音の実用的表記とは違うというのである。この場合の音仮名表記は、漢詩に並ぶような詩の水準に達しようとする創造的表記、言い換えれば漢詩文に拮抗することを目指した表記ということだ。

神野志隆光の述べていることを私なりにまとめると以上のようになるだろうか。このような見方が最近の『万葉集』表記研究の主流となっていることは冒頭で述べた通りである。

三、声と文字との相互作用

(1)声の歌の探求

このような『万葉集』の文字表記への評価について異論があるわけではない。むしろ学ぶべき点が多い。だが、一方で物足りなさを感じるのは、古代社会(『万葉集』の時代を含めて)における声の歌は、その声の存在によってこそ歌としての価値が人々に共有されていたのではないかとも思うからだ。つまり、歌の、声としての存在性を文字として記述された歌からはわからないものとして、その探求をあらかじめ封じているように思えてしまうのである。確かに、古代へタイムスリップして歌の現場をフィールドワークしない限り、声としての歌を確かめようがない。だが、文字資料からある程度のフィールドの想像的再現は可能であり、そこから、歌の声の有り様と文字との出会いの具体相を探ることは試みられるべきであろう。

歌の価値が声(音声)にあるから、声の歌を探求するべきだなどと言いたいわけではない。むしろ、即興性や感情表現(身体性)に優れる声の歌は、文字との出会いの中でどうなっていったのか。共存(もしくは棲み分け)していたのか、あるいは次第に消えていったのか、声の歌の特質は化学変化して文字の歌に内在化されるということがあったのか、相互に影響し合うことがあったのか、そういったことを知りたいのだ。そのような声と文字の出会いの探求は、文字表現でもあり声の表現でもあり得る、というような古代のある時期の歌の姿をより生々しくとらえることになるだろう。文字表記の歌のレベルから踏み出さない『万葉集』研究は、そのような生々しさに対する好奇心が封じられているのではないかと思ってしまうのだ。

『万葉集』は間違いなく文字による歌表現と声の歌表現とが共存していた時代の産物である。従って、『万葉集』を詩の表現として選択された文字表記の歌集とみなすだけでなく、声の歌の現場を再現するための資料という見方があってもいいだろう。

(2) ヨマれる歌

巻十六に次のような歌がある。

三八一六　穂積親王《ほづみのみこ》の御歌一首

家にありし櫃《ひつ》に鏁《かぎ》さし蔵《をさ》めてし恋の奴《やつこ》がつかみかかりて

(家尓有之　櫃尓鏁刺　蔵而師　戀乃奴之　束見懸而)

右の歌一首は、穂積親王の、宴飲の日に、酒酣なる時に、好みてこの歌を誦ひ、以て恒の賞と為ししものなり。

(右歌一首、穂積親王、宴飲之日、酒酣之時、好誦斯歌、以為恒賞也。)

恋の苦しみの卓抜な比喩、擬人化が面白い洒落た歌である。伊藤博は「家にある櫃に錠前を下ろして、ちゃんとしまいこんでいたはずなのに、あの恋の奴めが、しつっこくまたまたつかみかかりおって……」と訳し、「穂積親王が、宴会でご機嫌がよくなると、この歌を十八番《おはこ》として好んでうたったという話。親王自身の詠作かどうか不明」としている。[10] 自身の作かどうかはともかく親王はこの歌をそらんじていて、酒宴で盛り上がると「誦」したということだが、左注にあるこの「誦」は声に出して詠唱することで、旋律をともなう歌謡のように歌われたのではないと考えられる。

真下厚は、万葉歌は口頭で朗唱されることを前提としており、詠み手によって異なるような複雑な旋律ではなく、単調でリズムが一定の形式のものだったろうとし、そのような朗唱はうたうのではなくヨムと言うべきだとし、『万葉集』は「ヨミの文芸」だと述べている。[11] そして、古伝承のフルコトが文字化されそれが音声化されることを「ヨム」とする藤井貞和の説や、口頭伝承のなかに「ヨミ」という形式があり早くに文字化されることになったとする福田晃の説などを踏まえ「古代日本において、文字に書かれた詞章を音声化するという形式が成立する以前から、単純な旋律と一定のリズムによって表現される形式の声の表現が存在していたと考えられる」[11]とも述べる。真下のこの「ヨミの文芸」という捉え方は、文字の歌と声の歌との共存や相互作用についての言及を避けがちな昨今の研究動向に対して、文字と声との共存や相互作用を『万葉集』の歌の生き生きした姿として積極的に論じようとする姿勢だと言えるだろう。私の立ち位置もこのような姿勢の場所にあることはすでに述べた。

さて、巻十六・三八一六の歌の左注はこの歌が声で詠唱される場を伝えているが、親王によって歌謡のようにうたわれたのではなく、真下が説くように「ヨマ」れたものだと考えられる。文字表記が一字一音の音仮名表記でなく、意味をある程度優先する訓主体表記になっているのは、この表記自体が、ある特定の酒宴での親王の詠唱を伝えるものではなく、親王は酒宴でいつもこの歌を詠んだということ歌にまつわる伝承を記すためのものだったからであろう。つまり、この歌の伝承性において意味の面白さが重視され、その面白さを伝えるためには音仮名表記の選択はなかったということになる。

ところで、このヨマれた歌は酒宴で即興で創作されたというのではなく親王がそらんじていた歌を披露したものとある。この場合、親王は歌を記憶していて書かれた歌を詠んだのではないと考えられるが、そらんじる前に文字に記録しておいた可能性もある。あるいは、この左注が伝えるように、宴において必ずしも即興の歌のみが披露されるのでなく、伝承性を持った歌や人口に膾炙した秀歌なども披露されたのであるとすれば、書かれた歌（この場合は訓主体表記だったか）が披露される（ヨマれる）こともあり得たと思われる。ひょっとすれば、この歌（三八一六）が文字によって記録され、訓主体表記の文字表現効果によってこの歌の価値発見があり、それによってさらにこの歌が人口に膾炙され、親王の愛唱歌になったということも考えられる。

このように、この歌と左注は、口頭で伝えられた歌も文字で伝えられた歌もヨマれるものとして共存し得ることをうかがわせる資料として読むことが可能だ。このような見方によって他の万葉歌を見ていけば、文字と声との共存の様相が想像的にしろ浮かびあがるのではないだろうか。

(3)フレキシビルな用法としての音仮名

例えば一字一音の音仮名表記で書かれている巻五の「梅花の宴」における「梅花の歌」三十二首（八一五～八四六）は、文字表記による歌宴の詩的再現と捉えるべきとする見方があることを述べたが、実際は、真下が述べるようにヨマれたものであり、即興で声で作られた歌もあるだろうし、事前に文字で書いたものをそらんじて宴で詠んだ歌もあったかも知れない。すでに七世紀には歌は一字一音の音仮名で表記されるのが通常であった。天平二年（七三〇）正月三日、太宰府の大伴旅人宅で開かれた「梅花の宴」に参加した役人たちは、歌を音仮名で書くことが普通に出来たはずだ。とすれば、宴での歌は、彼らの内部での文字化を経ていた（実際に何かに書き付けることをしなくても心の内部での書記行為は成立する）のもあったと推察される。

中国雲南省白族での語り芸（口頭で演唱される「大本曲」「本主曲」と呼ばれる物語歌）とその文字化の様相について研究している遠藤耕太郎は、「一字一音の音仮名表記は口誦性に支えられた表記ということができるが、それは一字一音を正確に再現するといった意味での口誦性ではなく、歌垣に通じるようなその場や自分の身体性に応じた改変をかなりの程度で許容していくという意味での口誦性である」[12]と述べている。演目である歌曲をそらんじている歌い手が、訓字表記主体で記録する場合は次世代への伝承や他地域への伝播といった意味を重視する傾向があるのに対し、音仮名でノートなどに書く場合は、自分用のメモといった意味合いが出てきて、正確な意味合いは二の次になり、改変もあり得るというのである。

この指摘で重要なのは、音仮名表記がフレキシビルな用法であるという点だ。この指摘を巻五「梅花の歌」三十二首にあてはめ、この歌群の一字一音の音仮名表記を、歌い手である役人のフレキシビルな私的表記であるとみなしてみよう。そうすると、この表記は、完成された歌の表現としての姿ではなく、いまだ完成途次の歌の生成の様子（完成形があるのではなく絶えず変化していく歌の表現）を伝えているということになる。フレキシビルとはそういう見方を可能にするということである。一字一音の音仮名は、歌の表現の流動性を担保する表記でもあるということだ。声でヨムこともまた歌の流動性に関与する。その意味では、歌い手にとって、声でヨミ、音仮名で書くことは、相互作用のあり得る同じ次元での表現行為なのである。

そう考えれば、「梅花の歌」三十二首の一字一音の音仮名表記に声と文字との相互作用を見ることも出来る。このように、この「梅花の宴」歌群の音仮名表記を声と文字との共存を示す資料として見れば、声と文字とが交錯する宴の現場を浮かびあがらせてくれよう。

以上、日本の古代社会における歌と文字の出会いについて概説的に論じ、声と文字とが相互に影響し合いながら共存する様相について『万葉集』を資料に考察してみた。

注

（1）中島敦『山月記・李陵 他九篇』（岩波文庫、一九九四年）所収。この小説は一九四二年に発表。
（2）岸俊男編『日本の古代14 ことばと文字』（中央公論社、一九八八年）。
（3）川田順造『コトバ・言葉・ことば』（青土社、二〇〇四年）。
（4）ジェームズ・C・スコット『ゾミア――脱国家の世界史』（みすず書房、二〇一三年）。
（5）神野志隆光『漢字テキストとしての古事記』（東京大学出版会、二〇〇七年）。
（6）金文京『漢文と東アジア――訓読の文化圏』（岩波新書、二〇一〇年）。
（7）栄原永遠男『万葉歌木簡を追う』（和泉書院、二〇一一年）。
（8）犬飼隆『木簡から探る和歌の起源』（笠間書院、二〇〇八年）。
（9）神野志隆光『万葉集をどう読むか』（東京大学出版会、二〇一三年）。
（10）伊藤博『萬葉集釋注八』（集英社文庫、二〇〇五年）。
（11）真下厚『万葉歌生成論』（三弥井書店、二〇〇四年）。

（12）遠藤耕太郎「古事記歌謡の表記と口誦性——中国少数民族ペー族の語り芸をモデルにして」『國語と國文学』（東京大学国語国文会、二〇一三年五月）。

古代の歌の命——ある手法の変貌について

エルマコーワ・リュドミーラ

Ermakova Liudmila——元ロシア科学アカデミー東洋学研究所極東・東南アジア文学課長、神戸市外国語大学名誉教授、The Association of Japanologists of Russia。専門は日本古代文学、露日文化交流史研究。主な著書に『神々の言葉と人々の歌——日本古代和歌における神話と儀礼』（ナウカ、モスクワ、一九九五年）、『古事記　中巻』ロシア語訳・注釈と研究　日本古典文学シリーズ（シャル、サンクト・ペテルブルグ、一九九五年）、『日本書紀』巻一～十六　ロシア語訳・注釈と研究　日本古典文学シリーズ（ギペリオン、サンクト・ペテルブルグ、一九九七年）などがある。

古代の歌掛けと文字化された和歌は随分異なる文化的現象であるが、密接に結びついていると同時に、起源は共通しており、神話的な言葉の能力と働きにさかのぼるのである。洗練された中国文学の影響のほかに上つ代から続くその働きも重要なファクターとなっている。本論文の焦点は歌から和歌への道程における「パフォーマンス」と「行為遂行」の変容の問題である。

はじめに

一般的にいえば、詩歌は民謡の段階から文学の初期段階、さらには成熟段階へと進展する。日本の和歌の生成発展の歴史にみられる特筆すべき特徴は詩歌の進展にみられるいくつかの特徴のいわば純粋な形とみなされ、文学の一般法則を明らかにする代表的な例とみなすことができよう。

一、抒情詩の形成
——ロシア、スペイン、日本など

各地に生まれた抒情詩や初期歌論はさまざまな形をとってきた。例えば、ロシアの詩文学における抒情詩は民間伝承の儀式や風習、語彙や音律の世界の外に形成され始めた。中世後期になって国家は西欧化、近代化し、文学はある程度世俗化し始めると、ようやく抒情詩が形作られるようになっていった。それは、書き手たちが聖書やキリスト教的な主題以外のものを書くことができるようになったからである。このようにしてロシア詩は成立したのであり、民間伝承的な要素が顔を見せるのは後のことであった。それは十九世紀に近い時期のことであるが、ヨーロッパのロマン主義影響下においてロシアでも民謡は「民族の魂」の表れとみなされるようになった。その風潮のなかで、民間伝承特有の文法・語彙・リズムなどの文体技法が意図的に詩のなかに挿入されるようになった。

スペインにおける状況はいくらか異なっている。ここでも、詩文学は隣接する他の文化圏の影響下に生まれた。その文化は当初ラテン化し、後にアラビア化していった。こうした流れが一定の民間伝承の基層に折り重なっていくと推測されているが、しかし中世スペインに居住していたイベリア族やその他種族の民間伝承の記録は失われているのである。

これに対して、日本の和歌は、さまざまな歌謡の歌われる儀式の発生と詩文学の発生とはその辿ってきた道程が互いに近く、また時に交差することもあったことから、文学発生をめぐる一般理論を類型比較したり精緻化したりするための有効な材料として特筆すべきものである。もっとも、日本の事例が世界史における唯一の例というわけではなく、サンスクリット詩や中国の詩のほか、これと類似する現象がその他ローカルな、例えばインドのドラヴィダ文化などの詩文化にも見受けられるのである。(1)

二、和歌の形態の成り立ち
――歌掛けとの繋がり

日本人の歌を作る活動において、神話的世界観の時代でさえも、すでに複雑で多重的な中国文化の影響下に置かれていたのである。しかし、その内部では、日本列島に住みついた人々のなかに蓄積されてきた文化的エネルギーが温存されて沸き立ち、長期間にわたって人々の意識に影響を及ぼしているのである。このように文化的エネルギーが蓄積される過程を、ドイツの言語学者フンボルトは精神の形態形成期と呼んでいる。

どの文化においても同様であるが、文学が形を整えていく時期における最初の詩歌形式――日本の場合では和歌――の周りには、民謡や漢詩の伝統、さらには散文から自立したものであることを示す目的で境界線が入念に張りめぐらされるものである。そういう手立てがなされるにも関わらず、さまざまな形態や水準において和歌が儀礼の歌謡や古代中国の古体詩からの借用とのつながりのあることがはっきりと観察されるのである。

和歌の発展には「歌垣《うたがき》」、つまり歌掛けの習俗が関係しているという点で大半の研究者は意見が一致している。儀礼としての歌掛けは地理的にみると広範囲にわたり、アジアやヨーロッパの多くの文化において認められる。ロシアで歌掛けの採集と研究が始まったのは十八世紀のことで、十九世紀には大きな広がりをみせるが、これはヘルダーの思想と西欧ロマン主義全般からの影響、さらにはロシアのスラヴ派の活動によるものであった。一八六〇年代後半以降、民俗学者らによる歌の採録は以前よりも信頼性のあるものとなり、学術的にも検証が重ねられ、その頃にはまさに西欧民俗学の礎を築く研究まで登場してきた。A・N・ヴェセロフスキー（一八三八〜一九〇六）は文学ジャンル発生の問題を考察した著書『歴史詩学』（一八九八年）のなかで、西欧ならびにスラヴの伝統に関する文学ジャンルの発生について次のような仮説を述べている。(2) それは、二つのグループが交替で歌う習俗は唱和が生まれたどの民族詩歌においても発生し、その際二つのグループが互いに歌を返し合うという習俗が形成されて、後にこの唱和形式が廃れると、歌は二人の歌い手によって奏されるようになる。そして次の最終段階に入ると、歌はもはやたった一人の歌い手が歌うものとなり、以前は交替で歌われていた対句も一つの句にまとめられ、並行体（自然と人間の状態の比較技法のこと）や反復法といったものは温存されたというのである。

ヴェセロフスキーの記述と理論の主要なポイントは他の民族でみられる歌の儀礼にも適合すると思われる。これは日本の初期歌謡文化もそうであるし、例えば現在まで歌掛けを保存している中国ミャオ族の歌掛けの歌についても同様である。

日本の研究者のあいだでは、日本における抒情詩の発生は、第一に歌垣との関係が考慮され、またその系統問題の議論の前提として前時代の狩猟関連の民間伝承と歌、さらにはトランス状態で巫女が〈受けとめる〉リズムを持ったテクストの影響を考慮に入れるのが伝統となっている。しかし、いずれにしても仮説として自然なのは、時代的には最も遅く、テクスト機能が前文学的な段階にあった歌垣のなかから生まれてきた多くの特徴が和歌の各ジャンルには備わっているというものであろう。

三、歌掛けと反復の種類

『古事記』、『日本書紀』、さらには『風土記』や『万葉集』の歌と「歌垣」とのつながりについては多くの研究者が論じている。この根本的にして普遍的ともいえる歌垣の掛け合いという仕方は日本において何世紀にもわたって切迫したものであり続けた。例えば、平安時代に記された神事で歌われる神楽歌にはその唱え方が記録されているが、この歌は古代歌謡の母胎であり、奈良時代にまで遡るものとされている。神楽歌は「本《もと》」と「末《すえ》」の二手に分かれて歌われたと考えられている。そこから短歌の詠唱には舞台化された側面もあったということになる。二手に分かれて短歌を歌う際のシナリオには多様なものがあり得る、すなわち、舞台はさまざまな性格のものになり得るということなのだが、その最も基本的で平易な種類といえるのが繰り返し、復唱である。

『詩経』の「頌」のなかには「楽曲」という形で、「一倡三歎」と呼ばれるさらに進んだヴァリアントがみられる。現在、この表現は特に表現力豊かな詠唱のことを意味するが、古代中国では一人が歌って、途中から三人が加わり、反復して歌うことを意味したようである。「頌」の研究家である内藤磐はその『上代歌謡演劇論』のなかで、この中国で行われていたものが日本でも自然な形で再現されていたという仮説を立てている。(3)

四、反復とその変動

ここでの自然な歌い方というのは、短歌がまず独唱者、または踏歌の音頭を取る「歌頭《かとう》」が歌い、その後で続きの句が唱和・復唱されるというものである。これと同じことが二手に分かれた唱和、あるいは独唱でも行われていた可能性がある。その際には聞き手に対して強い影響力のある音楽的効果もおそらくあったであろうし、歌頭に続いて復唱する人の数が増えればいっそう効果的であったと考えられる。

今も残る民間伝承の詠唱の記録の例は薬師寺の仏足石歌碑に刻まれた「仏足石歌」なのかもしれない。五・七・五・七・七・七音の六句体からなる仏足石歌では、「石《いは》に彫《ゑ》りつく／玉に彫りつく」「努《つと》め諸々《もろもろ》／進め諸々」のように、第六句は第五句のヴァリエーションの句が繰り返される。こういうフレーズは反復されてもその意味内容に変更はない。このような繰り返しを必要としたのは、ひとえにコミュニケーションの成果を確認するためであろう。この仏足石歌そのものは二手に分かれた歌い手が互いにやり取りしたことを正確に記録したものではないかもしれないが、このような反復の構造からすれば相互のやり取りを模したものであることは明らかである。

『万葉集』における「反歌」も、ある意味でこれと似た機能を果たす、ヴァリエーションのある繰り返しの一種といえるかもしれない。『万葉集』の反歌は長歌の語彙をいくらか入れ替えてパラフレーズしたものであることが多い。そのことからすれば、反歌の主な機能とは意思伝達行為の成立を確認することなのだ。これと同じようなことはさらに進化した形で初期の歌物語のなかに散見される。ただ、この段階になると歌物語の歌にみられるほんの小さな変更ですらも重要な意味を担い、物語の流れを変えるきっかけになるほど重要な情報がそこに含まれていることがしばしばある。

五、ダイアローグ／ポリローグの原則

歌垣あるいは歌掛けの伝統からダイアローグないしはポリローグ形式を持つ伝統的な和歌の各種ジャンルが生まれてきたことは明らかである。場合によっては、これによって次のような詩歌の一群が形成される傾向が説明されるかもしれない。『万葉集』において「長歌」は通常、反歌と一群を成している。複数の歌人が詠む歌が状況・主題に合わせて一連の作品を構成するというのが普通であるが、場合によっては一人の歌人が同一主題のもとに連作の歌を詠むということもある——このようなあり方は、歌を詠むことが集団によって行われ、またその際に大量のテクストが生み出されるものであることをあたかも再現しているかのようである。なお、一人の歌人による連作については、中国文学からの借用とも関連があると思われる。

歌掛けでは二手に分かれて掛け合い、歌を交換するという形のほかに、双方が一つの歌を分割して歌うことのあったことが考えられる。言い換えるなら、それぞれの歌の構成レベルでこのような二手に分かれて交互に行う歌掛けの歌の詠作が短歌の原理的な二部構成を形作ったということである。

一つの短歌を構成する二つの部分は『万葉集』の最初期の層において宇宙―人間（あるいは宇宙一般的なもの―個的なもの）の階層関係に対応しており、呪文の伝統的な構造を再現している。前半部分は自然の状態、あるいは風景の聖なるスポットの記述を示し、後半は歌の直接の主題を展開する部分となって、それが詠み手個人の状況と関連している。また、前半部分とのつながり方はイメージの相互作用であったり、純粋に語彙レベルのものであったりと、伝統的な修辞法の力を借りたものとなっている。

要するに、短歌という歌形式は次のような形で進化していったと考えられる。当初、上の句（五―七）と下の句（五―七―七）は互いに独立していた。上の句では自然の状態が描かれたり、ある種の宇宙論的情景が提示されて、そこには時間と場所の指標や、また時として呪物や風景の聖なるスポットの指標が伴う。下の句では人間の具体的な姿や感情などが提示される。やがてこの上下の句はいずれも同一人物によって詠まれるようになって、歌を作ることと歌掛けの歌と

のつながりは薄れていき、詩文学の一ジャンルとしての短歌が形成されることとなったが、構成のレベルではいまだに短歌のなかに二手に分かれた詠唱の痕跡が残されているのである。

声の世界、歌を詠む歌掛けの世界からはその明白なダイアローグの方法以外に、これとは異なる和歌の際立った特徴が出てきているように思われる。

六、歌が生じる状況

例えば、初期歌謡から文学的な和歌へと移行していく際の一般的な特徴として、歌を詠む上での環境やきっかけとなる状況そのものが挙げられる。その例として、『古事記』や『日本書紀』などに登場する歌謡テクストを取り上げてみよう。これらは大和言葉で書かれた最古の歌であるが、音節面ではまだ五・七音として整っていない歌謡であることも珍しくない。その歌が説話のプロット上のどの個所に挿入されているかをみることで、呪術的な歌詞を詠唱することを前提にした儀礼状況全体が基本的にいかなるものであったかを推測できる。なお、当然ながら、文字に記録することによって口承テクストの性格に深刻な変更をもたらすこともあり得たであろうが、ここで述べているのは具体的な歌の用途よりも、予測される儀礼的機能全体それ自体についてのことなのである。

『古事記』に関していうと、例えば、歌謡の呪術的歌詞の詠唱が要求される、次のような儀礼を行うべきシチュエーションについて語ることができる。すなわち、初対面、求婚、火を用いての調理、旅立ちと帰還、旅の途次、死の前、隠された意味の伝達、歌による人物の確認などである。事実上、このようなシチュエーションはどれも後に文学へと移行していくものばかりで、しかるべき散文的な説明などが加えられた形で『万葉集』の歌のなかに反映されていて、しかも主題=題詞の形で再現されている。またそれらのシチュエーションは歌物語の作品にみられるプロットの主な総体を成しているが、ここではあくまでも『伊勢物語』や『大和物語』などの初期の抒情的な散文詩ジャンルを念頭に置いている。

無論、こうしたなかにも新たな文化・歴史的状況を原因とした変化がいくつも生じてはいるものの、かつての儀礼的シチュエーションについては容易に見分けがつく。とりわけ、声に出すか、あるいは文字でしたためて送られる和歌においては以前通り、親しい交わりの禁じられた条件下で許される、和歌という特殊な直接話法がなされる。これと全く同様に、歌い上げられた、または書き記された和歌は詠み手やその地位などを明らかにするために用いられ、平安朝の物語のなかにそれを見出すことができる。

七、歌の空間内のパフォーマンスとボディーランゲージ

　さらには、どの儀礼的実践においても神聖なる時空間が再現されており、その内部では呪術的行為が行われ、儀礼目的に適した呪文が発声された。興味深いのは、口承の段階から文字を使う段階へとある程度移行していくなかでも歌の行為遂行（パフォーマンス）性が温存されていることである。行為遂行性というのは通常、歌を直接詠む諸条件、舞台性と聞き手に向けた演劇性、テクストそのもの、あるいは詠唱する状況の脚色として理解される。短歌が持つこの側面が歌掛けに同じく通じていることは明らかである。

　古代の詠唱パフォーマンスがいかなる特徴を持っていたのかは、間接的ではあるにしても、一部保存されている徴証から時として推察することができる。最古の資料である『古事記』と『日本書紀』のテクストにはまさにこのパフォーマンスを特徴づけるさまざまな但し書きが、つまり歌テクストを身体を使って上演するためのシナリオが少なからず含まれている。

　通常、こういう但し書きが書き込まれるのは、周知のことや一般常識的なことから逸脱した何か驚くべきことについて伝える必要がある場合に限られ、しかも普通はテクスト内に記録されることがない。『古事記』と『日本書紀』の但し書きの性格と位置からみる限り、歌の詠唱における身体動作の側面に関する記述がなければ儀礼的な意味合いがはっきりしなくなることから、いくつもの個所で但し書きが不可欠であることがわかる。そこには観客にとって普段と違った見慣れないタイプのパフォーマンスについて触れていることもあれば、一見すると分類を目的に記しているようにみえるものもあるが、これはむしろ一定の曲調と詠唱の性格に言及したものであろう。

　風変わりなタイプのパフォーマンスに関する記述を一部書き出してみよう。そこには異なる集団についての言及がある。『日本書紀』には歌を記載した後に「是《こ》を来目《くめ》歌と謂《い》ふ。今し楽府《うたまひのつかさ》に此の歌を奏《うた》ふには、猶《なほ》し手量《たはかり》の大《おほ》き小《ちひさ》きと、音《こ》声《ゑ》の巨《ふと》き細きと有り。此古《これいにしへ》の遺《のこ》れる式《のり》なり」（神武天皇即位前紀戊午年条）と注記する。この「来目歌」はこれを歌う者たちの名から取られたものであり、また歌う際の所作や声の強弱は古くからの様式である。また、別の歌の後には「歌《うた》ふこと既《すで》に訖《をは》り、則ち口を打ちて仰ぎ咲《わら》ふ。今し国樔《くにす》、土《くにつ》

毛《もの》を献《たてまつ》る日に、歌ひ訖りて即ち口を撃《う》ちて仰ぎ咲ふは、蓋《けだ》し上古《いにしへ》の遺れる則《のり》なり」（応神天皇十九年条）と記し、国栖《くず》の人々が古くから伝えてきた、歌を歌う際の所作を記述している。

記紀のいずれにも分類に準じたものがみられる。例えば、『古事記』には「此の歌は、夷振《ひなぶり》ぞ」（上巻）、『日本書紀』には「而《しか》して八日八夜《やかやよ》、啼哭《な》き悲《かな》しび歌ふ」（神代下）、「聊《いささか》に御謡《みうた》を為《つく》りて、将卒《いくさのひとども》の心を慰《なぐさ》みたまふ。謡《みうたよみ》して曰《のたま》はく」（神武天皇即位前紀戊午年条）、「寿《ほ》き畢《をは》りて、乃《すなは》ち節《ことのふし》に赴《おもむ》きて歌《みうたよみ》して曰《のたま》はく」（顕宗天皇即位前紀）などがみられる。このような歌に関する表現は歌の主題、曲調、さらには振り付けや所作も表しており、当時の人々には直ちに通じるものであったことが十分に考えられよう。

いくつかの事例では、ほんの少しではあるが、その身振り、歌の演奏に伴う振り付けを再構築することができる。

例えば、『日本書紀』顕宗天皇即位前紀には、豪族の新築祝いの宴で弘計王《をけのみこ》が「新室《にいむろ》寿《ほ》き」の詞を唱える場面がある。王は、まず「築《つ》き立つる　稚室葛根《わかむろかづね》、築き立つる　柱は、此の家長《いへきみ》の　御心《みこころ》の鎮《しづまり》なり」と唱え、新しい建物の葛根や柱を挙げて家の主の心の喩えとし、その揺るぎなさを讃える。次いで、「棟《むね》」「梁《うつはり》」（はり）、「椽橑《はへき》」（垂木）、「蘆萑《えつり》」（草葺き屋根の下地）を順に挙げ、同様に主の心を讃美する。さらに、「縄葛《つなかづら》」（柱と梁などを結ぶためのもの）を挙げて主の寿命の堅固なことを讃え、「草葉《かや》」を挙げて富の豊かさを誉め讃える。王は、言葉を唱えると同時に、身体の動きで屋根を指し、梁と柱に触れるなど、楽曲に合わせた所作と振り付けを行ったと推測できよう。

また、『日本書紀』雄略天皇二十三年八月条には吉備臣尾代《きびのおみをしろ》と蝦夷《えみし》らとが戦った場面があり、そこでは「尾代、乃《すなは》ち弓を立て末《ゆはず》を執《と》りて歌《うたよみ》して曰《いは》く」として、歌が記述されている。ここで尾代が弓を持っていないか、または異なる持ち方をしていたとすれば、呪術上の狙いは別のものであったか、あるいはその狙いはそもそも達成されはしなかったであろう。呪術的儀礼とは発話（その核になるのは動詞）と所作が分かちがたく、一体性を成しているのである。

『日本書紀』から、もう一つ興味深い事例を取り上げてみよう。日本武尊《やまとたけるのみこと》が酒折宮《さかおりのみや》で夜の食事をした場面である。ここには演奏の性格を直接示すものが含まれていないようにみえるが、よく目を凝らしてみることとしよう。

蝦夷《えみし》既《すで》に平《たひら》ぎ、日高見国《ひだかみのくに》より還《かへ》りて、西南《ひつじさるのかた》常陸《ひたち》を歴《へ》て、甲斐国《かひのこく》に至りたまひ、酒折宮《さかをりのみや》に居《ま》します。時に挙燭《ひとも》して進食《みをし》したまふ。是《こ》の夜《よる》に、歌《みうた》を以《も》ちて侍者《さぶらひびと》に

問ひて曰《のたま》はく、
新治《にいばり》　筑波《つくは》を過ぎて　幾夜《いくよ》か寝《ね》つる
とのたまふ。諸《もろもろ》の侍者、え答《こた》へ言《まを》さず。時に秉燭者《ひともしひと》有り。王《みこ》の歌《みうた》の末《すゑ》を続《つ》ぎて歌《うたよみ》して曰《まを》さく、
かがなべて　夜《よ》には九夜《ここのよ》　日《ひ》には十日《とをか》を
とまをす。即ち秉燭人《ひともしひと》の聡《さと》きを美《ほ》めたまひて、敦《あつ》く賞《めぐ》みたまふ。

きわめて短いこの話の地の文には三度にわたって燭台への言及がみられるが、このディテールにまるで特別な意味合いを込めているかのようである。思うに、歌い手である土も秉燭人も、歌を演奏するなかで、例えば「夜」という言葉を発する際に、何らかの儀礼的な動きをしながら夜の訪れのしるしとして燭台の方を指し示したり、それに手を触れるようなこともあっただろうし、すでに九度灯された燭台が時刻を表現するための詩的な小道具の役割を果たしたとも考えられるのである。

八、言葉に化けるボディーランゲージ

すなわち、このような純粋に身体的な所作は歌テクストに伴うものであり、その内容を豊かにしていた。そして、文字を用いた文学の時代が訪れても、それは消え失せてしまうわけではないのである。アルカイックな段階では追加的な情報は身体運動によって表現されることが多いが、テクストが文字の形を取る環境においては歌の送り手と受け手、さらには歌を作ることと読むことが空間と時間とによって隔てられてしまうと、いかなる情報もボディランゲージによって伝達することは不可能になる。またそうなると、舞踏台本や振り付け、身体的所作、さらには生きた民間伝承の劇で使われる小道具（採り物のようなさまざまな道具）は言葉によるジェスチャーや文学的なトポスへと形を変えていくのである。

ここで、歌物語をみてみよう。『大和物語』第三段には、亭子《ていじ》の院の賀のお祝いに当たり源大納言が贈り物を容れる鬚籠《ひげこ》（細い竹細工の籠）の制作を任され、また大納言の義兄弟である藤原千兼の妻俊子がその鬚籠に敷く織物を色とりどりに染めるよう依頼されるという話が載せられている。この鬚籠の制作は九月のあいだ行われ、十月一日になって俊子が「ちぢのいろに　いそぎしあきはすぎにけり　いまはしぐれに　なにをそめまし」という和歌を詠み、それを大納言宅へ送り届ける。

さて、この和歌は地の文との間に語彙面での類似がみられる。地の文には「いろいろに染め」とあるのに対して、和歌では「ちぢのいろに」と「そめまし」となっている。また地

の文では「いそぎしはててけり」とあるのに対して、和歌では「いそぎしあき」と「すぎにけり」となっている。

このように、身体を使った出し物に代わって文字テクストが使われる場面では、和歌を書く状況をめぐっての語りが展開され、手による指示や身体による動作の描写が籠や染めた布のようなさまざまな対象を名指す行為に置き換わっているわけである。ここに挙げた例においてこれらディテールを列挙することは和歌テクストの枠を越えているが、そのディテールなしには和歌のメッセージないしは「心」は理解不能であろう。つまり、およそパフォーマンスに相当する部分はこの段の地の文に移行しているのである。

九、和歌における行為遂行文の働き

さらにもう一つ、民間伝承の世界には〈行為遂行文〉と呼ばれる特徴的な言語的手法がある。この概念は言語学では一九三〇年代以降研究されてきているもので、この用語を一九六〇年代に導入したイギリスの言語哲学者ジョン・L・オースティンはあらゆる発話を行為遂行的発話と事実確認的発話に区別した。その最も有名な著書『言語と行為』(4)でジョン・オースティンは行為を記述するのではなく、それ自体が行為となる発話行為、いわゆる行為遂行的発話の例を挙げている。例えば、「私は要求する」「私は誓う」「私はあなたを招待する」「二人を夫と妻と宣言する」「明日雨になるか賭けよう」、さらには「あなたを逮捕する」さえもこれに該当する。このような発話は行為を記述しておらず、その発話が行為に他ならない。発話者が言葉を発すること自体でその行為を遂行することになるというのである。

どの歌もある意味で発話行為である。そのなかで、呪文に近い歌はこのような「言葉＝行為」という発話になるだろう。ロシアの呪文では「我は祝福を受けて立ち、十字を切って向かう」と唱えられるが、これを口にする者はどこに向かうわけでもなく、呪文の依頼人の周りをぶらついて十字を切るだけなのだが、この呪文の発声はその依頼者が神話的空間へ移動することを表現しているだけでなく、この発生そのものが移動でもある。「(我は)立ち」と「(我は)向かう」のいずれもがここではいわば準行為遂行的動詞であり、またこれらの言葉はそれが表現する行為に等しいのである。

これに似た事例が記紀神話の一部の歌にもみられる。例えば、スサノオの有名な歌「八雲《やくも》立つ　出雲《いづも》八重垣《やへがき》　妻籠《つまご》みに　八重垣作る　その八重垣を」のなかの言葉「作る」を呪文として発声することは、作るという動作そのものに等しい。通常、動詞「作る」は記述的で、事実確認的な動詞であるが、言葉と行為を同等とみなすために用いる呪文においては、この動詞は準行為遂行的なものとなり、発話者がその実現を目指しているところの状態を表現してもいる。

またこれよりもさらに明白だと思われるのが『古事記』のなかで餞《はなむけ》に歌われた八千矛神《やちほこのかみ》の歌である。

ぬばたまの　黒き御衣《みけし》を　ま具《つぶ》さに　取り装《よそ》ひ　沖《おき》つ鳥《とり》
胸《むな》見る時　はたたぎも　是《これ》は適《ふさ》はず　辺《へ》つ波《なみ》　そに脱《ぬ》き
棄《う》て……

さらに展開しながらこの繰り返しは続いていく。カワセミの翡翠色にも似た青い衣をまとい、また鳥の羽根のように両手ではためかせてみるも、気に入らず脱ぎ捨て、次に藍染の衣も同じくはためかせたところ、これこそふさわしいとなる。さらに歌のなかでは八千矛神が鳥の群れのように従者たちを引き連れて旅立つところが歌われているが、これはどうやら旅を前にした呪文のテクストであり、この先に控えた旅を無事完遂すべくこの詠み手が鳥に変身するための呪術儀礼の一種であると思われる。

十、行為遂行文から和歌の手法へ

興味深いことに、『万葉集』に始まる初期の文学的和歌の詩学においてすでに、言葉が行為と一体になるような動詞使用の根本的な修正が生じていることで、これは世界観の変化や純文学的手法の形成に対応したものとなっているのである。

ここでは興味深い変容が起こっている。行為遂行型の動詞が使われる記紀神話の歌では歌の詠み手がシャーマン、ないしは奇蹟者のような人物として姿を見せ、行為遂行的な「命令の詩学」に則して、言葉を発するだけで世界を変えてしまう行為が行える能力を持ち合わせているのである。

ところが、もはや『万葉集』の時代に入ると、歌の詠み手が呪術的な行為遂行型ないしは準行為遂行型の動詞を使うことはない。詠み手が自ら行為することはなくなり、自然現象や風景のスポットに対して呪文、勧請、祈願の言葉を用いるようになる。つまり、自ら鳥のように羽ばたくという方式から、鳥たちに対してお願いごとをする方式へと移行しているのである。抒情的な歌の詠み手となった歌人は自分の個、「わたし」の枠を越え、今や「あなた」と呼べるものが必要となったのであり、しかもそれは抒情的感情の対象としてだけでなく、呪術的な力の担い手として必要となるのである。例えば、『伊勢物語』にある在原業平の和歌「さくら花　散りかひくもれ　老いらくの　来むといふなる　道まがふがに」において、ここでいう「あなた」に相当するのは桜である。また、このほかにも例がある。在原業平の「あかな

くに まだきも月の 隠るるか 山の端逃げて 入れずもあらなむ」（『古今和歌集』十七・八八四）や、『万葉集』の「たな霧《ぎ》らひ 雪も降らぬか 梅の花 咲かぬが代《しろ》に そへてだに見む」（『万葉集』八・一六四二）など、「この夜がずっと続けばよいのに」「雪が降ってほしい」というような和歌がその例である。

そして、このような和歌の手法のなかから興味深い現象が現れてくる。つまり、これまで「私は鳥だ」「私が立てている」というような行為遂行文が呪術的手法として使われてきたのに対し、今や新たな段階では、行為遂行文でもなければ、変身や言葉＝行為の可能性でもなく、その可能性の否定が新たな修辞法とされたのである。「岩倉の 小野ゆ秋津《あきづ》に 立ち渡る 雲にしもあれや 時をし待たむ」（『万葉集』七・一三六八）においては「私が雲であれば待つのに…（でもそうはしない）」、「玉藻《たまも》刈る 辛荷《からに》の島に 島廻《しまみ》する 鵜《う》にしもあれや 家思《おも》はざらむ」（『万葉集』六・九四三）であれば「私が鵜であるならば…（でもそうではないのだ）」というような例がこの可能性の否定に当たるものである。このような表現は行為遂行文の可能性の完全な否定と考えられるが、しかしそれは初めて文学的段階に達した行為遂行文の拡張とみなすことができよう。

注

（1）エルマコーワ・L「ロシアの歌の文化と掛け歌のタイポロジーについて」（『万葉古代学研究所年報』八号、二〇一〇年）六一―七六頁。

（2）А. Н. Веселовский. Историческая поэтика; Коммент. В. В. Мочаловой. - М.: Высшая школа, 1989.

（3）内藤磐『上代歌謡演劇論』（明治書院、一九八七年）八二頁。

（4）Austin, John L. 1962. *How to do things with words*. Cambridge, MA: Harvard Univ. Press, 1962. さらに Jillian R Cavanaugh. Performativity. [New York]: Oxford University Press, 2015、J・L・オースティン『言語と行為 いかにして言葉でものごとを行うか』飯野勝己訳（講談社学術文庫、二〇一九年）を参照。

琉球王国・沖縄における歌と文字——おもろさうし

照屋 理

『おもろさうし』は、十六〜十七世紀に首里王府によって編纂された神歌集である。『おもろさうし』という名の通り、琉球国内で歌唱されていたオモロと称される神歌を収集した冊子本（二十二巻）である。オモロは編纂経緯や編纂過程など、多くのことが分かっていない。これまで、『おもろさうし』について研究者らはどう音読したか（されるべきと考えたか）、先学の軌跡を俯瞰する。

てるや・まこと——名桜大学国際学群上級准教授。専門は琉球文学・文化。主な著書・論文に「『おもろさうし』の世界観と寄り物伝承——名護におけるイルカに関する伝承を中心に」（『奄美・沖縄民間文芸学』一八・一九合併号、奄美・沖縄民間文芸学会、二〇二一年刊行予定）、「『琉球国由来記』収載のイベについて——オモロとの比較を通して」（『沖縄芸術の科学』第二八号（波照間永吉教授退任記念号）、沖縄県立芸術大学附属研究所、二〇一六年）、『文学と場所』（名桜大学やんばるブックレット1）』（共編著、名桜大学、二〇一六年）などがある。

はじめに

(1)『おもろさうし』について

『おもろさうし』は、一五三一年から一六二三年にかけて首里王府によって編纂された神歌集である。『おもろさうし』という名の通り、琉球国内で歌唱されていたオモロと称される神歌を収集、記録した冊子本であり、二十二冊（巻）、一五五四首が現存する（なお、琉球国王の子孫である尚家所蔵の影印本には「おもろ御さうし」と敬称が入るが本稿では通例的に「御」は入れない）。

(2) オモロの内容について

オモロとは、古琉球期から近世琉球期にかけて琉球文化圏全体に分布した様々な神歌の一ジャンルであり、一首のオモロからは、信仰対象や祈願の主体、当時の民俗・文化背景などをうかがうことができる。ひとまず一首、以下に掲げてみたい。右はオモロ本文、左は照屋による試訳である（なお本稿で引用するオモロは通し番号で示す）。

かぐらふし
一　きこゑ大きみぎや
とよむせだかこが
さしぶ　おれなおちへ
又　おぼつゑが　とりよわちへ
だしまきら　なおちへ

かぐら節
①　聞得大君神が
名高い霊力の高い存在が
サシブへ憑霊して
②　オボツ世界の吉日を　取り給いて
この世界の吉日を　戻して（一五一七番オモロ）

右のオモロ対となっている二節からなり（対句部）、枠で囲った部分は一節目と二節目の最後に反復される（反復句）。ただし二節目の後は反復句の記載が省略されている。内容は、「きこゑ大ぎみ」という神が、オボツという神の世界における吉日を選んで、と叙述され、また「きこゑ大ぎみ」神は「さしぶ」という人間の依り代に憑霊するとうたわれている。解釈上留意すべきは、オモロは眼前の状景をよみ込んだ歌ではなく、詞章に描き込まれた理想的情景を、声に出して歌い上げることで実際に現出することを願う、言霊信仰に支えられた神歌であるという点である。

一、おもろさうし研究について

(1) 研究史概括（戦前）

『おもろさうし』は戦前、言語学者のバジル・ホール・チェンバレンや田島利三郎によって見いだされ、沖縄へ教員として赴任した田島により本格的な研究の先鞭がつけられた。田島は尚家本『おもろさうし』と安仁屋本とを校合した田島本『おもろさうし』を残し、論考等の成果は『琉球文学研究』（一九二四年）としてまとめられた。田島の研究は伊波普猷によって引き継がれ、オモロ研究の成果を沖縄県内新聞紙上に発表した。また、それらの成果をまとめた『古琉球』や『おもろ選釈』および『おもろさうし』を活字化した『校訂おもろさうし』を出版するなどし、巷間に『おもろさうし』の存在を知らしめた。

同時期に宮城真治や仲原善忠らによってもオモロ研究が進められ、後に宮城が参加する新オモロ学派の世礼国男らによって展読法が発見され、新聞紙上に発表されるなどした。また、日本統治下の台湾でも比嘉盛章を中心とする台北おもろ研究会が、川平朝申や小葉田淳、金関丈夫、須藤利一らを会員として設立され、様々な視点からの研究が『南島』などの雑誌や邦字新聞紙上に発表された。

(2) 研究史概括(戦後)

仲原善忠は、戦前、伊波によって取り上げられたオモロは『おもろ選釈』の九八首をふくむ二六〇首として、「全歌数(一、二四四)の約八割は、だれかの手によって解明・発表せられるのを待っている状態である」とし、新たに一四〇首を注釈した『おもろ新釈』(一九五七年)を発刊、オモロ研究を復活させた。また仲原は外間守善と共に尚家本『おもろさうし』と仲吉本の写本を校合した『校本 おもろさうし』および『おもろさうし辞典・総索引』(一九六七年)を発行した。それまで主流であった、オモロを一首ずつ見つめる研究手法は、総索引の誕生により全二十二巻の詞章全てを見渡す手法へと取って代わられた。

索引発行後、『おもろさうし』詞章を体系的に分析した国語学的な研究成果が、沖縄のおもろ研究会(一九六八年発足)メンバーの仲宗根政善や池宮正治、高橋俊三らによって発表された。

同研究会メンバーであった玉城政美は、『おもろさうし』が歌である点に着目し、オモロの節の有り様や反復句の位置によって分類、論考「おもろの歌形」(一九八一年)としてまとめた。玉城はまた、『おもろさうし』全二十二巻には古琉球期のパラダイムが共通の背景としてあると捉え、オモロに登場する人物や事象等を分類してモチーフ論的分析を試み、『南島歌謡論』(一九九一年)として発表した。

同じくおもろ研究会の波照間永吉は、『おもろさうし』における記載の省略に注目し、オモロ本文を整理し直す必要性を、論考「『おもろさうし』の記載法——記載の省略とオモロの本文復元をめぐって」(1)(一九八九年)で指摘した。また波照間は、論考「『おもろさうし』の憑霊表現——サシブ・ムツキを中心とした予備的考察」(2)(一九八六年)で、現在でも琉球文化圏に分布するシャーマニズム文化について、オモロの詞章に表現されていることを指摘、古琉球期にも同様の文化が存在したことを明らかにした。更に七本の写本を校合した『定本 おもろさうし』を、外間守善を監修に公刊した。

この他、矢野輝雄が「こねり」というオモロ歌唱に伴われた舞踊と考えられる記述に注目し、『おもろさうし』第九巻「いろ〳〵のこねりおもろ」に記された「こねり」に関する記述を整理、琉球文化圏に伝承される民俗舞踊と関連づけ、芸能学の視点からのオモロ研究の成果として「おもろ時代の舞踊」(3)(一九八八年)にまとめている。

ところで、『おもろさうし』はこれらの研究者によって解読され、また時に音読が試みられてきた。オモロを含む琉球文学には対語・対句という独特の形式がよみ込まれており、研究にあたって理解を深めるために音読は不可欠である。オモロの音価については、戦前戦後を通じ、共通した見解が存在していたのではない。表記された通りに音読する方法や、三母音（a，i，u）での音読、あるいは三母音に加え、口蓋化（子音kをchにするなど）を施して首里方言的に読む方法などがそれぞれ研究者によって示され、時に論争がなされるなどした。オモロ語や琉球語・方言に関する様々な考え方の下、これまでオモロの音価は論じられ、推移してきたのである。『おもろさうし』の音価は何に依って照らし出され、研究者らはどう音読したか（されるべきと考えたか）、次章以降で見ていきたい。

二、オモロ音価研究小史（戦前）

（1）オモロ研究草創期

田島利三郎の見解

『おもろさうし』研究に先鞭をつけた田島は、オモロの表記や音価に関する論考を残していない。ここでは田島の薫陶を直接受けた伊波の記述により、田島の考え方について垣間見てみたい。伊波によれば、田島は琉球語の母音について以下の様に主張していたという。

> oとuとの関係は、eとiとのそれのやうに、判然してゐないが、コ、ゴがku, guになつて、ク、グがchu, juになつたり、ロがruになつて、ルがyuになつたりするところなどは、少しく注意すべき点であると思ふ。いゝ耳をもつて居られた田島先生は、oから来たuと在来のuとの間には、いくらか区別があると、主張して居られた[4]

これは伊波による『校訂おもろさうし』に収められた「校正を終へて」の中の文章であり、琉球語のみならずオモロ語のoとuの区別があったことを示唆していると考えられる。

伊波普猷の見解

伊波はオモロ表記と音価について『琉球聖典おもろさうし選釈』（一九二四年）の「例言」で言及している。

> オモロは各人の口から伝へられたものを写したものであるから、その仮名遣はもとより一定してゐない、その上これには、時代により、地方によつて、異なる所があるから、原本のまゝに記載して、オモロの音韻の歴史的比較的研究に従事する人の便宜を計ることにした。[5]

「例言」は十一項あり、右はその六項目である。オモロの音価を考察するに、時代や地方によって相違があることを前提とする伊波の姿勢がうかがえる。注目したいのは、「オモロは各人の口から伝へられたものを写したものであるから、その仮名遣はもとより一定してゐない」という部分である。伊波はつまり、オモロの表記は正確に音を写したものであり、オモロの仮名遣いが一定ではないのもその為だと考えていることが分かる。

しかしやはり、試行錯誤を繰り返した形跡も見え、最後のオモロ主取（王府時代にオモロの歌唱を司っていた役人）、安《あ》仁屋真苅《にやまかる》を訪ねて「オモロの発音」について質問し、また、「旧おもろ主取安仁屋真苅翁は（中略）私が訪問する都度オモロを謡つて聞かせたばかりでなく、『みおやだいりおもろさうし』の発音を私に教へてくれた。そして私はこの発音法によつて、オモロを読んで来た」[6]という。「みおやだいりおもろさうし」の発音とは、基本的に子音はオモロ表記通りとしつつ母音については三母音にして読む方法であり、表記と音韻が異なる読み方となる。

(2) 新おもろ学派誕生以後

宮城真治の見解

新おもろ学派（一九三二年ごろ発足）の宮城は、「おもろさうしの発音に就いて」（一九三三年）で、琉球語・方言は五母音から三母音へ変化したとする伊波の論考を掲げつつ、『おもろさうし』編纂前後に成立した文献に記録された琉球語の音声表記を紹介。十六世紀にすでに三母音の傾向が認められると指摘して、そもそも琉球語・方言は五母音から三母音に変化したのではなく、本来三母音であったと論じている。また、『おもろさうし』に「あよがうち」と「あよがおち」（心の内）という二つの語例があるのを掲げ、後者について「此の『おち』を当時は文字通り『おち』と発音したと思うのは誤りである。国語に於けを《ママ》『お』は沖縄語に於ては『う』と発音されているので、『お』の仮名を以て『う』の発音を写したもので此れは行き過ぎた誤り」としている。さらに『おもろさうし』の詞章中より、イ段音とエ段音の表記の混用例を六例、ウ段音とオ段音の表記混用例を二六例挙げて「え列お列は多方い列う列の語音を写したもの」[7]としている。

なお、宮城が挙げた混用例を抽出するには、まず同意語を『おもろさうし』一五五四首から探索する作業が必要である。オモロの索引も全釈もない時期であることを勘案すると、宮城のオモロ研究の深さをうかがわせる論考といえよう。[8]

比嘉盛章の見解

比嘉には、『おもろさうし』の音価についてまとめた論文は現時点で見当たらず、オモロ表記やその音価についての総合的な意見は不詳であるが、『大百科事典』（一九三四年）の「琉球語（りうきうご）」の記事中で、オモロ表記と音価に関して以下の興味深い指摘をしている（旧漢字は新漢字に改めた）。

琉球に於て、ハ行音は「は」音のみ存し、「ひふへほ」の各音を欠いてゐる。即ち「はひふへほ」は、いづれもf音を表示するに過ぎず、されば『オモロ双紙』に於て、Ha音は「𛀁」を以て表記し、厳格に「𛀁」「は」両文字の使用例を区別してゐる。[9]

古琉球期に存在したであろうha音とfa音について、『おもろさうし』では前者を字母「者」、後者を字母「波」で記し分けているとの主張である。この主張の評価については後述するが、比嘉に至るまで、どの研究者もオモロ詞章の字母についてはほとんど言及しておらず、研究の視点を広げた意味において有意であるように思う。

台北おもろ研究会の見解

日本統治期台湾で一九四〇年に発足した台北おもろ研究会は、当時、「台湾総督府文教局編修課」[10]に勤務していた比嘉盛章が中心的メンバーとして参加しており、「比嘉盛章氏の訳文草案とそれについての講説を中心として議論がすすめられ」[11]ていたという。

台北おもろ研究会におけるオモロの音価に関する見解は、現存する研究会のテキストと[12]、研究会の成果を発表した雑誌『南島』などからうかがうことができる。テキストにはオモロの音価がローマ字で表記されている。基本的に三母音で読まれているが、口蓋化や母音融合等の有無に関してはかなり不統一となっている。これは、飽くまでも研究会での検討用テキストであり、統一的記述となっていないことをあげつらっても意味はないが、不統一な記述の中に、オモロ語に、首里方言に同定できる語がある場合は首里方言的な音価を当て、同定できない場合は単に三母音の音価を当てるという傾向が浮かび上がって見え、かつ首里語・方言を母語とした比嘉や川平の存在が感じられる。また、同研究会に参加していた須藤利一は、このローマ字によるオモロの音価表記について「ローマナイズした訓読」[13]としており、オモロを首里方言に同定して「訓読」しようとした研究会の姿勢が表現されている。

なお、『おもろさうし』でha音は字母「者」、fa音は字母「波」で書き分けていたという比嘉盛章の主張について研究会テキストを確認すると、主張に沿った表記は見出せず、むしろ、字母「者」にfa音を当てている事例（十七番オモロ）も認められる。仲原善忠も比嘉の主張について「H行音とF行音は別字で表記したという比嘉盛章氏の説（平凡社、大百科辞典琉球語）は、事実と合致しない」[14]と断じている。

この比嘉の主張以降、オモロ詞章の字母については研究史上ほとんど触れられてこなかったが、近年、池宮正治が『おもろさうし』の表記について『万葉集』の甲類乙類のように表記が正確[15]と言及している。比嘉の主張は事実にそぐわなかったが、オモロを含む琉球の文書類における字母の研究は、改めてなされるべき課題として現在に残されている。

三、オモロ音価研究小史（戦後）

戦後のオモロ研究において、『おもろさうし辞典・総索引』（仲原善忠・外間守善編）の刊行は画期的なことであった。例えば、池宮正治は、『校本おもろさうし』（仲原・外間編）と併せ、「まさにおもろ研究のエポック（中略）基礎的な書物だけに学問的な恩恵は計り知れない」[16]と評している。

（1）「おもろさうし総索引」（一九六七年）刊行以前

仲原善忠の見解

焦土と化した沖縄でオモロ研究を復活させた仲原は、単に伊波の学説を踏襲するのではなく、著書『おもろ新釈』（一九五七年）において異論を唱え、批判的発展を目指そうとする研究姿勢を見せている。

仲原は、『琉球神道記』（一六〇五年）をはじめ、『続日本紀』（七一四年）、『陳侃使録』（一五三四年）、『音韻字海』（一五七三年）、『華夷訳語』（一五八〇年）などの文献に記録された琉球語・方言の事例を挙げ、「おもろ時代に、短母音のＯＥ音は一般に使用せられていなかったのではないか」[17]と論じている。同時に、オモロの表記について「特別の操作をほどこして表記したもので、当時の音を忠実に写したものではないといえよう」[18]としつつ、「伊波氏の見解と対立する宮城真治氏の『おもろさうしの発音について』（古代沖縄の姿所収）の見解を私は支持する」[19]とも記している。

また、濁音・半濁音については、「おもろは濁音符を付した所もあるが、然らざる部分もある。半濁音符は一つも見えない。しかし、Ｐ行音は、なお相当に行われていたと見なければならぬ」[20]とし、「Ｆ行音が圧倒的に多く使われていたと考えられるが、Ｈ行音との区別を、文字の上からとらえることは出来ない」[21]と結論付けている他、オ段とウ段、エ段とイ段の仮名の混用事例についても言及し、「正しい表記もあるから、おもろの場合、誤表記と見るのが、妥当」[22]としている。

宮良当壮の見解

『日本方言彙編』などの業績を残した宮良は、一九六〇年に『月刊 琉球文学』を発行し、方言のみならずオモロや琉歌、古謡、組踊、その他の芸能などに関する研究成果を収載し、また他の研究者たちと論争するなど、琉球・沖縄文学、芸能学、言語学に関する研究研鑽の場を提供した。その自らが発行する学術雑誌で、宮良は『おもろさうし』の表記は音価と異なるという立場から、「国語音声の研究の立場から首里びとの正しい発音を記して研究に資したい」[23]として、オモロを首里方言的に三母音、口蓋化、母音融合等の現象がある形式で表記し、「音記」として記している。

この「音記」について、仲原善忠、外間守善らが疑義を示し論争となる。仲原は、オモロの表記は不完全であり、特にp、f、hの音や濁音の書き分けを判断するのは不可能とし、外間は「音記」の不統一を提示し首里方言で同作業を行う積極的理由がないと批判している。宮良はそれぞれについて反論を試みているが、最終的に『おもろさうし』第三巻までで「音記」作業を中止している。

嘉味田宗栄の見解

嘉味田は、琉球文学研究の立場から宮良と仲原、外間の論争について詳細に検証し、仲原の立場を基本的に支持しつつ、体系的な「一種の歴史的仮名遣風の音記が必要」[24]と主張している。

また、日本古典文学研究における「音声表出」の試みを紹介しつつ、「(日本古典文学には)歴史的仮名遣という整然とした表記の体系があって、それによる古典の理解に慣らされた今日の読者たちは、それなりの受けとりかたをしている」[25]として、日本古典文学研究における「仮名遣をまとめあげたような仕事」が今後の琉球文学研究には必要であると主張し、「宮良氏の試みは、画期的な意味をもつ」[26]として、「音記」の試み自体を評価する部分もみられる。

ただし、オモロは「ことばの真意や、語法上のことが検討された上でなくては、音記どころではない(中略)音記ができるということは、その歌がよくわかっていることを意味する(中略)伝達の側からの音記は諸他の解釈作業と深くかかわって、それらの作業の一段階となっている」とも論じている。

(2)『おもろさうし辞典・総索引』(一九六七年)刊行以後

外間守善の見解

外間は、「沖縄の言語とその歴史」[27](一九七七年)の中で、『おもろさうし』の仮名遣いについて、国語における歴史的仮名遣いが基本的に踏襲されているとし、『おもろさうし』の仮名遣いの混乱と国語の仮名遣いの混乱とを比較して、行阿仮名遣いとの類似性、オモロ・琉球語独特の表音的仮名遣い、規範意識による類推仮名遣いなどについて指摘している。『おもろさうし』の仮名遣いを示すことが可能となっている研究背景に、『おもろさうし辞典・総索引』が存在感を見せている。

なお、外間は総索引刊行以前の一九六五年、仮名遣いが混乱したオモロの事例から、従来「行き過ぎた誤り」や例外として位置づけられ、まとめて論じられてこなかった事例を抽出し、「表記法の混乱」[28]として集約して論ずるなど、すでに索引の存在が感じられる研究成果を打ち出している。

また、外間は「文献時代(十五世紀末以後)に入る直前頃にはかなりな程度まで三母音化現象が進んでいた」[29]とする立場を示しており、一九八四年には「NHK市民大学 沖縄の歴史と文化」(全十三回)の第三回「神々の世界と祭り」[30]で、三母音によるオモロの音読(合唱)を、以下のように試みている。

ムカシ　ハジマリヤ
(むかし　はじまりや)
ティダク　ウフヌシヤ
(てだこ　大ぬしや)
キュラヤ　ティリユワリ
(きよらや　てりよわれ)以下略:五一二番オモロ

全部で十九節あるオモロであり、実際はすべて合唱された。ここでは読み上げられた詞章のうち、冒頭の部分について筆者が同番組を視聴、発音を確認し仮名表記した。[31] 定本の表記と見比べると、完全に三母音で発音されていることが分かる。母音融合、清濁音のずれ、口蓋化の現象はみられない。

同番組の第九回「オモロとウタの世界」では、三母音に加え、母音融合、母音脱落(撥音の発生)、口蓋化の現象が認められる形で外間自身がオモロを朗読しており、実験的な音読を試みたものと思われる。

一九九〇年前後には、外間は大学講義や沖縄文化協会のおもろ研究会等でオモロを扱う際、基本的に表記通りに音読していたとされ、[32] オモロ研究を進めつつ音読についても試行を重ねながら追究し続けていたことが分かる。

仲宗根政善の見解

外間が『おもろさうし』の仮名遣いに注目したのに対し、仲宗根は「おもろの尊敬動詞『おわる』について」(一九七六)で、『おもろさうし』から補助動詞「おわる」がつく動詞を抽出、接続している「おわる」の語形に注目し、オモロのi、e母音の区別について言及している。仲宗根は、補助動詞「おわる」が、連用形の語尾の母音がiで終わる動詞(四段・カ行変格・サ行変格・上一段活用)には「よわる」の形で接続し、連用形語尾の母音がeで終わる動詞(下一段活用)には「わる」の形で接続することを解明した。これは「『おわる』が連用形と融合した頃、i母音とe母音との間に、区別があったことを証している」と指摘、「伊波先生が、在来のiとeとの間に、なお幾分の開きがあったとする説を裏づけている」と結論付けている。また、この他「おわる」のつくハ行四段動詞連用形の語尾やkからchへの口蓋化等についても言及し説を補強している。

なお、仲宗根は自身の研究成果について、「仲原善忠・外間守善共著の『おもろさうし辞典・総索引』が出て、その恩恵に浴している。ここに述べることは、その索引を、少しばかり整理してみたに過ぎない」[33]と評している。

おもろ研究会（一九六八年発足）の見解

東京で開催されていた沖縄文化協会のおもろ研究会とは別に、一九六八年、沖縄でもおもろ研究会が発足した。

発足当初のメンバーであった池宮正治の記述によると、『おもろさうし』の「ひぢやり」(左)、「いによは」(伊野波)、「いみや」(今)などといった語に、i母音の後に影響する口蓋化現象が認められ、かつ他の母音では口蓋化せずにe母音との区別があったことが研究会において解明され、「これによって、四母音が確認されることになり、三母音とするこれまでの認識を完全に覆すことになった」[34]とされる。

発足時のメンバーであった仲程昌徳によると、オモロを音読する際、音価が分からないという理由で当初から表記通りに読んでいたとのことであり、[35]先学の研究を鵜呑みにしない学問的に慎重な姿勢が、新しい成果を産み出したであろうことがうかがえる。

高橋俊三の見解

高橋は『おもろさうしの国語学的研究』（一九九一年）において、オモロの音韻について網羅的な研究成果を示している。母音について、オ段は「oはuに近似した音に変わっていた（中略）auがoːに音韻変化する現象が生じていないので、完全には変化していなかった」[36]とし、エ段については「『ゑ』『へ』『い』の母音はiになっていたが、その他の行ではeはïになり、iに近くなってはいるが、同音になっていなかった」[37]として、「『おもろさうし』時代は五母音であった」[38]としている。この他、いわゆる四つ仮名や連母音、長母音、母音の脱落等について詳細に論じている。

子音については、口蓋化は「子音の前後のi母音の影響であって、母音e、oが各々i、uに変化することによって生ずる混乱を避けるためではない」[39]と指摘し、また、子音の後のi母音の影響による口蓋化について、「ほとんど見られない。ただし、kja, kju, kjoがjの影響によて《ママ》tʃa, tʃu, tʃoに口蓋化した例はある」[40]ともしている他、語中のハ行、ワ行、ア行音の混同や「し」の脱落、カ行音からハ行音へ変化したとされる事例への疑問等、二十項目に渡って言及している。

また、オ段音とウ段音について、『おもろさうし』から子音ごとに全ての語例を抽出・集計して分析する中で、外間の「規範意識による類推仮名遣い」について、「本土のウ段音に対応する語をオ段の仮名で書いているものを、全て規範意識による類推仮名遣いとみなして良いかどうかは今後の検討を要する」(41)と指摘している。

なお高橋は、「本書に書いている多くのことは『おもろさうし辞典・総索引』を多少整理したり、具体性を持たせたり、小さな誤りを訂正したりしたに過ぎない」(42)としており、研究成果の『おもろさうし辞典・総索引』に依るところが大きいことを表明している。

間宮厚司の見解

間宮は『おもろさうし』の表記について「詠唱されていた実際の音を、表記者が聞いたとおりに文字化したもの」(43)と主張し、それが示された事例として「てにが」と「てにぎや」(天が)の二例あることを挙げ、「オモロが詠唱される時に表記者が助詞ガの実現音を聞いた通りに書き写した結果とみておくのが穏当(中略)それは助詞ガを『が』か『ぎや』のどちらか一方の書き方に統一していないから」(44)としている。

また、類推仮名遣いについて、「全て規範意識による類推仮名遣いとみなして良いか」という高橋の指摘に触れ、「『おもろさうし』は歌謡だから、o母音からu母音への変化の進み具合が通常語とは異なっていた(中略)通常語がどうであったかは、別途に考察する必要がある」(45)とした上で、「オ段とウ段の両方の仮名で表記してある語は、それらの音が動揺していたのだと、ありのままに受け止めたい」(46)とし、「助詞ガや助詞テの表記を、大和的に『が』や『て』に統一しなかったこととの整合性が得られない以上、発音されたままに表記されたという一貫した立場で考える意味は十分ある」(47)と論じている。

かりまたしげひさの見解

かりまたも、「連体形語尾からみた『おもろさうし』のオ段とウ段の仮名の使い分け」(二〇一四年)において、類推仮名遣いに対する高橋の「全て規範意識による類推仮名遣いとみなして良いか」との指摘について改めて考察し、オモロの動詞連体形の活用語尾は、ウ段の仮名ばかりでなく、オ段の仮名によっても表記される場合があるが、終止形の活用語尾にはオ段の仮名は用いられないことを解明し、「動詞の連体形の活用の中でオ段の仮名を用いることは、規範意識による類推仮名遣いではなく、古代東国方言に見られるように、かつては琉球方言においても、連体形の活用語尾がオ段であったのではないか」[48]と指摘している。オ段とウ段の仮名遣いについては、これまで、類推仮名遣いとして外間が挙げた名詞の事例を対象として、主に論じられてきたが、かりまたにより名詞以外の新しい分析対象が取り扱われ、研究が進められた。[49]

なお、かりまたは、高橋の論考について「oはuに変化しつつあったが、まだuには変化しきってはおらず、オ段音であったものはオ段の仮名で書かれていた。したがって、『類推表記』とみなさず、何故オ段の仮名で書かれているのか、その理由を検討する作業がのこされていると、かりまたは理解する」[50]として、名詞等のオ段の仮名遣いに関する更なる検討の必要性に言及している。

おわりに

『おもろさうし』研究の始められた明治期から現代まで、先学たちはオモロをどう音読したのか（されるべきと考えたか）という観点から、かなり大雑把に研究史を辿ってみた。実際に音読したかは別にして、オモロの表記と音価について、伊波は、オモロの表記は正確に音価を写したものと捉えた。その後、伊波の見解は否定され、宮城真治から外間守善まで、オモロ表記は正確なものではなく基本的に三母音（あるいは口蓋化）の形で読むと考えられてきた。索引が刊行されオモロの事例が網羅的に検索できるようになると、オモロは三母音ではなく、過渡期で不完全ではあるが五母音に近いことが解明され、従来、行き過ぎた誤りとされた語例すら一転し、むしろ正確に音声を写した表記として評価し直されてきている。口蓋化の発生要因や、歌謡語と通常語は区別する考え方など詳細は異なるが、オモロをどう音読するかという観点からいえば、現在は伊波の見解に戻りつつある。

『おもろさうし』の表記と音価について先学の研究を概観してみた。文学的立場からすると、オモロの解釈に関しても今後扱うべき課題があるように思われる。具体的事例を一つ挙げると、例えば「強く」が「ちよこ」と表記されている場合、「く」が「こ」と書かれている事例といえるが、この場合、「ちよこ」が「強く」を意味する言葉であることが前提である。「ちよこ」が「強く」でない場合、「く」が「こ」と書かれた事例といえなくなり、そこから導かれる説にも支障が出ることが想定される。

本稿を書くにあたって、先学の論考を渉猟する中、「（おもろは）分からないことばかり。（中略）それだけに、かえってわれわれを遠くまで誘ってくれてたのしい」[51]という言葉に改めて出会った。

注

（1）『おもろさうし』の記載法――記載の省略とオモロの本文復元をめぐって」（『文学』岩波書店、一九八九年十一月号）。

（2）『おもろさうし』の憑霊表現――サシブ・ムツキを中心とした予備的考察」（『文学』岩波書店、一九八六年十月号）。

（3）「おもろ時代の舞踊」（『沖縄舞踊の歴史』築地書館、一九八八年）。

（4）「校訂おもろさうし」（『伊波普猷全集』第六巻、平凡社、一九七五年）二四五頁。

（5）同前、二五頁。

（6）同前、一一頁。

（7）『古代沖縄の姿』（私家版、一九五四年）四一五頁。

（8）宮城は昭和七年（一九三二）十一月二十三日に、比嘉盛章、島袋全発ら新おもろ学派の主催する沖縄神歌学会に入会している。論考は学会入会から約三か月後に『琉球新報』に掲載されており、入会以前から宮城が研究してきた成果の披露と考えられる。

（9）『大百科事典』（平凡社、一九三四年）二四二―二四三頁。

（10）『南島』第二輯（南島発行所、一九四二年）一七九頁。

（11）同前、一三二頁。なお、現存する研究会テキストの内容が、ここでいう比嘉の訳文草案であると目される。

（12）川平朝申資料。那覇歴史博物館所蔵。

（13）「編集後記」（『南島』第二輯、南島発行所、一九四二年）一八二頁。

（14）仲原善忠「おもろ新釈」（『仲原善忠全集』第三巻、沖縄タイムス社、一九七七年）一三七頁。

（15）池宮正治「Ⅲ 琉歌論」（『琉球文学総論』笠間書院、二〇一五年）四一八頁。

（16）平山良明・大城盛光・波照間永吉編『おもろを歩く』（琉球書房、二〇〇三年）四二三頁。

（17）前掲注14仲原著書、一三四頁。

（18）同前、一三四頁。

（19）同前、一三七頁。

（20）同前、一三七頁。

（21）同前、一三七頁。

（22）同前、一三七頁。

（23）「琉球文学資料篇 おもろさうし 伊波普猷氏校訂 宮良當壮音記」『月刊 琉球文学』創刊号（一九六〇年 私家版）～同書十二号（私家版、一九六〇年）：『宮良當壮全集』（第一書房、一九八〇年）四七三―五八一頁収載。

（24）『琉球文学序説』（至言社、一九六六年）五九八頁。

（25）同前、六〇一頁。

（26）同前、六〇二頁。

（27）「沖縄の言語とその歴史」（『岩波講座 日本語 十一』岩波書店、一九七七年）。

（28）「『おもろさうし』の仮名遣いと表記法」（『沖縄の言語史』一六五―一七四頁。

（29）外間守善『日本語の世界 9』（中央公論社、一九八一年）二八五頁。

（30）この番組については波照間永吉氏のご教示による（二〇二〇年八月十三日物外忌に伊波普猷の墓前にて）。

（31）沖縄県公文書館所蔵の動画記録を視聴した。

（32）東京のおもろ研究会や講義等に参加していた松永明氏によると「オモロの音価は確定していないから表記通り読む」との見解を示されていたという（二〇二〇年九月十七日、筆者によるインタビュー）。

(33)「おもろの尊敬動詞『おわる』について」(『沖縄学の黎明』沖縄文化協会、一九七六年)五七頁。
(34) 平山良明・大城盛光・波照間永吉編『おもろを歩く』(琉球書房、二〇〇三年)四二五頁。
(35) 二〇二〇年九月二十八日筆者によるインタビューによる。
(36) 高橋俊三『おもろさうしの国語学的研究』(武蔵野書院、一九九一年)四三頁。
(37) 同前、四四頁。
(38) 同前、一〇二頁。
(39) 同前、一四九頁。
(40) 同前、一四九頁。
(41) 同前、一一八頁。
(42) 同前、二頁。
(43) 間宮厚司『おもろさうしの言語』(笠間書院、二〇〇五年)一四七頁。
(44) 同前、一四七頁。
(45) 同前、一五三頁。
(46) 同前、一五三頁。
(47) 同前、一五三頁。
(48) かりまたしげひさ「連体形語尾からみた『おもろさうし』のオ段とウ段の仮名の使い分け」(『沖縄文化』一一六号、沖縄文化協会、二〇一四年)一八七頁。
(49) なお、間宮も「動詞の連体形語尾の〈u→o〉は、(中略)上代東国方言と相通じる面がある可能性もあり、これは別の観点から考える必要がある」として、同様の視点を示している。
(50) 前掲注48かりまた論文、一九七頁。
(51) 仲宗根政善『琉球方言の研究』(新泉社、一九八七年)二九三頁。

琉歌と南琉球の抒情歌の文字記録

波照間永吉

著者略歴は本書掲載の波照間「[総論]琉球歌謡の文字との出会い」を参照

琉球文学を代表する抒情歌は琉歌である。一六八三年、来琉した冊封使へ献じられ屏風に記されたものが現在確認されるもっとも古い例である。その後、十八世紀中葉から歌三線の楽譜である工々四《クンクンシー》にカタカナで琉歌が記され、十八世紀末から十九世紀初にはまとまった琉歌集ができる。一方、南琉球（宮古・八重山）では、抒情歌を筆記すると言うことは近代になってからであった。戦後八重山ではトゥバラーマ大会に作詞の部が設けられ、庶民が詩を書き、推敲するという新しい場面を生み出すことになった。

一、琉歌と文字

（1）琉歌の記載とその最も古い事例

琉球歌謡の抒情歌は北琉球（奄美・沖縄）と南琉球（宮古・八重山）では様相がことなる。北琉球では琉歌と呼ばれる形式が三線文化の受容の広がりとともに、十四世紀末から十五世紀中葉頃には成立し、読み人知らずの歌が多くの歌謡となって島々の祭儀や日常生活の中に根を下ろしてきている。一方の南琉球では、宮古にトーガニ、八重山にトゥバラーマという特徴的な抒情歌謡が伝承されてきている。本稿ではこれらの抒情歌と文字との出会いについてスケッチしてみたい。

琉歌は琉球歌謡の抒情歌の代表といってもよいだろう。古い民謡から現在も生み出される新民謡(1)にいたるまで、8・8・8・6音形式の琉歌の歌詞を歌うのがほとんどである。この琉歌の起源については和歌の起源が解らないように不明である。これが、何時から記録にみられるようになるかというと、現在最も古い事例は一六八三年の「和姓家譜」の「七世景典　安勢理親雲上」の項の記事である。

本年十一月八日、奉　詔命於御書院翌日到於天使館即時正使史氏汪楫大老爺出座／俾書詩十首（此詩者代于琉国之諸官員／而史氏所以作為之者也）琉球歌三首於屏風之裏也（中略）／三首之琉歌／常盤なる松乃かはる事なひさめ　いつむ春くれは色とまさる／緑なる竹のよゝのかす〱に　こもる万代や君としよら／九重の内につほて露待よす　うれしこときくの花とやよる(2)

琉歌三首を書いて冊封使に差し上げたという記事である。ここに記された三首の琉歌についてみてみよう。句毎に切って示す（以下の琉歌についても同じ）。

①常盤なる松乃　かはる事なひさめ　いつむ春くれは　色とまさる

②緑なる竹の　よゝのかす〱に　こもる万代や　君としよら

③九重の内に　つほて露待よす　うれしこときくの　花とやよる

いずれも現在もよく歌われるものである。①は『琉歌全集』(3)（以下、『全集』と表記）七六番歌で、表記は別にして、語としては「いつむ」が『全集』では「いつも」となっているだけで、全く同じである。この歌は現在、儀式等の幕開けの演目として歌唱・演舞される「特牛節《クティ》」の一番の歌詞として人口に膾炙しているものである。②は『全集』一一九番歌で、この方は歌詞に若干の出入りがある。「かす〱に」が『全集』では「ふしぶしに」、「君としよら」が「君と親と」となっている。このことから「しよら」が、恋人をいう語である「しょら」であり、これを六音句とするために「しよら」と三音節で発音していたとみることもできる。もし発音が「しゅら」であれば、『全集』の「君と親と」のように「君としょらと」の「と」が誤って脱落していることになる。ともあれ、これも『全集』によれば祝儀歌謡の王者たる「かぎやで風」の一首である。③もやはり「かぎやで風」の一首で、『全集』十九番歌である。「待よす」「やよる」が『全集』で「待ちゆす」「やゆる」とウ段で表記されている点が異なるだけである。前記「家譜」の時代と『全集』との間には約二八〇年の時間差があるが、その歌詞記載にはほとんど違いがないことは、これらの琉歌が文字表記に揺れが出ないほどに定着し、歌詞記載も安定していたことを物語るものだろう。また、これらが当時も雅歌として認識されていたことまで推測できる。それ故、琉球詩の書芸作品として、皇帝の名代である冊封使に贈っていたわけであろう。

このようなことはこの「家譜」記事の時が初めと考える必要はないだろう。もっと古くからそのような贈答が行われていた可能性は当然あるはずである。とすると、琉歌を書くという行為はもっと前から行われていたことになろう。前史としての琉歌の文字記録を探す必要がある。しかし、これについては今後の資料の発掘に待つしかない。

(2) 工々四と琉歌

このことに関してもう一つ大切なことがある。それはこれらの琉歌が歌唱のための記録として残されたのではないということである。では、歌うための歌詞の記録はどのようになされてきたか。その始まりはやはり三線演奏のための楽譜・工々四である。現存のものでは『屋嘉比朝寄工々四』が最も古いものである。成立年は不明であるが、屋嘉比朝寄(一七一六~一七七五)の没年から遠くは遡らない十八世紀中頃以降の成立とみてよいだろう。各曲とも、工々四楽譜の後ろに琉歌がカタカナ書きで記されており、一部虫損などで読めない文字もあるが、全部で一一七首ある。カタカナで書いてあるところに、この本にとっての歌詞の位置づけがあらわれているとみてよい。すなわち、琉歌の意味よりも音として発せられる語音の表記が優先されているとみられるのである。すなわち、意味はすでに了解されている、あるいは、声に出して読めば自ずとわかる、そのような人々のための歌詞表記ということなのであろう。つまりは歌う人のための歌詞がこうして記載されたということである。

ともあれ、その最古とされる工々四で、歌われる歌はどのように表記されているか。冒頭の一、二首を取り上げてみる。冒頭は「伊集早作田節」と表題が楷書で記され、次の行から楽譜(工々四)となっている。現在流布する工々四は枠線によって楽音が区切られているが、この工々四には枠線がなく、書き流しの形である。歌詞はその楽音を示す漢字(工・尺・老・合・上など)の脇に小字で記されている。三線演奏と対応するように歌詞はその語音が発されるところにカタカナで一字、あるいは二字、時には三字であったりという具合に不規則に配置されている。ハヤシも記入されているから、琉歌の歌詞が了解されていないと、それを辿るのは簡単ではない。「伊集早作田節」には、

ツキユヤツキヨトモテアケルヨヤシランヤウシタレノヤ
ウムサウヤウワラベウテマクラヤウハレニヤウチフレテ

と記されている。全六行の楽譜に歌詞が配置されているのであるが、傍線を付した部分が三線の一音の弾音に歌詞の二字、三字が続けて書かれた部分である。これをみてもこれが歌三線の演唱のための歌詞記載であることがわかる。これを琉歌として漢字・平仮名表記に直すと次のようになる。ハヤシはカタカナのままとする。「月夜や月夜と思て　明ける夜や知らんヤウ　シタレノ　ヤウ　ムサウ　ヤウ　童腕枕　ヤウ　ハレ　にや打ち狂れて」(月夜の日は月がいつまでも照っていると思って、夜が明けるのも知らずに、恋女の腕を枕にすっかり打ち惚れて夜を明かしてしまった)。琉歌としての読みは「つぃちゅや　つぃちゅとぅむてぃ／あきるゆや　しらん／わらびうでぃまくら／にゃうちふりてぃ」であるから、工々四の歌詞表記が琉歌としての実際の発音と異なっていることはすぐにわかるだろう。しかし、これはこの工々四だけの問題ではなく、古辞令書や『おもろさうし』、さらには近世期から近代に至るまでの、琉球語の文字表記全体の問題である。これについては次に取り上げる『琉歌百控』のところでふれる。

『屋嘉比朝寄工々四』にはもう一つ特徴的なことがある。それもやはりこの本が歌三線演唱の為の楽譜であるところに起因するものである。これを「大浦節」でみてみよう。この歌の楽譜は二行しかない。その二行に記された歌詞は、

コヘナオザシキニオソバヨテナラテ

だけである。一首の琉歌の上句に当たる部分である。その下句にあたる部分は、楽譜の下の空白部に「ワトヤレバワドイツデドニヤヘル」と書き下ろされている。これは二行で書かれた楽譜の音曲を繰り返して弾奏し、「ワトヤレバ～」の歌詞を歌うことを示したものである。つまりこの歌は一首の琉歌を楽曲二回の演奏で歌うことを示しているわけである。これを琉歌として示すと次の様になる。「此へな御座敷に御側寄て慣らて／我胴やれば我胴ゑ摘でど見やべる」(これ程の御座敷に御側に寄ることに慣れてしまって、ここにいる我が身はほんとに我が身なのかとつねってみることです)。琉歌としての読みは「くふぃなうざしちに／うすばゆてぃならてぃ／わどぅやりばわどぅゐ／つぃでぃどぅみゃびる」である。やはり実際の発音と表記との間には差異があることがわかる。この歌は『全集』九〇三番歌にあたるが、『全集』では「慣らて」が「拝で」(ヲゥガディ)となっている。

　このような表記スタイルは他にも沢山ある。「大浦節」の次に掲げられる「遊嘉手久節」では、四行の楽譜に「カデクヤ□□《(ウオメ)》ナベガ□《(ヤ)》ウハイタヱンシトロトタヱン」が記され、楽譜四行目の下部余白に「コトヅケノタハコマタンコト／ヅケノ□□《(モツ)》レタバコ」が二行割で書かれている。これは「嘉手

久ヤウ思鍋がヤウ　ハイタヱン　シトロトタヱン」で、二行割の部分は「言付けの煙草　又ん言付けの　もつれ煙草」である。『琉歌全集』四四九番歌の「嘉手久思鍋がことづけの煙草またもことづけのむつれ煙草」と同じ歌詞である。この四句を一句ごとに切って、その句中に「ヤウ」、句末に「ハイ　タヱン　シトロトタヱン」の囃子を入れて一節とし、全体で四節《せつ》の三線歌にしているわけである。

　このような形の歌詞の表記は他に「長金武節」「美屋節」「安波節」「作田留舞節」など、全部で二六曲ある。この歌詞の記載のあり方から、一曲の中で一首の琉歌がどのように歌われるかが明確に意識されていたことがわかる。と同時に、歌三線が琉歌一首を歌うものであるという意識、すなわち、一首の琉歌の形式についても明確な認識のあったことも確認できる。最後に注意したいことは、カタカナ表記の歌詞に濁点が付されていることである。近世期成立の文書に濁点を用いるのは珍しい。後人の手になるものであろうか。この問題は『屋嘉比朝寄工々四』の成立・伝存の問題とも関わっているかもしれない。

(3) 琉歌集『琉歌百控』とその琉歌表記

　この工々四の琉歌表記に対して、『琉歌百控』は目で見ても解る、すなわち、読んで意味の解る琉歌集である。この本は「乾柔節流《けんじゆうせつりゆう》」（一七九五年）、「独節《どくせつ》流」（一七九八年）、「覧《らん》節《せつ》流」（一八〇二年）の三巻よりなっている。「乾柔節琉」には一九四首、「独節流」には二〇三首、「覧節流」には二〇四首と巻末一首の合計六〇二首が収録されている。この本も本来は歌三線の為の歌集である。それは、それぞれの巻共に琉球古典音楽の「節《ふし》」によって各部が構成されているからである。各流の構成は、まず二〇の「段」があって、各段には「古節部」「昔節物部」「覇（葉・波・端）節部」などの「節部」があり、さらにその下にそれぞれ五つの「節名《ふしな》」がある。そして各「節名」にはそれぞれ二首の琉歌が記されている。従って、各段ともたてまえとしては五節名・十首の琉歌で、各流とも都合二〇〇首の琉歌が集められていることになる。[4] 全体として一つの意図のもとに編集されたことがわかる。

　この琉歌集の表記の特徴は①漢字・仮名交じり表記であること、②漢字表記には原則、ルビが付いていること。③この漢字表記には一種の「遊び」、あるいは衒学趣味とも思われる用字がなされていること。そして、④そのかな表記が実際の発音とはかけはなれたものとなっていることがあげられる。

　三三番歌を例としてこれをみてみよう。句毎に区切って示す。

夕間暮《ユマングイト》と列て　たちゆる俤《ヲモカキ》や　浅猿《アサマシ》やわきも　とりて行さ

まず「夕間暮と《ユマングィト》」である。琉歌の読みはユマングィトゥである。ユマングィの語源は「夕間暮れ」とされるから、この漢字表記は正しいと言って良い。ルビの「ユマングイト」は実際の発音ユマングィトゥを写そうとしていると言える。グィ（gwi）という音を「グイ」と書いた。「ト」はトゥ（tu）となるべきところだが、これは当時の表記の体系にはない表記だから、「ト」と書くしかなかった。次の「たちゆる」は読みはタチュルであるから、歴史的仮名遣いとしてこれで良い。「たちよる」などとする例があるが、これはタチュルのチュの母音uの元の音はoであるという規範意識に基づき、かつ拗音の表記はないから「たちよる」としたものである。規範意識による表記という点が大事なところで、これは多くの表記に適用されている。問題は、これが過剰な規範意識によって表記される場合である。少し横道にそれるが、この過剰な規範意識による類推表記は琉球文学テキストにまま見られる問題であるから、具体的に説明する。「百控」の八一番歌を揚げる。

　抛《ナケ》や竹てやんす　御恐多《ウヤクメサ》あすか　おたに紛《マケリ》てと　御側寄る

「おたに紛《マケリ》てど」の「おた」は「歌」であるから「うた」となるべきだが琉球語のo段はu段になるため、u段音は本来のu段音とo段音から変化したものの二つがあることになる。表記者は琉歌の読みのu段音を聞いて、これを規範意識（u段音はo段音から来ているから元の音であるo段の文字で表記する）に従って表記したわけであるが、本来のu段音からきているu段音もあるという重要な前提が忘れられている。従って、これは過剰な規範意識による誤表記ということになる。

　これは次の句「紛《マケリ》てど」の「紛」のルビの「マケリ」も同じである。「紛て」は「まぎれて」であり、首里語でマジリティである。ここではi段音にはe段音から変化してきたものがあるという知識があって、これを前提に本来の「まぎれ」のギ（gi）をゲ（ge）から来たものとして「ケ」と書いたものである。「リ」は「れ」からの変化音をそのとおりに表記している。このように、母音の交替現象についての認識があって、これを元にして歌詞を記載しようとしたのが近世期の琉球文学テキスト（琉歌集・組踊集など）であったが、ここに図らずも筆者達の語源意識、すなわち大和語との対応関係をめぐる知識の問題が露呈しているとみるのは穿ちすぎだろうか。

　説明を元に戻す。次の「俤《ヲモカキ》」であるが、漢字はこれで問題ない。ルビの「ヲモカキ」は読みとしてはウムカジである。

235 **菜の花と人間の文化史**
アブラナ科植物の栽培・利用と食文化 武田和哉・渡辺正夫[編] ◉3,200

---

234 **香港の過去・現在・未来** **東アジアのフロンティア**
【品切・重版予定】 倉田徹[編] ◉2,800

---

233 **金・女真の歴史とユーラシア東方**
古松崇志・臼杵勲・藤原崇人・武田和哉[編] ◉3,200

---

232 **東アジア古典演劇の伝統と近代**
毛利三彌・天野文雄[編] ◉2,800

---

231 **中国雲南の書承文化** **記録・保存・継承**
山田敦士[編] ◉2,800

---

230 **世界遺産バリの文化戦略**
水稲文化と儀礼がつくる地域社会 海老澤衷[編] ◉2,800

---

229 **文化装置としての日本漢文学**
滝川幸司・中本大・福島理子・合山林太郎[編] ◉2,800

---

228 **ユーラシアのなかの宇宙樹・生命の樹の文化史**
山口博[監修]/正道寺康子[編] ◉2,800

---

227 **アジアとしてのシベリア**
ロシアの中のシベリア先住民世界 永山ゆかり・吉田睦[編] ◉2,800

---

226 **建築の近代文学誌** **外地と内地の西洋表象**
日高佳紀・西川貴子[編] ◉2,800

---

225 **満洲の戦後** **継承・再生・新生の地域史**
梅村卓・大野太幹・泉谷陽子[編] ◉2,800

---

224 **アジアのなかの博多湾と箱崎** 九州史学研究会[編] ◉2,800

---

247 **移動するメディアとプロパガンダ**
日中戦争期から戦後にかけての大衆芸術
西村正男・星野幸代［編］◉2,800

---

246 **和漢のコードと自然表象** **十六、七世紀の日本を中心に**
島尾新・宇野瑞木・亀田和子［編］◉2,800

---

245 **アジアの死と鎮魂・追善** 原田正俊［編］◉2,800

---

244 **前近代東アジアにおける〈術数文化〉**
水口幹記［編］◉3,200

---

243 **中央アジアの歴史と現在** **草原の叡智**
松原正毅［編］◉2,400

---

242 **中国学術の東アジア伝播と古代日本**
榎本淳一・吉永匡史・河内春人［編］◉2,800

---

241 **源実朝** **虚実を越えて** 渡部泰明［編］◉2,800

---

240 **六朝文化と日本** **謝霊運という視座から**
蔣義喬［編著］◉2,800

---

239 **この世のキワ** **〈自然〉の内と外**
山中由里子・山田仁史［編］◉3,200

---

238 **ユーラシアの大草原を掘る** **草原考古学への道標**
草原考古研究会［編］◉3,200

---

237 **銅鏡から読み解く2〜4世紀の東アジア**
三角縁神獣鏡と関連鏡群の諸問題 實盛良彦［編］◉2,800

---

236 **上海の戦後** **人びとの模索・越境・記憶**
髙綱博文・木田隆文・堀井弘一郎［編］◉2,800

これを語源に遡る形で表記しようとしたと思われるが、「ヲ」は「オ」となるべきである。また、最後の「キ」は「ギ」と濁音にしたいところである。これはウムカジのジの音は「ギ」の変化（口蓋化）したものとする規範意識があったことによるが、語源に忠実にということであれば、「ゲ」まで遡らなければならない。語源に遡行する作業が中途半端な形で止まっているのである。この類の文字表記もまた多く見られるものである。

次の「浅猿《アサマシ》」は相当に特殊な漢字表記である。これは形容詞「浅まし」の表記である。問題は「まし」に「猿」を宛てたところである。猿を「ましら」というのは万葉以来、和歌によくみられる。和文学にすでに用いられている表記である。この和歌・和文の知識がここに顔を見せたものであろう。衒学趣味の出たところである。これの例をもう少しみてみよう。

アダンという植物で作った垣根を琉球語ではアダニガチというが、このアダニは普通「阿檀」と書く。これを「菠蘿」と書く（七九番歌題名）。しかし、「菠蘿」は諸橋徹次『大漢和辞典』にも出ない熟語である。「菠薐」はホウレンソウということであるから、「菠」はギザギザの葉をさすとみて、これでアダンを表現しようとしたのであろうが、いかにも特殊である。

一〇〇番歌をみてみよう。

流よる水に　淪《シカラミ》は立て　花の色清らさ　捄《スク》て見ちやる

「しがらみ」に「淪」と当てるのも同じである。また王府へのご奉公・公務をいうミヤダリを「公事」（二九番歌）と書き、一般に「走川」と書く「はいかわ」（川のこと）を「奔流」（九九番歌）と書くような、意味による当て字の例は枚挙にいとまがない。先に見た八一番歌の「御恐多《ウヤクメサ》あすか」もその類である。「おやぐめさ」（ウヤグミサ）は、御畏れ多いことですが、の意である。琉球語の形容詞で「畏れ多い」をヤグミサンという。そのサ語幹が名詞化したものに尊敬・丁寧の意を表す接頭語「御」を付けてウヤグミサとしたものである。「やぐめさ」の語源（大和語との対応）は分からない。それでその意味を採って「御恐多《ウヤクメサ》」と表記したものである。

それから、これは用例の多いものであるが、一人称の「わぬ」（ワン。我）に「予」を当てる例がある。八〇番歌の「予《ハン》んさしなとて」（私もサシ草になって）や、一〇九番歌の「浅地《アサ》予ない《ハナイ》んはたう」（浅地は私は嫌ですよ）などである。これも「予」に「我＝ワン」という意味のあることを利用しての文字使いである。さらに例を揚げよう。八七番歌である。

我童思て　墾らは《クナシヨラハ》くなす　くなし田の稲の　畔枕《アフシ》

第二句の「墾らは《クナシヨラハ》くなす」の「くなす」は首里語でクナー

シュンといい、「踏みつける。踏みにじる。踏み荒らす」の意である。[5] これを人間を踏みつけにする意として用いたのが第二句である。これはまた、泥などを踏んで柔らかくする、の意もある。その意で使ったのが第三句の「くなし田」の例である。「墾」の字はここから来ている。田の土をこなして田植えの準備をするところから「墾」の字を当てたのである。これなど、琉球語の意味を熟知し、これに漢字の意味を組み合わせる力量があいまっての当て字である。一〇四番歌の結句の「茂《モタ》い《イ》栄へ」の「茂《モタ》い《イ》」も同じであろう。琉球語の動詞ムテーユン（植物が繁茂する）の連用形ムテー（「もたい」）に、その意味を表す大和語の「茂る」から「茂」の字を当てたものである。

もう一つだけ例をみる。これらの例とも共通するが、一〇三番歌の第二句と第三句の「馬走ち喜悦《イシャく》／舟走ち喜嬉《イシャく》」の「喜悦《イシャく》」と「喜嬉《イシャく》」はいずれも形容詞イショーシャン（嬉しい。心楽しい）のサ語幹イショーシャを意味的に捉えて漢字表記したものである。それが第二句では「喜悦」、第三句では「喜嬉」と用字を少し変え、変化を見せているところに「百控」の編者の文学趣味とでもいうか、遊び心が垣間見える。

このように十八世紀末にできた琉歌集になると、歴史的仮名遣いをベースにしながらも琉球語の音韻と当該語の大和語との関係を表現しようとする、二つの目的を負った琉球語の独自な表記がみられるようになっている。その結果は過剰な規範意識による誤表記が多く出現し、現代の読者には説明を要するものとなっている。また、漢字表記に大和文学の教養と漢字の知識を楽しむ風もみられ、独自の琉歌表記が出現している。歴史的仮名遣いをベースにした琉歌歌詞の表記は、組踊にもみられるものであり、それ以後の琉歌集にも基本的にそのまま踏襲されることになる。

二、南琉球の抒情歌と文字との出会い

（1）宮古の抒情歌と文字による記録

宮古歌謡全体にかかる文字記録については別稿で触れる機会があろう。ここでは抒情歌謡についてだけみる。宮古の抒情歌謡としてはトーガニ、多良間島にはシュンカニがある。これら宮古の短詞形の抒情歌謡の最初の記録は前述の『琉歌百控』であった。「乾柔節流」の「十四段波節部」に「多越金節《タラカネ》」として、

多越かね主さり浮名の旅差てからや／池の魚の水離れかにす有い

浮名もうらは浮名の主落平の水に浴《アメサマ》んなやう／予《ハン》か匂か

なし匂おさすなやう

の二首が記されている。おそらくこれが最も古い事例だろう。これは首里の人士が古来、琉球各地の民謡を取り入れ三線歌謡として親しんでいた歌を『琉歌百控』として編集したことによる。首里の知識人によって宮古歌謡がどのように謡われていたか、その歌詞理解の一端を偲ばせる表記である。先にも指摘したように、母音の変化の問題など、実際の発音には頓着しない表記である。

その後、明治三十年、宮古を訪問した田島利三郎によって『宮古島の歌』が編集された(6)。この本には四九篇のアーグやクイチャーなどの長詞形歌謡とトーガニー・「アーゴ」・「綱挽き」の時の歌など短詞形歌謡八六首、「子守歌《ふあーもりあーご》」四篇の都合一三九篇の詞章が記されている。おそらくは古文献の調査・筆写と宮古現地での聞き取りによるものとみられる。田島は宮古語による歌詞表記に工夫を凝らしているが、宮古語特有の音韻の正確な表記にはまだ距離がある。仮名表記ではその特殊な音の表記は無理であったのである。例をみてみよう。「四九　たうがね」として掲げられたものである(7)。

此《こ》の杯《さかづき》んな目差《めざす》の親《おや》
銀《ぎん》の花《ばな》のど金《こがね》のどうかゞり居《を》りやァ
あてがいとらまち
考《かんが》いんけゞる目差《めざす》の親《おや》やうい

一首のトーガニを四行で書いているところは、このトーガニが四句で構成されるという理解があってのことだろう。これを漢字とルビを使って一首の意を理解しやすいように表記している。それは、次の「五〇　同上」(「たうがに」のこと)の表記をみればよくわかる。

ばがつぎさかつきんな主《しゅ》がなし
やそつの花《ばな》のどもゝつの花のど
うかがり居《を》りやよ
これやんけッさまい
ももっつあむつなかまッヴりさまち

これだと、宮古語に習熟している人には分かるだろうが、他の人には多分理解しづらいだろう。これを先の漢字交じり表記に倣って示すと次のようになる。

我《ば》が　注《つ》ぎ　杯《さかつき》んな　主加那志《しゅがなし》
八十個《やそつ》の　花《ばな》のど　百個《ももつ》の　花のど
浮上《うか》がり居《を》りゃよ
是《くり》や　飲食《んけつ》さまい
百《もも》つぁ　道中《むつなか》まッヴりさまち

このように、漢字交じり・ルビ併用表記とひらがな主体の表記とが一つの歌集に同居している。その表記法の違いが何によるかは不明である。

ともあれ、こうして明治二十九年まで伝承されてきたトーガニは記録された。これは八重山の抒情歌トゥバラーマの記録が戦後になって纏められだしたことと比較すると、数十年の差がある。しかし、実際に歌唱されるトーガニとしての発音の表記としては、不完全である。そもそも、中舌母音などの宮古語独特の母音は言うに及ばず、エ↓イ、オ↓ウの母音の変化の問題が把握されていない。また、ti、di、tu、du、などの日本語には無い音の表記にも頓着していない。「四九たうがね」を実際の発音に従って表記するとすれば、次のようになるだろう。分節の分かち書きにして示す。

クヌ　サカヂィキィンナ　ミザシィヌ　ウヤ
ギンヌ　パナヌドゥ　クガニヌドゥ　ウカガリヲゥ
　リャー
アティガイトゥラマチ
カンガイン　キギル　ミザシィヌ　ウヤヨーイ

紙幅の都合でこれ以上はふれることはできないが、宮古歌謡の発音を正確に筆記することが目指されるようになるのは、昭和に入ってからである。まず、ニコライ・ネフスキーの仕事が挙げられるが、ネフスキーの宮古調査は一九二二年〜一九二六年までの間に行われた。その言語・民俗調査の成果は、『月と不死』(8)が著名であるが、本稿との関連で言えば『宮古のフォークロア』(9)が重要である。これにはアーグ四八篇、トーガニーが二九首収録されている。歌詞はすべて国際音声字母による音声表記がなされ、語注も施されている。この書は宮古歌謡の科学的な記述の嚆矢である。

一九二三年二月、鎌倉芳太郎もわずかだが宮古歌謡を記録した。クイチャーやトーガニーなどの短詞形歌謡がほとんどで、それも断片的であるが、「東里ん中」では全節をローマ字表記している。(10)

演唱のための「宮古民謡工々四」も出されており、これは歌謡の伝習という点では重要な仕事である。戦前期にその試みは始まったようであるが、これが実現するのは戦後になってからである。一九五五年二月に刊行された平良恵清・古堅宗雄・友利明令共編『宮古民謡工々四』がそれで、B5判のザラ紙にガリ版謄写の五四頁の本である。その中に「とうがに」(二首)と「伊良部とうがに」(十二首)が収録されている。伊良部トーガニの一首をみよう。

伊良と《(ママ)》が間《ばし》がまんな離りとが間がまんな　渡る瀬の休ず゚|
瀬のあてあなむぬ

一首が一行流し書きになっている。上句と下句の意識があるのであろう、その間は一字アキになっているが、それぞれの一句目、二句目などの区切りはない。また、漢字仮名交じり表記であるが、「問《ばし》」のように特に注意を要する方言語彙についてはルビで示している。しかし、これも徹底しているわけではなく、下句の中の「休ず゚ー」についてはルビはない。これはユクイィと発音されるものであり、「休」だけでは、宮古語を知らない者にとっては簡単に読めるものではない。ただ、注目されるのは「休ず゚ー」とイィの中舌音を表記するために「ず゚ー」といぅ表記を用いているところである。この中舌音の特殊表記は、一九二七（昭和二）年に刊行された慶世村恒任『宮古史伝』(11)ではやくも用いられており、これを踏襲したものとみてよいだろう。

　このようにみると宮古諸島の抒情歌謡の文字との出会いは、十八世紀末の首里で始まり、近代に入って記録化が本格化した。しかし、実際にそれを歌い継いできた島の人による記録化は、昭和も戦後のことであったと言って良いだろう。歌を歌い継ぐ人にとっては文字による記録よりも、口承の世界、即ち自らが歌うものとして記憶の世界に留めておくだけで十分であったということなのであろう。

(2) 八重山の抒情歌と文字による記録

　八重山の抒情歌謡の場合はどうであろうか。八重山歌謡の記録の最も古い事例は十八世紀初頭の成立とみられる『八重山島大阿母由来記』にみえる「こいにや」「あやご」各一篇である。(12)前者は「往古悪鬼納嘉那志之御手入候時真乙姥初て悪鬼納嘉那志罷登り登城仕　首里天嘉那志美御前御拝がらめき御おふけ被下冥加至極に付みよおのけ申こいにや之事」の表題の許、全十一節、漢字・平仮名交じりで記されている。各節は「一」書きで書き起こす一般的な形式によるものである。(13)琉球国が解体された明治期になると、旧支配層による節歌の歌詞集編纂への動きがみられるようになる。これは三線演奏の楽譜である工々四の編纂と関わってのこととみられる。これらについても別稿でふれることにして、抒情歌謡の文字記録についてのみふれたい。

　八重山の抒情歌謡としては節歌とトゥバラーマ・シュンカニがある。前者は琉歌形式の歌詞の他、長詞形の叙事的形式による歌謡である。後者は短詞形歌謡である。節歌については首里で編纂された『琉歌百控』の「乾柔節流」に「石屏風節」（六八番歌）、「恋花《コイノ》節」（一四三・一四四番歌）、「小浜節」（一四五・一四六番歌）、「港越節」（一四七・一四八番歌）が記載されている。現在も八重山節歌として歌唱されている歌詞の一部を取り上げただけである。しかも、その表記はこれまでみてきたように、伝統的な琉歌式表記であり、八重山歌謡の実際を反映したものではない。さらに、「独節流」に「小浜節」「娘節（赤俣節）」「石屏風節」「恋花節」、「覧節流」に「恋花節」「波照間節」「石屏風節」「小浜節」が、それぞれ二首ずつ記されているが、これらはすべて八重山節歌として歌われる歌詞ではなく、完全な琉歌である。これからみると、『琉歌百控』の「乾柔節流」の八重山歌謡は曲節の面白さによって選択され、その代表的歌詞が収録されたものであるが、「独節流」「覧節流」では、その曲節によって首里で歌われた琉歌歌詞を編んだものと判断して良いだろう。

一方で、上にも書いたように、八重山現地においても節歌歌詞集の編纂が行われていた。現存する資料の古いものはいずれも明治三〇年代～四〇年代の成立である。[14] それらの中で注目されるのは喜舎場永珣筆写の『八重山歌集』である。これには「七五　しょんかね節」（本文では「七十一　しょんかねふし」）、「七六　とばらま節」（本文では「七十二　とばらま節」となっている）の二篇が入っている。これらは他の歌集にはみられない。「しょんかねふし」は、与那国から出て行く役人と島に残される旅妻との間に交わされる言葉を歌詞としたもので、全十一節である。その第四節と第五節を抜き出してみる。

一　ばぬんまぞんさありおうり給ふり　くりんまぞん乗
せおり給ふり／里前よ　　はあり　花ゆうみやよう

（／は改行を表す）

一　浦んまぞんさありはらで思ひば　ぐむち積む舟や／
舟間ぬねぬ　　岩重んしよりよう　　はあり　宮童
よ

歴史的仮名遣いを基本にしたものであるから、拗音や長音の表記が現在の表記とは異なっているなど限界はあるが、八重山語の歌詞を忠実に記そうとしていることが見てとれる。漢字表記は語源意識に基づくもので、その一部には方言のルビが付されており、歌われるとおりに記そうとしたことが見てとれる。もっとも区切りなどが示されてなく、歌詞を知らない者には分かりにくいものである。

次にトゥバラーマもみてみよう。ここには十五首のトゥバラーマの歌詞が記されているが、一首一首が独立した内容である。

仲道路から七けら通ゆるけ仲筋かぬしやま／相談ぬなら
ぬ
歌ば聞き出でくよ宮童聲ば聞き留め／走《パ》りくよかぬしや
ま

歌詞は八重山語によるもので、これを漢字を交えながら記している。漢字の力によって何となく意味はとれそうにみえる。しかし、ひらがな表記された八重山語は簡単には分からないだろう。

このことは、琉歌から宮古、八重山の歌謡を通じていえることであるが、歌の意味を知っている者にはこれまでみてきたような表記でも、歌詞を口に出して詠む・言うことは出来、そして歌意も理解されるのであり、そうでない者には、たとえ発音された言語が音声表記で正確に記されていたとしても、意味の理解にはつながらない、ということがあると思われる。地域の言葉がわかるということが、記録された歌詞の理解には必須なのである。すなわち、歌になじんだ人々にとっては、その表記で十分であって、歌詞を復元して味わうことにさして不便は感じなかったはずである。歌になじんだ人とそうでない人のテキスト受容の違いがここにあるというべきだろう。

三、トゥバラーマ大会歌詞の部のもつ意味

トゥバラーマについてはもうひとつ重要なことがあった。終戦直後から始まったトゥバラーマ大会である。[15] これは歌唱力を競うところから始まったが、すぐに歌詞の部の募集も行われた。ここにおいて、歌詞創作の現場で歌詞と文字が出会うことになる。これは八重山歌謡始まって以来の出来事と言って良いだろう。これまでの八重山歌謡の新しい歌の誕生は、例えば伊波普猷が目撃した次のような場面のようなものであっただろう。明治四十一年三月、石垣島を訪ねた伊波は、石垣島宮良の小学校の卒業式で、我が子が卒業証書を受けるのを見た婦人が「感極まつて、大きな声で謡ひながら、踊出した光景を目撃して、びつくり」する経験をした。そして「感情の豊富な南島の詩人の間では、詩と作曲と舞踊とが同時に行はれたのでありませう」と書いている。[16] しかし、この婦人の即興の歓喜の歌は「赤馬節」「まみどーま節」などで人口に膾炙した文句であり、自らの中に堆積した歌詞から選択され、発唱されたものであった。その意味で奄美の歌の名人達がいう「歌袋」と同じものがその婦人にもあったということであろう。

トゥバラーマ大会歌詞の部への応募は、このような事例とは別の状況を生んだと思われるのである。歌詞を作り、自らして完成し応募する、という新しい状況が出来したのである。（あるいは他の人の力も借りながら）推敲を重ね、これを作品として完成し応募する、という新しい状況が出来したのである。これは、ここまで歌謡と文字との出会いとしてみてきた、謡われてきた歌謡を文字で記録するというのとは全然違う営みである。歌詞の誕生に文字が大きな要素として働きかける新しい現場が出現したということでる。この「トゥバラーマ大会歌詞の部」は現在も続けられ、毎年多くの応募作品が寄せられる。この動きは与那国島で行われる「与那国スンカニ大

会」や、西表島の「デンサ節」大会にも広がっている。社会人一般のみならず小中学校の児童・生徒まで、詩作して参加するようになっている。日本文学では万葉以来の出来事が、八重山歌謡においてはこのトゥバラーマ大会を契機として幅広く起こってきたと言える。

この現象については、沖縄全体としてみれば明治時代に遡ることができるかもしれない。歌謡に限らず、終戦後まで広範な人気を誇った沖縄芝居の世界のほとんどの作品が、役者達による口立て芝居として誕生していたことなども含めて、琉球文学はそのほとんどが口頭伝承の世界のものであった。首里・那覇の人士を除いて、文字による文学を楽しむ人はほとんどなかった。琉球歌謡の現場で文字が大きく働くようになるのは、譜久原朝喜などによる琉球音楽のレコード制作、とりわけ「新民謡」の創作の場面であっただろう。(17)「新民謡」の歌詞の創作では、上に見たトゥバラーマ歌詞の創作と同じ状況があったことは想像に難くない。こうしてみると、琉球歌謡の文字との出会いは『おもろさうし』以来五〇〇年の歴史を持つが、これが一般大衆の創作の現場に立ち会うようになったのはほぼ一〇〇年来のことであった、ということになろう。

注

(1) 大正後半から昭和初期にかけ、日本各地の風物を取り入れ、自らの郷土を讃えて新たな民謡をつくる動きが流行した。この中で生まれた民謡を「新民謡」と称した。これが沖縄では戦後に流行したプロ歌手による新しい歌までも民謡と称していたため、これを古来からの純正の民謡に対して「新民謡」と称した。現在は方言でミーウタ（新歌）という呼称が定着してきている。この「新民謡」については大城學『沖縄新民謡の系譜』（ひるぎ社、一九九二年）がある。ご参照いただきたい。

(2) 拙編『鎌倉芳太郎資料集　ノート篇Ⅲ　文学・歴史』（沖縄県立芸術大学附属研究所、二〇一四年）五八九頁。二行割注は（ ）で示した。

(3) 島袋盛敏・翁長俊郎『標音評釈琉歌全集』（武蔵野書院、一九六八年）。以下、琉歌の引用は特に断りのない限り本書による。

(4) 実際は上記のように異なっている。その理由については外間守善・比嘉実・仲程昌徳『南島歌謡大成　Ⅱ　沖縄篇下』（角川書店、一九七九年）の「出典文献解題」四七九—四八三頁参照。

(5) 国立国語研究所編『沖縄語辞典』（大蔵省印刷局、一九六五年）参照。

(6) 『宮古島の歌』の成立の事情や伝本については上原孝三「『宮古島の歌』の成立をめぐって」『沖縄文化』一一六号（沖縄文化協会、二〇一四年）がある。ご参照いただきたい。

(7) 琉球大学附属図書館伊波文庫蔵本による。活字本としては外間守善・新里幸昭編『南島歌謡大成　Ⅲ　宮古篇』（角川書店、一九七八年）がある。なお、同書の底本はハワイ大学宝令文庫本である。

(8)　ニコライ・ネフスキー・岡正雄編『月と不死』（平凡社、一九七六年）。

(9)　ニコライ・ネフスキー著、狩俣繁久他訳『宮古のフォークロア』（砂子屋書房、一九九八年）。

(10)　鎌倉の調査は歌詞の聴き取りと記載、そして語意の記載となっている（拙編『鎌倉芳太郎資料集（ノート篇Ⅳ）雑纂』〈沖縄県立芸術大学附属研究所、二〇一五年〉三三一―四九頁）。歌数が少ないのは残念だが、記載された歌詞は全てローマ字表記である。そしてその表記は宮古語の変母音による特殊な音声を独自のローマ字表記法で記載しようとしており、注目すべきである。鎌倉の宮古歌謡調査は、「狩俣新茂ノート」の入手と書き込みに明らかなように、昭和二年にもなされた。その研究が単に歌詞の研究に限定されるものでなかったことは、『MIYAKO　Kazumata』（波照間永吉編『鎌倉芳太郎資料集（ノート篇Ⅱ）民俗・宗教』〈沖縄県立芸術大学附属研究所、二〇〇六年〉一〇九―一三五頁）と題されたノートに狩俣の祭場と、神歌歌唱の場についての絵図入りの詳細な記録があることから知られる。

(11)　慶世村恒任『宮古史伝』（南島史蹟保存会、一九二七年）。「歌謡」の節と「附録」の節にアーグなどの長詞形歌謡（「長アヤゴ」「クイチャーアヤゴ」）が十九篇、短詞形歌謡（抒情詩。「トーガニ」「シュンカネ」）が七首、童歌が七篇、計三三の歌謡が収録されている。いずれも漢字・平仮名交じりで、歴史的仮名遣いで表記されている。漢字には一部方言読みのルビが付されている。中には中舌音などの特殊な音は「ぷ」のように、平仮名の右肩に○を付けて表している。下段には訳文を示している。

(12)　「八重山島大阿母由来記」の活字本は『南島』第一輯（一九四〇年）に所収。これについては本書の総論の部の「琉球歌謡の文字との出会い――『おもろさうし』の記載法を中心に」参照。

(13)　琉球歌謡の文字記録とその記載方法については、拙稿「琉球歌謡の文字との出会い――『おもろさうし』の『一／又』記載を中心に」（『口承文芸研究』第四三号、二〇二〇年）をご参照いただきたい。

(14)　我那覇孫著の「明治卅弐己亥旧二月写」の脇書きを持つ「八重山歌集」、真境名安興が「明治四十年五月十六日八重山登野城旅舎ニテ写了」した「元石垣間切頭、大濱用能ノ編纂セシモノニ依ル」「八重山歌節寄」、喜舎場永珣による「大浜用能本ヨリ筆写／明治四十三／年川平／にて写」した「八重山歌集」などがある。

(15)　トゥバラーマ大会については大田静男『とぅばらーまの世界』（南山舎、二〇一二年）、真下厚「八重山歌謡トゥバラーマの歌い手」（『奄美沖縄　民間文芸学』第六号、二〇〇六年）参照。

(16)　伊波普猷「古琉球の歌謡に就きて」『伊波普猷全集』第7巻（平凡社、一九七五年）二二五・二二六頁。この伊波の体験については喜舎場永珣「八重山の音楽と舞踊」（『八重山民俗誌』沖縄タイムス社、一九七七年、下巻七・八頁）に詳しい説明がある。

(17)　琉球民謡のレコード制作や譜久原朝喜の活動などについては高橋美樹「レコードに初めて録音された沖縄音楽――1915年『琉球新報』と大阪蓄音機の活動を通して」（『高知大学教育学部研究報告』七五号、二〇一一年）他を参照。

南島歌謡の記録と伝承の諸相
——竹富島の巻唄をめぐって

狩俣恵一

かりまた・けいいち——沖縄国際大学名誉教授。専門は琉球芸能・口承文芸。主な著書に『芸能の原風景』（瑞木書房、一九九八年）、『南島歌謡の研究』（瑞木書房、一九九九年）、「シマの祭りの芸能と王府芸能」（『南島文化』第四十二号、沖縄国際大学南島文化研究所、二〇二〇年）などがある。

口頭伝承の神歌や呪詞は、一言一句違わず、歌詞の順序も間違えずに伝承してきたと信じられているが、無文字社会ではその真偽を知ることはできない。音声は発すると同時に消えてしまうからである。しかし、口頭伝承を記録した複数の資料を比較するならば、詞章の乱れや発音の揺れを確認することができる。本稿では、それらの記録資料を検討することで、伝承の実態について考察する。

一、巻唄の記録資料について

(1) 巻唄の記録資料

竹富島の種子取祭は、旧暦九月・十月に廻りくる戊子《つちのえね》の日に種子蒔きの儀礼を行い、翌日の己丑《つちのとうし》にンガソージ（大精進）を行う。その翌日の庚寅《かのえとら》には、早朝の神事、歓待《カンタイ》の儀式、参詣《サンケイ》、行列（庭の芸能）を行い、そして玻座間ムラ（西集落・東集落）の奉納芸能、印判《イバン》の儀式、根原家の世乞《ユークイ》い、三集落に分かれての各戸を廻る世乞《ユークイ》いを行う。翌日の辛卯《かのとう》にも、早朝の神事、歓待《カンタイ》の儀式、参詣《サンケイ》、行列（庭の芸能）を行い、つづいて仲筋集落の芸能を奉納する。これを要するに、種子取の巻唄は、奉納芸能初日目の朝の参詣、根原家の夕方の世乞い、各戸を廻る夜の世乞い、そして奉納芸能二日目の朝の参詣で歌われる。

逸早く巻唄を記録した喜舎場永珣《きしゃばえいじゅん》は、一九二一年、一九二五年、一九二八年、一九三八年、一九四一年、一九四六年の六回に亘って種子取祭の調査を行った。(1) その巻唄は、『八重山古謡下巻』（沖縄タイムス、一九七〇年）、『南島古謡 日本庶民生活史料集成第十九巻』（三一書房、一九七一年）、『八重山民俗誌上巻』（沖縄タイムス、一九八〇年）に記されている。

鎌倉芳太郎の大正十二年（一九二三年）調査の巻唄は、『鎌倉芳太郎資料集（ノート篇Ⅳ）雑纂』（沖縄県立芸術大学附属研究所、二〇一六年）に収載されている。宮良賢貞「弧島竹富覚書（八重山）」（『南島第二輯』一九四二年）には巻唄の一番歌〜五番歌を記しているが、その記録には歌詞の脱落がある。

戦後の巻唄の記録には、柳田国男『民間伝承第十七巻十号』（一九五三年、東京在の竹富出身の内盛唯夫からの聞書き）がある。また、竹富島出身者も、巻唄を数多く記録している。前新加太郎『竹富青年団団報』（私家版、一九四五年）、崎山毅『蟷螂の斧』（私家版、一九七二年）、大真太郎『竹富島の土俗』（私家版、一九七四年）、玉城憲文『竹富島仲筋村の芸能』（私家版、一九七六年）、亀井秀一『竹富島の歴史と民俗』（角川書店、一九九〇年）などである。ただし、亀井資料は『八重山民俗誌上巻』の巻唄を参考にした記録と思われる。(2)

また、竹富島西集落在の上勢頭亨のノートは、特記すべき資料であり、多くの出版物に転載された。上勢頭ノートのもっとも古い出版は『竹富沖縄西塘会会員録』（私家版、一九六五年）で、山城善三・上勢頭亨共著『竹富島誌』（私家版、一九七一年）では、詳細な解説を付している。また、『竹富島種子取祭国立劇場公演記念誌』（一九七七年）、上勢頭亨著『竹富島誌 歌謡芸能篇』（法政大学出版局、一九七九年）、外間守善他編著『南島歌謡大成Ⅳ 八重山篇』（角川書店、一九七九年）、本庄正佳編著『竹富島古謡誌』（私家版、一九八四年）、辻弘著『竹富島 いまむかし』（私家版、一九八五年）への転載の他、種子取祭の世乞《ユークイ》い参加者に巻唄（世乞《ユークイ》い歌）を配布した。(3) そして、一九九〇年からは、竹富公民館が制定した「世乞い唄を守る会」の『種子取 世乞い唄』が、配布されている。

(2) 歌詞の順序の乱れ

巻唄を記録した歌詞の順序は、次**表**のA・B・C・D・E・Fに整理される。Aは、喜舎場永珣・鎌倉芳太郎・玉城憲文・大真太郎・竹富公民館制定の「世乞い唄を守る会」の記録資料で、Bは柳田国男資料、Cは宮良賢貞資料、Dは前新加太郎資料、Eは崎山毅資料、Fは上勢頭亨資料である。尚、次**表**は、冒頭二句の歌詞のみを記し、漢字仮名交じり文で一律に表記した。(4)

表Aの歌詞の順序は①②③④⑤⑥⑦⑧⑨で示し、B・C・D・Eの歌詞の順序は123456789の算用数字にした。また、Fの歌詞の順序は⑴⑵⑶⑷⑸⑹⑺⑻⑼で示した。

巻唄の歌詞の順序一覧表

	A 喜舎場／鎌倉／大／玉城／世乞唄会	B 柳田　国男	C 宮良　賢貞	D 前新　加太郎	E 崎山　毅	F 上勢頭　亨
1	①あがとから来がな誰が故どぅきゃびる	1あがとから来がな誰が故どぅきゃびる	1あがとから来がな誰が故どぅきゃびる	1あがとから来がな誰が故どぅきゃびる	1あがとから来がな誰が故どぅきゃびる	(1)あがとから来がな誰が故どぅきゃびる
2	②現わりり来がなはしくりりんぞよ	2うやゆみさあてぃんう恥かさあてぃん	2現わりり来がなはしくりりんぞよ	2現わりり来がなはしくりりんぞよ	2くぬ殿内主前や果報ぬ生りやりどぅ	(2)くぬ殿内主前や果報ぬ生りやりどぅ
3	③うやゆみさあてぃんう恥かさあてぃん	3遊ばばん遊び踊らばん踊り	3遊ばばん遊び踊らばん踊り	3くぬ殿内主前や果報ぬ生りやりどぅ	3現わりり来がなはしくりりんぞよ	(3)うやゆみさあてぃんう恥かさあてぃん
4	④遊ばばん遊び踊らばん踊り	4現わりり来がなはしくりりんぞよ	4くぬ夜アンガマぬ踊る足見りば	4くぬ夜アンガマぬ踊る足見りば	4うやゆみさあてぃんう恥かさあてぃん	(4)遊ばばん遊び踊らばん踊り
5	⑤くぬ殿内大庭やだいじゅてぃどぅ踏みよる	5くぬ殿内大庭やだいじゅてぃどぅ踏みよる	5くぬ殿内主前や果報ぬ生りやりどぅ	5うやゆみさあてぃんう恥かさあてぃん	5遊ばばん遊び踊らばん踊り	(5)くぬ夜アンガマぬ踊る足見りば
6	⑥くぬ夜アンガマぬ踊る足見りば	6くぬ夜アンガマぬ踊る足見りば		6遊ばばん遊び踊らばん踊り	6くぬ殿内大庭やだいじゅてぃどぅ踏みよる	(6)くぬ殿内大庭やだいじゅてぃどぅ踏みよる
7	⑦くぬ殿内主前や果報ぬ生りやりどぅ	7くぬ殿内主前や果報ぬ生りやりどぅ		7くぬ殿内大庭やだいじゅてぃどぅ踏みよる	7くぬ夜アンガマぬ踊る足見りば	(7)うるずみんあ若夏んあらぬ
8	⑧くぬゆアンガマや夏粟殻垂らし	8くぬゆアンガマや夏粟殻垂らし		8くぬゆアンガマや夏粟殻垂らし	8うるずみんあらぬ若夏んあらぬ	(8)現わりり来がなはしくりりんぞよ
9	⑨うるずみんあらぬ若夏んあらぬ	9うるずみんあらぬ若夏んあらぬ		9うるずみんあらぬ若夏んあらぬ	9くぬゆアンガマや夏粟殻垂らし	(9)くぬゆアンガマや夏粟殻垂らし

右の表Aを基準にして、B・C・D・E・Fの歌詞の順序を検討することとする。尚、↓は、歌詞の順序が連続していることを示す。

Aの喜舎場永珣・鎌倉芳太郎・大真太郎・玉城憲文・竹富公民館制定の『種子取 世乞い唄』（世乞い唄を守る会）の巻唄は、歌詞の順序がすべて一致している。(5)

Bの柳田資料は、1①が一致している。また、4を②へ移動すると〈4②↓5③↓6④〉となり、〈5⑤↓6⑥↓7⑦↓8⑧↓9⑨〉とつづくので、すべての歌詞の順序が一致する。つまり、4を②の位置へ移動するだけで、AとBの歌詞の順序は完全に一致する。ちなみに、Bは、柳田国男が一九五三年に東京で調査した巻唄であるが、そのインフォーマントの内盛唯夫は大正十四年（一九二五年）に竹富島から上京している。よって、Bの柳田資料は、喜舎場永珣資料（一九二一年年）・鎌倉芳太郎資料（一九二三年）と、ほぼ同時期に歌われた巻唄であると推定される。

Cの宮良資料（一九四二年）は、1①・2②が一致している。また、〈3↓④〉、〈4↓⑥〉、〈5↓⑦〉とすると、AとCは一致する。つまり、Cは③・⑤・⑧・⑨の歌詞の脱落であると考えられる。(6)

Dの前新資料（一九四五年）は、1①・2②が一致している。そして、〈5↓③〉へ移動すると、〈5③↓6④↓7⑤〉となる。さらに〈4↓⑥〉、〈3↓⑦〉へ移動すると、DはAの歌詞の順序と一致する。つまり、Dの歌詞を三回移動すると、AとDは一致することになる。

Eの崎山資料（一九七二年）は、1①が一致しているだけであるが、〈3↓②〉へ移動すると〈3②↓4③↓5④↓6⑤↓7⑥〉となる。また、〈8↓⑨〉、〈9↓⑧〉へ移動すると、Aの歌詞の順序と一致する。つまり、Eも三回の移動でAと一致する。

ところが、Fの上勢頭資料(7)は、特異な順序である。⑴①・⑶③・⑷④は一致しているが、〈⑻↓②〉、〈⑹↓⑤〉、〈⑸↓⑥〉、〈⑵↓⑦〉、〈⑼↓⑧〉、〈⑺↓⑨〉と六回も移動しないと、AとFは一致しない。つまり、Fの歌詞の順序は、Aとの関連性がほとんどないのである。

要するに、巻唄の歌詞の順序は、基準とするAにもっとも近いのがBであり、Cには歌詞の脱落があると思われる。また、D・Eは、歌詞を三回移動することでAと一致する。したがって、Aを基準にするならば、B・C・D・Eは歌詞の順序の乱れと判断される。しかしながら、Fの上勢頭資料の歌詞の順序は、基準とするAの歌詞とは順序がかけ離れており、孤立した伝承となっている。

（3）種子取の由来伝承①と巻唄

種子取の由来伝承①は、「玻座間ムラの根原金殿《ねはらかんどの》と仲筋ムラの新志花重成《あらしはなかさなり》が、同じ戊子《つちのえね》の日の種子蒔きであった」（山城善三・上勢頭亨共著『竹富島誌』、上勢頭亨『竹富島誌 民話・民俗篇』、崎山毅『蟷螂の斧』）と記し、巻唄はその由来伝承に基づいて歌われたと述べている。つまり、玻座間ムラと仲筋ムラの種子取の日取り争いはなかった。また、玻座間ムラの根原金殿は幸本ムラの幸本節瓦をはじめとする久間原ムラ・花城ムラ・波利若ムラとの日取り争いに勝利したと述べている。(8)そして、種子取由来伝承①の記録は、いずれも次のように六段落構成となっている。(9)

第一段は、いずれの記録も一〜六は箇条書きで、六つのムラと六人の首長名を記す。

第二段は、六人の「酋長」が村人を愛した。また、西方の玻座間村・仲筋村はツチノエネ、南方の幸本村はツチノトウシ、東方の久間原村・花城村・波利若村はキノエウマの種子取であった。

第三段は、根原金殿はツチノエネの日に種子取をするために、妹を幸本節瓦に嫁がせた。

第四段は、嫁に行った根原金殿の妹は「ツチノトウシは日が悪い」と夫の幸本節瓦を説得した。

第五段は、幸本節瓦がツチノエネの日に同意すると、東方の「酋長」と四名でアンガマ（覆面仮装）となって根原金殿宅を訪ねた。

第六段は、幸本節瓦・久間原ハツ・他金殿・塩川殿の四名のアンガマは根原金殿の門前に集まり、次々と入門して巻唄を歌った。

以上が、崎山資料と上勢頭資料の段落構成であるが、驚くことは、文章には微妙な差異があるものの、段落構成がまったく一致していることである。しかも、両資料の類似性については、既に福田晃が指摘している。(10)

筆者の調査では、両資料は詩文を好くした上間山戸（好意）のノートを原資料にした可能性が高いと考えられる。そのことはさておき、山城善三・上勢頭亨共著の『竹富島誌』の巻唄は、種子取の由来伝承①に基づいて解釈し、次のように私見を加えて発展させた解説をしている。

まず、「アンガマの幸本節瓦《こうもとふしかわら》・久間原《くまはら》ハツ・他金殿《たかねしの》・塩川《しおかわ》殿《との》は、新志花重成《あらしはなかさなり》と根原金殿《ねはらかんどの》が同席する根原家に訪問した」と述べ、巻唄は「（覆面の）四名者が根原金殿の門前に来て順序に入宅した唄である」と述べる。(11)そして、最初に久間原発金殿一人が大庭に入り、「東方から来た私は此の殿内主前と語り度故にここまでやって来ました」と歌った。次いで、他金殿と塩川殿二人が「此の殿内主前は、徳のあられる方で何に一つ不自由のない大長者の生れで米や粟倉を後にして子孫繁昌であられます」と賞賛した。つづいて、幸本節瓦殿が「私は実に恥ずかしいけれども、恐れ入りますが遊ぶ事が大好きであるので、此に来ましたからお許し下さい」と歌うと、根原神殿が「貴方は遊ぶのが好きで来たと言ふから、良くあそび良く踊りなさい。けれども良く足に注意しなさい」と、幸本節瓦に向って歌ったと記している。

要するに、幸本節瓦・久間原ハツ・他金殿・塩川殿の四名のアンガマが、玻座間ムラの根原金殿と仲筋ムラの新志花重成が同席する根原宅を訪れたと述べ、巻唄の一番の歌詞は久間原ハツが、二番の歌詞は他金殿と塩川殿の二人が、三番の歌詞は幸本節瓦が、四番の歌詞は根原金殿が、それぞれ歌ったと述べている。

つまり、種子取由来伝承①は、玻座間ムラと仲筋ムラの対立はなかったとしており、巻唄は応答歌ではなく、各々の首長がやり取りをした歌であると述べている。その歌のやり取りは、第六段の「四名の者が根原金殿の門前に集まって順序に入門して巻唄を歌った」という解釈から導き出されたものであろう。しかし、これは伝承というよりも、演劇風に解釈した歌のやり取りであると思われる。

二、種子取祭とムラの対抗意識

(1) 種子取の由来伝承②とムラ(集落)の対立

種子取の由来伝承②について、喜舎場永珣の『八重山民俗誌上巻』は「玻座間ムラの根原金殿《ねはらかんどの》は、仲筋ムラの新志花重《あらしはなかさ》成《なり》と作物について争い、また幸本ムラの幸本節瓦《こうもとふしかわら》とは種子取の日取りについて争った」と記している。

要するに、玻座間ムラと仲筋ムラは作物の種類をめぐって長い間対立したが、玻座間の根原金殿が勝利し、玻座間ムラは粟作、仲筋ムラは麦作と決まった。また、種子取の日取り争いには、仲筋ムラの首長は関わらず、幸本節瓦をはじめ、久間原・花城・波利若の各首長と対立したが、根原金殿が勝利し、戊子の日に一緒に種子取を行ったと述べている。

そして、種子取の由来伝承②に基づいて歌う巻唄は、アンガマ[12]と根原金殿の応答の歌であるとし、喜舎場永珣の『八重山古謡下巻』は一番・三番・五番・七番はアンガマが歌い、二番・四番・六番・八番・九番は根原金殿が歌ったと記している。また、一九二三年に調査した鎌倉芳太郎も、巻唄は「アンガマ」と「根原金殿」の応答歌とし、仲筋出身の大真太郎・玉城憲文や仲筋集落の長老たちも、アンガマと根原金殿の応答の歌であると話していた。

要するに、種子取の由来伝承②に基づいた巻唄は、種子取祭が玻座間ムラ（西集落・東集落）と仲筋ムラ（仲筋集落）の対立と葛藤の中で継承してきたことを語っているのである。

（2）種子取の場と信仰

琉球王府時代の種子取祭は村番所《オーセー》の火の神《ピーヌカン》の前で行われたが、一九〇八年に火の神が清明御嶽（通称、前の御嶽《マイヌオン》）に移されると、種子取もそこで行われた。しかし、一九二八年に害虫が大発生して不作となり、火の神は元の村番所跡の寅（北東）の方角に安置され、種子取もそこで行われた。そして、一九三〇年、世持御嶽がその場所に創建され、火の神を安置して種子取が行われるようになった。要するに、神霊の知らせによって、種子取の場所を移動したということである。(13)

また、昭和十六年（一九四一）、根原金殿が与那国島で横死し、その神霊を迎えるという出来事があった。竹富島では害虫が大発生し、松並木が枯れ、根原家の男子が流産するなどの不幸がつづいた。それで、石垣島のユタにうかがったところ、「横死した根原金殿を与那国島からお連れしなければならない」という話であった。そして、与那国島から神霊を迎える日、竹富島の役職者や長老たちは、羽織袴の正装で港に整列し、根原金殿奉迎の儀式を執り行った。(14)

根原金殿の神霊奉迎と火の神の再移転及び世持御嶽の創建は、神霊の知らせを受けた島びとの行動であったが、それは竹富島の人々の篤い信仰心であった。

（3）巻唄の記録と集落の葛藤

種子取の由来伝承と巻唄の伝承は、琉球王府時代の玻座間ムラと仲筋ムラの対立の反映でもあった。そして、明治時代になると、玻座間ムラは、東集落（アイノタ）と西集落（インノタ）に分かれたが、西集落は玻座間ムラの伝統を受け継ぐ「親村」であると自負するようになった。(15) おかげで、種子取祭の対立は、玻座間ムラを代表する西集落対仲筋集落の構図へと変わった。そして、巻唄の葛藤は、三集落が一緒になって歌う場でしばしば起きた。その場は、奉納芸能の初日目と二日目の参詣の主事宅の庭と行列が始まる前の庭の芸能の広場であり、初日目の印判《イバン》儀式終了後の根原家のユークイの庭であった。

一九七七年、筆者は巻唄の葛藤を目撃した。玻座間ムラの西集落の歌い手は西集落の上勢頭資料の歌詞の順序が正しいと主張したが、仲筋集落の人々は仲筋集落の大資料・玉城資料をはじめとするA資料の歌詞の順序が正しいと主張したのであった。

ところで、既に述べたことだが、仲筋集落の大真太郎・玉城憲文のAの歌詞の順序は完全に一致している。しかし、西集落の上勢頭亭のFは、種子取由来伝承①に基づいて巻唄の順序を改変したためと思われるが、西集落Dの前新加太郎、東集落のE崎山毅とB内盛唯夫（柳田国男のインフォーマント）の巻唄の歌詞の順序の乱れは、東集落と西集落に分割されたことによって、伝統的な玻座間ムラとしての意識が薄れたためであろうと思われる。つまり、玻座間ムラの消滅が、巻唄の乱れへとつながったと考えられる。[16] それに対して、仲筋ムラを継承する仲筋集落は、一致団結して巻唄を継承する意識を強く持っていたのである。

そして、一九七〇年代にコピー印刷が普及すると、大勢で一斉に歌う巻唄の葛藤はますます大きくなった。要するに、巻唄の葛藤は、「伝統的なムラの消滅と新しい集落の誕生」「郷土研究の記録資料」によって、ますます激しくなったのである。そして、その混乱は一九九〇年の「正調の巻唄」が制定されるまでつづいたのである。

図1　主事宅の巻唄（撮影：大塚勝久）

図2　世持御嶽前の巻唄（撮影：大塚勝久）

図3　根原家の巻唄（撮影：大塚勝久）

三、巻唄の表記と語句の乱れ

(1)正調「巻唄」の制定

「正調ソーラン節」や「正調博多節」などの「正調○○節」は、歌詞や歌唱法の乱れを糺して「正調」とした。竹富島の巻唄も、一九七六年の国立劇場公演の前年、「正調の巻唄」を制定しようとしたが失敗に終わった。東・西・仲筋の三集落の代表者会議が成立しなかったからである。

　それから十五年後の一九九〇年、三集落から二名ずつ選出された六名のメンバーが巻唄の各戸訪問の調査を行った。その目的は、集落の主張や個人の意見に関係なく、みんなで一緒に巻唄を歌えるようにすることであった。そして、東集落在住の内盛佳美を中心に、竹富公民館制定の『種子取 世乞い唄』が作成され、「世乞い唄を守る会」が結成された。(17)

　そもそも、巻唄とその伝承は、ムーヤマ（六御嶽）の六首長時代の種子取祭を始まりとして、竹富島のムラ（集落）の変遷とムラの対抗意識の歴史でもあった。言い換えるならば、巻唄は、口頭伝承の記憶違いや歌詞の乱れのレベルを超えて、集落共同体のアイデンティティーの確認の場となっていたのである。つまり、種子取祭は、播種の日取り争いや作物争いの農耕儀礼であったが、ムラ（集落）の変遷の歴史を踏まえた集落共同体のアイデンティティーを確認する場へと変わっていたのである。

(2)巻唄の仮名表記と分かち書き

　竹富公民館制定の『種子取 世乞い唄』（一九九〇年）の巻唄は、「世乞い唄を守る会」の各戸調査の成果である。その会を主導した内盛佳美は、「巻唄が乱れるのは、意味を考えるからである。漢字を使わず、耳で聞いた通りにひらがなで書くことが重要だ」と話していた。それで、『種子取世乞い唄』は、囃子言葉も含めて全文ひらがな書きとし、分かち書きで表記した。次は、その巻唄の三番歌・五番歌・八番歌を抜き書きしたものである。尚、（8）（6）（5）（3）は音数律、1・2・3・4・5は句を示す。（ ）内の対訳は筆者。

三 1うやゆみさあてぃん（8） 2うはじかさあてぃん（8）
（恐れ多くても、お恥ずかしくあっても）
3あすびすき（5）やりどぅ（3）（遊び好きなので）
4うゆるし（3）たぼり（3） よんな（お許し賜れヨンナ）
5あすびすき（5）やりどぅ（3）（遊び好きなので）

五 1くぬとぅぬちうめゃや（8） 2だいじゅてぃどぅ（5）
（この殿内の大庭は、大敷の間だと）
2ふみょる（3） 3うたたみぬ（5）ういや（3）
（踏んでいる。大畳の上のようだ）

4ひるやむしる（6） よんな（広い筵のようだヨンナ）
5うたみぬ（5）ういや（3）（大畳の上のようだ）
八 1くぬゆ（3）あんがまや（5）（今夜のアンガマは）
2なちあぐる（5）たらし（3）
（夏の粟殻のようにうなだれている）
3わみやまみなゆてぃ（8） 4うしまきあしば（7）
（我や豆かずらになって、押し巻き遊ぼう）
よんな 5わみやまみなゆてぃ（8）
（ヨンナ我や豆かずらになって）

この巻唄は、すべてひらがな書きである。三番歌の1句・2句、五番歌の1句、八番歌の3句・5句は8音をつづけて書いているが、三番歌の3句・5句、五番歌の3句・5句、八番歌の2句は（5・3）音の分かち書きであり、八番歌の1句は（3・5）音の分かち書きである。三番歌の4句は（3・3）音の分かち書きであるが、五番歌の4句は6音をつづけて書き、八番歌の4句の7音（6音の字余り）もつづけて書いている。

また、三番歌の2句は改行せず、1句につづけており、八番歌の4句は3句につづけて改行していない。しかし五番歌2句の（5）と（3）は改行しないところを改行している。

ところで、この巻唄は、4句の後によんなの囃子言葉を入れて、3句を繰り返して5句目とする歌唱形式であるが、三番歌・五番歌では4句の後によんなを記し、八番歌では改行した5句目の前によんなを記しており、表記に一貫性がない。

要するに、八八八六の琉歌形式や琉歌の音数律を考慮しない表記であり、ヨンナ系囃子言葉の歌唱形式をも考慮しない表記法である。つまり、『種子取 世乞い唄』の表記は、歌った感覚や聞いた感覚を全文ひらがなで記すのみであり、分かち書きも、歌詞を見て歌いやすくするためのものである。

（3）巻唄の語句の乱れ

巻唄には、語句の乱れが頻繁にあった。以下は、『種子取 世乞い唄』を基にして、喜舎場資料・玉城資料、鎌倉資料の一番歌〜三番歌の語句の乱れや発音の揺れを例示したものである。尚、歌詞の訳は筆者。

『種子取 世乞い唄』の一番の歌詞の〈くがな〉は、喜舎場資料〈クガナ〉、玉城資料〈此方《クガト》〉、鎌倉資料〈kugatwu〉と記す。〈きゃびる〉は、喜舎場資料〈チャービルまたは来《キャ》ービル〉、鎌倉資料〈chaviru または haviru〉と記す。〈とぅぬち〉は、喜舎場資料〈殿内《トゥンチ》〉、玉城資料〈殿内《トゥヌチ》〉、鎌倉資料〈tonchi〉と記す。〈ゆいどぅ〉は、喜舎場資料〈ユインドゥ〉、玉城資料〈故《ユイ》どぅ〉、鎌倉資料〈yui dwu〉と記す。

二番の歌詞の〈あらわりりくがな、はしくりりんぞよ〉の傍線部は、鎌倉資料では〈くがな〉が〈nzoyo〉、〈んぞよ〉が〈kugana〉と逆になっている。〈はしくりり〉は、喜舎場資料〈ハシクリリ〉、玉城資料〈ぱしくりり〉、鎌倉資料〈hashikuwriri〉である。また、二番の歌詞の〈くまかぬしゃあてぃどぅ＝ここが愛しいので〉は、喜舎場資料は〈此方《クマ》カヌシャアティドゥ〉であるが、玉城資料は〈此処《クマ》恋《カヌ》しゃ有《ア》らば＝ここが愛しいならば〉となっている。

三番の歌詞の〈あすびすきやりどぅ＝遊び好きなので〉は、喜舎場資料では3句目が〈遊ビ好キヤリバ〉で、5句目が〈遊ビ好キヤクトゥ〉となっている。また、玉城資料は〈遊び好きやくとぅ＝遊び好きなので〉、鎌倉資料は〈athuvishiki yakotwu＝遊び好きなので〉と記す。ヤリドゥ・ヤリバ・ヤクトゥは異なる語ではあるが、同じ〈〜なので〉の、意味である。

以上のように、どの資料においても、語句の乱れは頻出しており、一言一句違わずに伝承することはあり得ない。また、一唱百和の宮古島狩俣のアーグ主の神歌の記録資料でも、歌詞の脱落や語句の相違は頻出する。例えば、アーグ主の狩俣新茂（一八七九〜一九三〇年）と、同じアーグ主の狩俣吉蔵（一八八四〜一九六八年）の記録は、同じ「狩俣祖神のニーリ」であっても、次のような大きな相違がある。(18)

新茂ノートの「狩俣祖神のニーリ（一）」は二十句であるが、吉蔵の伝承記録は前半の十句のみで、後半の十句は脱落している。また、新茂ノートの「狩俣祖神のニーリ（四）」の〈テスミワシイカラヤ〉〈イカラワシイカラヤ〉の二句も、吉蔵の伝承記録では脱落している。それとは逆に、吉蔵の伝承記録の「狩俣祖神のニーリ（三）」の〈ぬやチみてぃ　しらチみてぃがらや〉の句は、新茂ノートでは脱落している。

要するに、アーグ主は、次のアーグ主に正確に詞章を継承したとされるが、一言一句違わずに伝承するということはなかった。しかも、皮肉なことに、文字による記録が、耳から口へ、口から耳への、口頭伝承の乱れを明らかにしたということになる。

まとめに代えて

伝承の現場では、リード役につづいて大勢が唱和する歌い方がある。宮古島狩俣集落のアーグ主のような一唱百和の歌唱法である。伝承現場の混乱を防ぐには、一人のリード役のほうが有効である。ただし、宮古島の神歌の記録資料であっても、アーグ主の伝承の乱れは明らかである。

それに対して、大勢が一斉に歌う種子取の巻唄の伝承は、混乱の歴史でもあった。その要因は、二つあった。一つは大勢が同時に歌う斉唱の歌い方であり、二つには巻唄の解釈の相違であった。

つまり、由来伝承の相違が巻唄の解釈の相違となり、歌詞の順序の乱れとなった。そして、そのことは、単なる歌詞の乱れというよりも、ムラ（集落）共同体のアイデンティティーの不安定を招くことになった。

その結果、種子取祭を主催する公民館は、正確な巻唄が必要となり、「正調の巻唄」を制定して参加者に配布するようになった。竹富公民館が乗り出したのは、巻唄が単なる歌詞の乱れのレベルでなく、アイデンティティーの問題となったからである。

また、巻唄の喜舎場資料・鎌倉資料・玉城資料・上勢頭資料にかぎらず、一九四五年～一九七〇年以前の記録資料にも語句の乱れが多数みられる。それにもかかわらず、伝承の現場では、混乱が起きることはなかった。「あの人の言うことだから間違いない」という信頼関係があったからである。ところが、コピーの巻唄が配布された一九七〇年代から混乱が生じるようになった。

正統な口頭伝承は、客観的な語句の正しさよりも、伝承者の信頼関係こそが重要だったからである。

注

（1）喜舎場永珣『八重山民俗誌下巻』（沖縄タイムス、一九八〇年）四六一頁。

（2）亀井秀一の巻唄は、「アンガマ」と「根原神殿」の応答の歌と記している。喜舎場資料を参考にしたからであろう。

（3）上勢頭資料の巻唄は、一九七〇年頃から配布された。そして、一九九〇年からは、竹富公民館制定「世乞い唄を守る会」の『種子取世乞い唄』が配布されるようになった。

（4）巻唄は八八八六の四句体の琉歌であるが、四句目の後にヨンナの囃子言葉で三句目を繰り返し歌って五句目を形成する。「かぎやで風」と同じ歌唱法である。

（5）Aは、一九二〇年代調査の喜舎場資料と鎌倉資料、一九七〇年代の仲筋集落出身者の大資料と玉城資料、それに一九九〇年の公民館制定「世乞い唄を守る会」の巻唄である。

（6）宮良賢貞「弧島竹富覚書（八重山）」（『南島第二輯』一九四二年）。

（7）上勢頭亨の巻唄解説は、山城善三・上勢頭亨共著『竹富島誌』（私家版、一九七一年）と『竹富島誌 民話・民俗篇』（一九七六）に記されている。

（8）一般的には、竹富村と記し、玻座間村・仲筋村と記すが、筆者は竹富村、玻座間ムラ・仲筋ムラ・久間原ムラ・花城ムラ・波利若ムラと記す。ムラは集落と同義である。

（9）『竹富島誌』（一九七一年）は、私家版の山城善三・上勢頭亨共著の『竹富島誌』（一九七一年）と、法政大学出版局の上勢頭亨著『竹富島誌 民話・民俗篇』（一九七六年）・『竹富島誌 歌謡・芸能篇』（一九七九年）がある。その中で、『竹富島誌』（一九七一年）は、種子取の由来伝承①と巻唄の関係を詳細に解説している。また、『竹富島誌 民話・民俗篇』（一九七六年）は種子取の由来伝承①を記し、『竹富島誌 歌謡・芸能篇』（一九七九年）は巻唄の歌詞のみを記している。

(10) 福田晃は、『沖縄地方の民間文芸』（三弥井書店、一九七九年）の二六頁で、『蟷螂の斧』の民話を紹介した上で、「なお最近、竹富島の民俗収集家の上勢頭亨氏が『竹富島誌〈民話・民俗篇〉』を刊行されたが、その第一章の民話・伝説の章の中には、右の六十話の民間説話が、その文体までほとんど一致した形で収められている。一体、これは、いかなる事情によるのか、明らかにされるべきものであろう」と述べている。そのことについて、筆者が上間家で聞いたところ、「上間山戸（好意）が筆録したノートを上勢頭亨が借用したが返却されていない」とのことであった。そのノートが『蟷螂の斧』と『竹富島〉』の原資料となった可能性が考えられる。ちなみに、上間山戸（好意）は文筆を好み、「しきた盆」の「うふだい節」や「掃除節」を作詞して一九四九年に表彰されているが、当時の竹富演芸総責任者の上勢頭亨はその表彰状の授与者である。

(11) 『蟷螂の斧』は、仲筋ムラの首長の同席については触れていないが、『竹富島誌』一九七一年版は同席したとして巻唄を解釈している。また、六人の首長の名前について、『琉球国由来記』は「根原カミトノ・アラシハナカサナリ・幸本フシカワラ・久間原ハツ・タカネトノ・塩川トノ」と記している。また、一般的には根原神殿と記すが、筆者は根原金殿と表記している。男の名前には、金・金盛・松金・金丸のように金《カニ》が多い。鉄のように丈夫にとの思いが込められている。

(12) アンガマは、八重山の盆踊り、新築落成祝い、西表島祖納の節祭りに登場する遠来の霊的な人物である。盆踊りや節祭りでは顔を隠し、新築祝いでは婦女子がザルや箕を頭に載せて踊る。しかし、巻唄のアンガマは、歌詞に出てくるのみである。巻唄で踊る人は、アンガマではなく、ユークイヒトゥ（世乞い人）と言われる。

(13) 上勢頭亨の「竹富島歴史年表」（『竹富島誌 歌謡・芸能篇』）を参照した。また、『鎌倉芳太郎資料集（ノート篇Ⅳ）雑纂』は、「（種子取は）昔ハ番所（村事務所）ニテヤル明治四十一年ニ／清明御嶽ニテヤルヤウニスル」と記している。

(14) 山下欣一『南島説話生成の研究』（第一書房、一九九八年）と亀井秀一『竹富島の歴史と民俗』（角川書店、一九九〇年）は、根原金殿の神霊奉迎について詳細に述べている。

(15) 琉球王府時代の村番所跡近くの世持御嶽は西集落にあり、そこが種子取祭の会場である。また、玻座間ムラの根原金殿の子孫宅と、種子取祭舞台芸能の玻座間ホンジャー（長者の大主）を継承する国吉家も西集落にある。

(16) 巻唄の歌詞の順序の乱れの葛藤は、ムラ（集落）の対抗意識がエネルギーとなっている。

(17) 内盛佳美は、昭和五十一年の東京の国立劇場での「種子取祭」公演に感動し、竹富島に帰省した。竹富公民館制定の巻唄は彼が中心となってまとめた。尚、ユークイ歌は五曲である。その内訳は、道歌一曲、庭歌二曲（巻唄・シキドーヨ）、座敷歌二曲（稲ガ種子アヨー・根下りユンタ）である。

(18) 狩俣新茂ノートは、池宮正治が福田晃編『沖縄地方の民間文芸』（三弥井書店、一九七九年）で紹介している。同書によると、鎌倉芳太郎が大正十一年（一九二二）二月に宮古島を調査したとき、狩俣部落で入手したが、一九七二年頃、高江洲義寛氏に贈与されたという。また、狩俣吉蔵（一八八四〜一九六八年）の伝承は、稲村賢敷『宮古島旧記並史歌集解』（至言社、一九七七年）と、外間守善他篇『南島歌謡大成 Ⅲ宮古島篇』（角川書店、一九七八年）に収載されている。

壮族の掛け合いうたにおける声と文字

手塚恵子

てづか・けいこ――京都先端科学大学人文学部教授。専門は口承文芸論、文化人類学。主な著・共著書に『中国広西壮族歌垣調査記録』（大修館書店二〇〇二年）、『歌を掛け合う人々』（三弥井書店、二〇一七年）などがある。

壮族は優れた掛け合いうたの担い手を有する、声の文化の人々である。その一方で、壮族は古くから、漢字系の民族文字を使用してきた。本稿では、壮族の故事歌と比喩歌を例にして、声から文字へ文字から声へと往還する壮族のうたの姿を概述する。

壮《チワン》族の居住する広西壮族自治区は「広西歌海」と称されてきた。春と秋のうた掛け祭の季節には、多くの人々が「うた」を掛け合い、その歌声が山川に満ちるとされてきたのである。

一方で、壮族は古くから、「古壮字」（「方塊字」）という民族文字を漢字と併用する、日本でいうところの「漢字仮名交じり文」を使って、うたや祭文を記述してきた。

声の文化と文字の文化は相反する性格を持つとされる。広西のような、声の文化の濃い処で、声と文字は、言語表現のなかで、どのような形で共存しているのだろうか。

一、壮語

壮語は、広義のタイ語である。タイ、ラオス、中国南部におけるタイ系諸語の分布は、かつて中国南部に居住していたタイ系諸民族が、中原からの漢族の進出によって、西側に押し出されたことに関連づけられる。壮語（タイ・カダイ語族壮語群）は、タイ系諸語の分布において、東端に位置する。

とはいうものの、壮語も壮族も、二十世紀になって、世に現れたものである。中華人民共和国成立後の民族識別政策を通じて、二十以上の異なる民族名称を持つ人々が壮族としてまとめられ、中国で最大の人口を持つ少数民族が生まれたのであった。

それ以前の壮族は、「土話」を話す人々だった。土話とは民間で話される言葉という意味で、漢族の漢話とは異なるものとして認識されていた。その一方で「土人（土話を話す人、本地人ともいう）」自身は、ヤオ族やミャオ族などの少数民族とは違い、自分たちは古い時代に中原からやってきた漢族の子孫であるという認識を持っていた。

漢族は秦の始皇帝の時代に、広西の支配を開始する。土着の首長たちはこれに反抗するが、やがてその支配体制に組み込まれていく。明代になるとこの間接統治制度が「土司制度」として確立され、清代になると土司を中央から派遣された官僚に置き換える政策が実行され、漢族地域と同じ行政機構に属するようになった。

清代には壮族の村からも科挙に合格する者を出している。農民であっても定期市（中間市場）に出かける必要のある者は、つたないながらも漢話を話すことができた。必要な漢話は地域によって、西南官話、白話（広東語と同系統のもの）、客家話など異なっていた。

このような事情から、土話は漢族の話す言葉でもなく、少数民族の話す言葉でもなく、それぞれの地域において、地元でだけ話される言葉として、用いられてきた。そのため壮語には有力な方言圏が形成されず、方言差の大きいものとなった。

二、古壮字

古壮字は、壮語を記述するための文字で、漢字の造字法である六書を参考にして作られた文字である。古壮字はベトナムのチュノムに共通する構造を持つとともに、それに先立って出現したと考えられている。現存する古壮字のなかで最も古いものは、「六合堅固大宅頌碑」（六八二年）に刻まれたものである。この碑文は漢文で書かれているが、そのなかに、壮語の語彙を示すためのいくつかの古壮字を含んでいる。壮語の文を古壮字で記述したものがいつから現れたのかは、よくわからない。清代に上梓されたものに、収集した壮歌を古壮字で記述した『粤風』がある。

古壮字には、自作文字（象形、指示、会意、形声）および借用文字（借音、借義、借音義、借形）がある。古壮字の総数の九〇パーセントを占めるのが、形声字である。この他に、万葉の音仮名的な使い方をする借音字、訓仮名的な使い方をする借義字が、それに次いで用いられる。これとは別に漢字の

意味と音をそのまま用いる借音義も、文脈によっては頻出する

『古壮字字典』に収録された古壮字は、親字が四九・八字、異体字を含めた総数は一〇七〇〇字である。(1) 壮語は方言差が大きく、また古壮字の正書法も確立しなかったために、異体字が多く、個々の字の通用範囲は限定的である。(2) 筆者の経験では、古壮字の実用的な通用範囲は、壮歌の旋律を共にする範囲（＝通婚圏）である。

三、物語歌と比喩歌

壮族のうたの掛け合い祭でうたわれるのは、主として「比喩歌」「故事歌」である。

このうち、書くことと強く結びつけられるのは、物語をうた（詩）でうたっていく故事歌である。物語は「梁山伯祝英台」「何文秀」「姜子牙」など、漢族から伝来したものが多い。うたを掛け合うことが弾圧される以前は、故事歌を記した「唱本」が、あちこちの村に伝えられていた。村の人々にとって最も身近にあった文字は、故事歌の唱本に記された古壮字であった。

比喩歌は感情や考えを比喩表現を用いて表現するものである。比喩歌のうたの掛け合いでは、二組のうたい手が、交互に即興でうたを作り、それをうたっていく。相手のうたに応答するのが基本の姿勢である。自由な会話に脚本が必要ないように、自由なうたのやり取りには、台本は不要である。比喩歌をうたうとき、うたい手は唱本もメモを持たない。比喩歌はうたい捨てられるうたである。例外を除けば、掛け合いの場で比喩歌を記録しようという者はいない。比喩歌は唱本にはならない。

壮族の掛け合いうたにおける文字の扱いは、故事歌と比喩歌で異なっている。文字の必要な故事歌、文字を必要としない比喩歌、両者における声と文字の関係を考えていきたい。

四、梁山伯祝英台

広西でうたわれる故事歌のなかでも、最も人気があり、よくうたわれるのが「梁山伯祝英台」である。物語のあらましは次のようなものである。

梁山伯は羅山の学堂へ進学しようとしていた。女が学堂へ行くことは認められていなかったが、祝英台の家には他に男子がなかったので、男装して進学することにし、山伯に同行することにした。山伯の家庭は貧しかったが、人となりは聡明で、常に英台の勉学を助けていた。英台もわからないことがあると山伯に教えを乞ううちに、恋愛感情を持つように

なった。その後、欲に眼がくらんだ英台の父親が、金持ちの馬家に嫁がせるために、英台を実家に呼び戻した。事の真相を知った山伯は恋煩いから病を発し、死んでしまう。英台の花嫁行列が山伯の墓の前を通り、英台が墓に詣でると、俄かに天がかき曇り雷雨となり墓が開いたので、英台はその中に飛び込み、共に埋葬された。

五、書かれた文字を声にする

Iは、広西壮族自治区の武鳴県羅波郷のうたの掛け合い祭で、一九九五年旧暦十月十三日にうたわれた「梁山伯祝英台」で用いられた唱本の中の一首である。この唱本を仮に「婚姻法同唱本」(3)と名付けるとしよう。Iは十五番目にうたわれたうたで、場面は、梁山伯が進学のために上京すると知った祝英台が、弟と同道してほしいと頼み、弟に扮した英台が待ち合わせの場所に現れるところである。日本語訳は次のようになる。

①梁山兄さん　こんにちは　②長い間、私を待っていましたか　③ズボンを浸していたところで　④もう一度、川に行かなければならなかったのです

⑤ズボンを待っていましたが、なかなか乾かない　⑥すぐに、忽ち暗闇にぶつかったのです　⑦あなたを路上に置きざりにしたので　⑧ああ、このような言葉を言い続けていたのでは

Iは五言八句で記述されている。しかし実際には歌は次のようにうたわれる。

①梁山兄さん　こんにちは　②長い間、私を待っていましたか　③ズボンを浸していたところで　④もう一度、川に行かなければならなかったのです

⑤ズボンを待っていましたが、なかなか乾かない　⑥すぐに、忽ち暗闇にぶつかったのです　①梁山兄さん　こんにちは　②長い間、私を待っていましたか

⑦あなたを路上に置きざりにしたので　⑧ああ、このような言葉を言い続けていたのでは　③ズボンを浸していたところで　④もう一度、川に行かなければならなかったのです

Iのうたは英台役の女性四人でうたわれた。この四人はさらに①②③④をうたう「頭」組と⑤⑥⑦⑧をうたう「脚」組に分かれる。この四人のうたい手の背後には唱本を手にした参謀役の男性が控えていて、うたい手にうたうべきうたを四句ずつ小声で囁く。男性もまた同じような形でうたうが、うたい手のなかに唱本を読むことのできる者がいる場合には、その者が参謀役を兼ねる。

このように、唱本のなかの文字によって書かれたうたは、参謀役によって読み上げられ（囁かれ）、うたい手によって、うたわれるのである。

IIは、言語学者の李方桂が、一九三五年に武鳴県馬頭郷で入手した「抄本」のなかの一首である。この抄本を仮に「李方桂本」(4)と名付けよう。このうたは十五番目にうたわれたもので、場面は、梁山伯が進学のために上京すると知った祝英台が、弟と同道してほしいと頼み、弟に扮した英台が待ち合わせの場所に現れるところである。日本語訳は次のようになる。

①梁山兄さん　こんにちは　②長い間、私を待っていましたか　③ズボンを洗った（つけた）ところで　④もう一度、川に行かなければならなかったのです　⑤ズボンを待ち望んでいましたが、なかなか乾かない

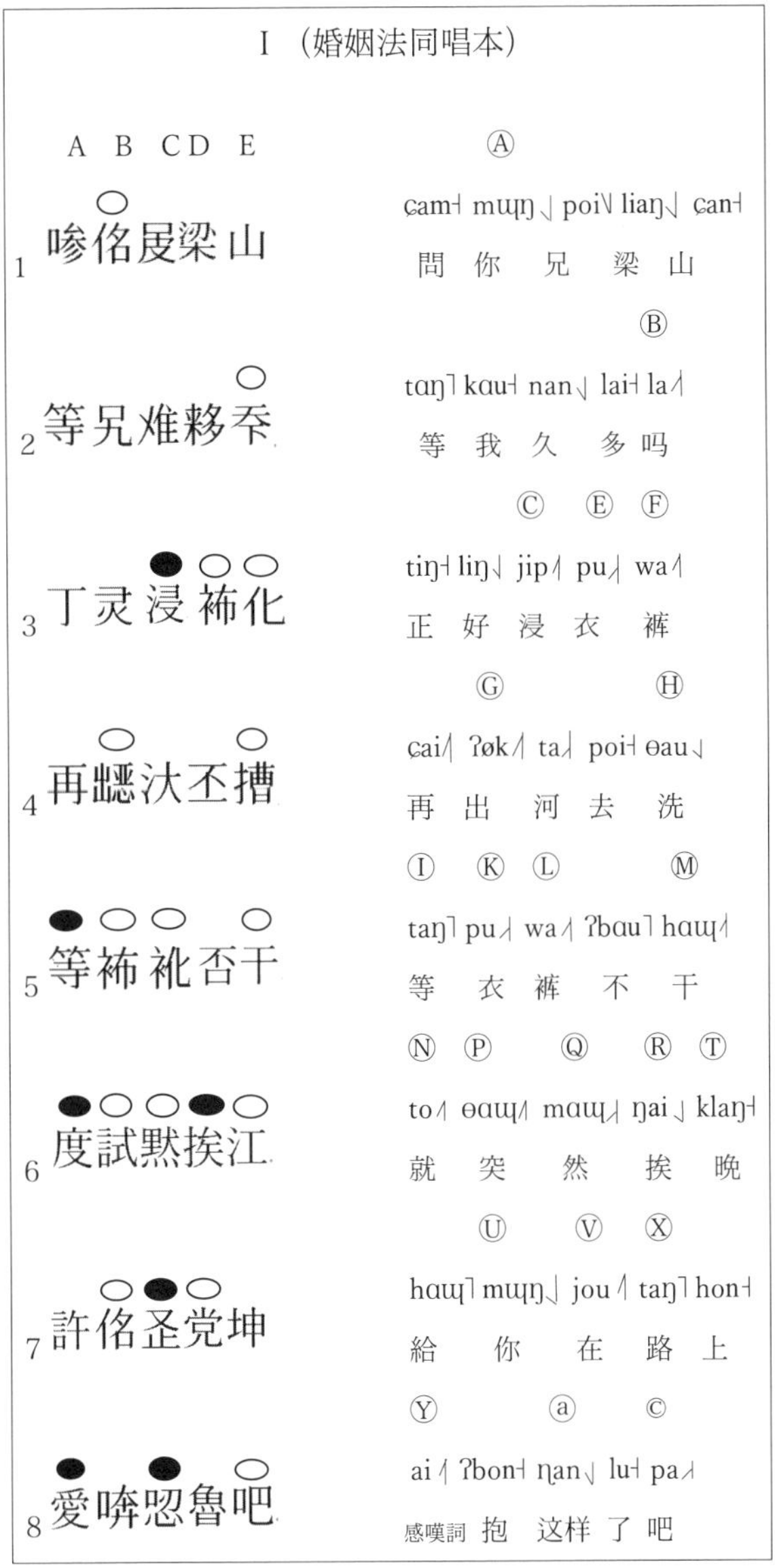

○ 異なる文字を使用しているが、それらが同じ音と同じ意味を持つもの。
● 異なる文字を使用し、それらが異なる音と異なる意味を持つもの。
Ⓐ〜は、本文中の発音番号Ⓐ〜に対応。
『梁山伯祝英台』(「婚姻法同唱本」私家版　手書き) 15番歌を活字体に改めた。個々の文字の発音は、地元のうたい手によって、現代壮文で書き添えられたものをIPAに書き改めた。IPAの表記法は「李方桂本」に倣った。古壮字に対応する漢字は、地元のうたい手の教示による。

⑥そうしていると、忽ち暗闇に達したのです ⑦あなたを路上に座らせたままにしておいたので ⑧醜い言葉を言い続けていたのではと憶測します

「李方桂本」は梁山伯と祝英台のうたを五十首収録している。第一首目の冒頭の二句は「どこの方ですか 荷物を背負ってどこに行くのですか」であり、五十首目の最後の二句は「馬家がやって来たとしても 私を探し出すことなどできない」となっている。

先に挙げた「婚姻法同唱本」は、梁山伯と祝英台のうたを五十二首収録している。第一首目の冒頭の二句は「どこの方

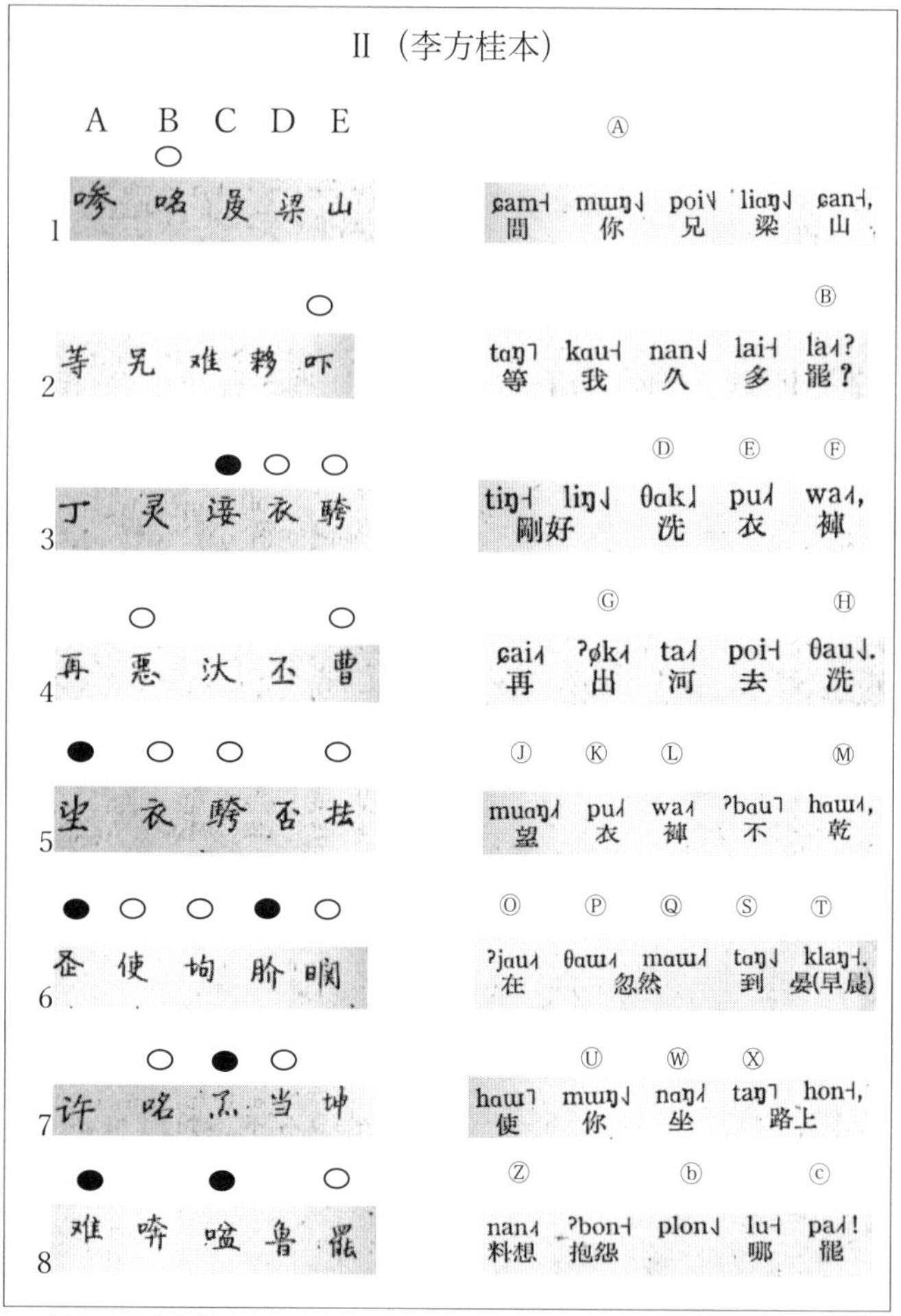

○ 異なる文字を使用しているが、それらが同じ音と同じ意味を持つもの。
● 異なる文字を使用し、それらが異なる音と異なる意味を持つもの。
Ⓐ～は、本文中の発音番号Ⓐ～に対応。「梁山伯祝英台」（注４）15番歌をⅠと同様のレイアウトに改めた。

ですか　荷物を背負ってどこに行くのですか」であり、五十二首目の最後の二句は「馬家がやって来たとしても　私を探し出すことなどできない」となっている。

「婚姻法同唱本」と「李方桂本」をざっと読み比べてみると、共通点が多いことに気づく。「婚姻法同唱本」にあって「李方桂本」にはないうたは、「婚姻法同唱本」の三十番目と三十二番目のうたである。この他のうたは、両本ともほぼ同じ内容をうたっており、その順番も二十九番目までは全く同じであり、三十三番目以降も二首分の遅れを除けば同じである。「婚姻法同唱本」と「李方桂本」は、互いに強く関連付けることのできる唱本である。

その一方で、「婚姻法同唱本」と「李方桂本」には、明らかな違いがある。使用されている文字が、大きく異なっているのである。

六、比較

Ⅰ（「婚姻法同唱本」）とⅡ（「李方桂本」）は、ともに古壮字と漢字によって記述された壮語のうたで、「梁山伯祝英台」の同じ場面を描いたものである。ⅠⅡとも用いられている文字は、四十字である。このうち二十二文字で、異なる文字が使用されている。一句ごとにⅠとⅡの文字の異同をみてみよう。

一句目には文字の異同が一箇所ある。ⅠBである。Ⅰでは「佲」、Ⅱでは「咯」である。発音は共にⒶ、意味も共に「あなた」である。

二句目には文字の異同が一箇所ある。2Eである。Ⅰでは「夵」、Ⅱでは「吓」である。発音は共にⒷ、意味も共に「過去の出来事について否定もしくは肯定の回答を促す助詞」である。

三句目には文字の異同が三箇所ある。3C、3D、3Eである。3CはⅠでは「浸」、Ⅱでは「淩」である。発音はⅠではⒸ、ⅡではⒹである。意味はⅠでは「浸す」、Ⅱでは「洗う（つける）」である。3DはⅠでは「𧘹」、Ⅱでは「衣」である。発音は共にⒺ、意味も共に「衣」である。3EはⅠでは「化」、Ⅱでは「骻」である。発音は共にⒻ、意味も共に「ズボン」である。

四句目の文字の異同は二箇所である。4B、4Eである。4BはⅠでは「𨇾」、Ⅱでは「悪」である。発音は共にⒼ、意味も共に「行く」である。4EはⅠでは「槽」、Ⅱでは「曹」である。発音は共にⒽ、意味も共に「洗う」である。

五句目には文字の異同が四箇所ある。5A、5B、5C、5Eである。5AはⅠでは「等」、Ⅱでは「望」である。発音はⅠではⒾ、ⅡではⒿである。意味はⅠでは「待つ」、Ⅱでは「待ち望む」である。5BはⅠでは「⿰衤布」、Ⅱでは「衣」である。発音は共にⓀ、意味も共に「衣」である。5CはⅠでは「⿰衤化」、Ⅱでは「⿰马夸」である。発音は共にⓁ、意味も共に「ズボン」である。5EはⅠでは「干」、Ⅱでは「抾」である。発音は共にⓂ、意味も共に「乾く」である。

六句目は五文字とも両者で異なっている。6AはⅠでは「度」、Ⅱでは「⿱丆土」である。発音はⅠではⓃ、ⅡではⓄである。意味はⅠでは「即刻に」という副詞で、Ⅱでは「において」という副詞である。6B6Cは熟語である。Ⅰでは「試」「默」、Ⅱでは「使」「坸」である。発音は共にⓅⓆ、意味は共に「忽然」である。6DはⅠでは「挨」、Ⅱでは「⿰月介」である。発音はⅠではⓇ、ⅡではⓈである。意味はⅠでは「ぶつかる」、Ⅱでは「達する」である。6EはⅠでは「江」、Ⅱでは「瞯」である。発音は共にⓉ、意味も共に「暗闇」である。

七句目には文字の異同が四箇所ある。7B、7C、7Dである。7BはⅠでは「佲」、Ⅱでは「⿰口名」である。発音は共にⓊ、意味も共に「あなた」である。7CはⅠでは「⿱丆土」、Ⅱでは「⿱3灬」である。発音はⅠではⓋ、ⅡではⓌである。意味はⅠでは「在る」、Ⅱでは「座る」である。7DはⅠでは「党」、Ⅱでは「当」である。発音は共にⓍ、意味も共に「路」である。

八句目には文字の異同が三箇所ある。8A8C8Eである。8AはⅠでは「愛」、Ⅱでは「难」である。発音はⅠではⓎ、ⅡではⓏである。意味はⅠでは「不満を示す感嘆詞」、Ⅱでは「憶測する」である。8CはⅠでは「⿰口忍」、Ⅱでは「嗌」である。発音はⅠではⓐ、Ⅱではⓑである。意味はⅠでは「このように」、Ⅱでは「醜い」である。8EはⅠでは「吧」、Ⅱでは「罷」である。発音は共にⓒ、意味も共に「懐疑を示す語気詞」である。

七、文字の異同の持つ意味

ⅠとⅡで使用されている文字はともに四十字である。このうち「同じ文字を使用し、それらが同じ音と同じ意味を持つものが」が十八字、「異なる文字を使用しているが、それらが同じ音と同じ意味を持つものが」が十五字、「異なる文字を使用し、それらが異なる音と異なる意味を持つものが」七字である。

この四十字の文字の使い方をみてみると、故事歌における文字と声の関係について、興味深いものが見えてくる。検討に入る前に、十五番目のうたの韻の踏み方をおさらいしておこう。

壮族の五言十二句のうたは、四種類の韻を十五ケ所で踏むものである（**図1**）。唱本ではこれを略して五言八句として書く（図2）ので、韻を踏む文字は十一字となる。

　さて再び話を戻すと、「異なる文字を使用し、それらが異なる音と異なる意味を持つもの」は、一例（Ⅰ8CおよびⅡ8C）を除くと、ⅠⅡとも、六字全てが韻を踏まない箇所に置かれている。

　例えば3CはⅠでは「浸」、Ⅱでは「浽」と記述されている。「浸」は漢字に壮語の読みを充てたものである。「jip⊿|」[5] と発音する。語義は「物を水につけてすぐに引き上げるである。「浽」は古壮字の形声字である。『古壮字字典』では「ip⊿|」と発音し、その語義は「衣服を洗濯する準備として衣服を水につける」[6] である。Ⅱではこれを「θak⌋」と発音し「洗う」という漢語の訳をとっている。

1 ○○○○㋐
2 ○○㋐○㋑
3 ○○○○㋑
4 ○○㋑○○

5 ○○○○㋒
6 ○○㋒○㋐
1 ○○○○㋐
2 ○○㋐○㋑

7 ○○○○㋓
8 ○○㋓○㋑
3 ○○○○㋑
4 ○○㋑○○

図1
12句の韻の踏みかた

1 ○○○○㋐
2 ○○㋐○㋑
3 ○○○○㋑
4 ○○㋑○○

5 ○○○○㋒
6 ○○㋒○㋐
7 ○○○○㋓
8 ○○㋓○㋑

図2
図1を唱本に記した例

　Ⅰの「浸」は「ざっと水につける」、Ⅱの「浽」は、「じっくり水につける」あるいは「洗う」である。若干のニュアンスの違いはあっても、衣が水に濡れている状態をあらわしていることには変わりがない。物語の進行の上、この場面では、英台が男装して進学の準備をするための時間を稼ぐ必要がある。この場面では英台（の弟）の衣は洗濯中で水に濡れていなければならない。

　一方、3Cは韻を踏む必要がないので、使用する語は音の制約を受けない。「jip⊿|」でも「ip⊿|」でも、「θak⌋」でも、一句の中で意味のうえで整合性があれば、どの語を使用しても問題はないのである。このようなところでは「異なる文字を使用し、それらが異なる音と異なる意味を持つもの」を使うことができる。

　韻を踏む箇所では、このようなアバウトな対応はとられない。壮語は声母＋韻母によって構成されている。韻は韻母の音によって踏まれる。壮族のうたで韻を踏み間違えることは恥ずべきことなので、韻を踏むべき箇所に配する韻母の配置には、細心の注意が払われる。

　例えば1Eには、ⅠもⅡも共に「山」の字を置いている。「山」は漢語であり、かつ漢字である。「山」の韻母は、壮語では「can˧」である。押韻のルールでは1Eは2Cと韻を踏まなければならない。

一方、物語の進行上、2では英台は山伯に待たせたことを詫びなければならない。2に用いられた他の語から考えると、cには時間に関係ある副詞が来なければならない。これを共に満たす語は「nan˩長らく」の他には考えられない。

物語の進行の上で、その箇所に置くことのできる複数の語があったとしても、先に位置する語の韻が決まれば、そのあとに続く語の韻母は自動的に決まり、そのことによって、複数の語は大抵の場合、一語に絞り込まれる。

したがって、そのような箇所で用いられる文字は、「同じ文字を使用し、それらが同じ音と同じ意味を持つもの」もしくは「異なる文字を使用しているが、それらが同じ音と同じ意味を持つもの」に限定される。

八、声と文字の往還

1とIIは、内容的にはほぼ同じだが、文字の異同が過半を超えている。1はIIを直接書写したものではないと考えるのが妥当である。

壮族の故事歌は、参謀役が唱本の一節を囁いてうたい手に伝達し、それがうたい手によってうたわれる。その過程では、参謀役が唱本を読み間違えることも、うたい手がそれを聞き間違えることもあるだろう。あるいはうたを書きとる者が聞き間違えたり、書き間違えたりすることもあるかもしれない。韻を踏まない箇所では、そのような「違い」は、物語の進行に差し支えない限りは、放置される。

一方、韻を踏む場所では、何よりも、韻の響きが大切にされる。たとえ物語の進行に差支えがなくとも、音の「間違い」は許されない。読み間違えることも聞き違えることもまずない。

以上のことから、「李方桂本」は、「婚姻法同唱本」に行きつくまでに、少なくとも一度は声に出されてうたわれたと考えられる。Iは、IIがうたわれたものを、改めて書きとったもの、あるいはその後継であるといえよう。

故事歌は唱本に記載された文字を声に出してうたわれるものである。そしてその声は、再び文字に移しとられ、唱本になる。故事歌では、文字と声が往還しているのである。

九、比喩歌

比喩歌は故事歌と並んで、うたの掛け合い祭では人気のあるうたである。故事歌のように、唱本を用意したり、参謀を配する必要もない。誰でもどこでもうたうことのできるうたである。一方で、そのうたの世界の奥行きは深く、地域のうた上手とされる人は、みな比喩歌のうたい手である。

次のうたは、二〇〇〇年年旧暦十月十三日に、広西壮族自治区の武鳴県羅波郷のうたの掛け合い祭で二十二番目にうたわれたうたである。

①自分のことを大工という　②鋤の刃を柄につけようとしてつけることができない　③今回こそ　参っただろう
④お前は銭は稼ぐことはできない
⑤街に置いておいても　⑥誰が見に来るものか　①自分のことを大工という　②鋤の刃を柄につけようとしてつけることができない
⑦豊かになりたいのなら　⑧もうひと頑張りしなさい
③今回こそ　参っただろう　④お前は銭は稼ぐことはできない

このうたは、中国文学でいう「興」という修辞の方法で作られている。興は中国の古典の中でも古層にある「詩経　国風」にのみ見られる技法である。興は「先に言及した他物」と「感興」から構成されている。「詩経鄭風」に収められている「野有蔓草」を例に挙げると「野に蔓草あり　零露漙たり　美なる一人あり　清揚婉たり　邂逅して相遇はば　我が願ひに適はむ」[7]という詩において、「会うことができれば、それが私の願いだ」というのが感興であり、それに先立ってうたわれる「野に蔓草があり、露に濡れている。美しい人がひとり、清らかでなまめかしい」が先に言及した他物となる。白川によれば、先に言及した他物とは、「一見主文とどのように関連するかが把握しがたいながらも、そこに何らかの関連が予想される」[8]ものである。

二十二番のうたでは「①自分のことを大工という　②鋤の刃を柄につけようとしてつけることができない」「⑤街に置いておいても　⑥誰が見に来るものか」を先に言及した他物として、「③今回こそ参っただろう④お前は銭は稼ぐことはできない」、「⑦豊かになりたいのなら⑧もうひと頑張りしなさい」を感興として考えることができる。

このうたも、「頭組」が①②③④を、「脚組」が⑤⑥⑦⑧を作っているが、うたう順番は①②③④、⑤⑥①②、⑦⑧③④となる。うたとして聞こえてくるのは、一連目が①②（先物）③④（感興）、二連目が⑤⑥（先物）①②（先物）、三連目が⑦⑧（感興）③④（感興）というものになる。

次のうたは、この日の十三番目にうたわれたうたである。

①黄堂の人は大きな牛を飼っている　②橋北の人と比べようとしても　③本当のところ　比べることができるだろうか　④早稲の苗を（私は）持っているけどね

⑤今日　牛を放したら　(他の牛と)出くわした　⑥どれも闘う気が満々だ　①黄堂の人は大きな牛を飼っている
②橋北の人と比べようとしても
⑦この草地に放したら　⑧すぐに脚を折ってしまうだろう③本当のところ　比べることができるだろうか　④早稲の苗を(私は)持っているけどね

十三番のうたは先物と感興によって構成される興という修辞の方法を用いていない。一句目は、①②③で黄堂の牛の大きさに言及し、④で自分はそれとは他の優れたもの(早稲の苗)を持っていると述べる。二句目は⑤⑥で放牧した自分の牛の闘志満々の姿を、①②で黄堂の牛の大きさについて述べる。三句目は⑦⑧で牛を草地に放したらダメになると述べ、③で両者に違いがなく、④で自分はそれとは他の優れたものを持っていると述べる。。一句二句三句とも牛について言及するとともに、一句目では黄堂の牛の素晴らしさを、二句目では自分の牛の橋北の牛にも負けない勇敢さを、三句目では牛ではどちらにせよ役に立たないが、自分は他の優れたものを持っていることを述べている。

このうたも、「頭組」が①②③④を、「脚組」が⑤⑥⑦⑧をつくっている。脚組は二句目で①②を取り込むことを前提として、自分の牛の闘志満々の姿をうたい、三句目でも③④を取り込むことを前提に、どちらの牛も役に立たないとうたう。とりわけ③の使い方が秀逸である。一句目では③は肯定的な使い方であるが、三句目は否定的な使い方である。

十、比較

二十二番のうたの構造である「先物・感興／先物・先物／感興・感興」は、頭組と脚組が共に、先物・感興をうたうことによって自動的に生成したものだが、十三番目のうたは、うたい手が、牛という共通のアイテムを使いながら、他の村の牛の良さ、自分の牛の良さを述べた後に、牛よりもさらによい自分の持ち物と話を進めている。うたい手がうたの構造を作っているのである。

二十二番のうたは、当時五十歳から七十歳代だった五人の女性によってうたわれた。民国期あるいは中華人民共和国の初期には、初等教育は無償ではなく、また初等教育をあまねく受けさせる気風もなかったので、この地域のこの世代の女性の多くは小学校に通っていない。一方、民国期になると、男の子は小学校に通うようになる。彼らは漢語と漢字を使うための基礎的素養を学校教育で身に着けた。このうたをうたった男性たちは、小学校に通う経験を持っている世代である。壮語の古壮字は、民国期以前から、男性のみが読み書きするものとされてきた。このうたをうたった男性の過半は、古壮字の読み書きができる。

比喩歌は、故事歌のように、古壮字で書かれた唱本を必要としない。しかしうたわれるうたの修辞の方法において、書くことに由来する技法を持っている。

故事歌は文字を用いて伝承されてきたうたである。一方でそれは声でパフォーマンスされることを前提としている。またその伝承も、書承だけではなく、文字から声へ声から文字へと往還することによって、なされてきた。

比喩歌は文字を用いて伝承されることのまずないうたである。しかしうたい手が文字を読み書きする経験を通じて、新しい表現方法を獲得してきた。比喩歌は文字の世界と必ずしも隔絶したところにあるうたではない。

声と文字を往還しながら、壮族のうたは鍛えられてきたといえよう。

注

（1）覃暁航『方塊壮字研究』（民族出版社、二〇一〇年）一六頁。

（2）*Mapping the Old Zhuang Character Script* (David Holm Brill 2013) は、例えば「樹」を表す古壮字の分布について、字形を十九種類列挙するとともに、各々の広西における分布域を示している。

（3）この日は「梁山伯祝英台」の他に、一九八〇年に公布された「中国婚姻法」についてもうたわれている。「梁山伯祝英台」を父親によって無理やり他の男と結婚させられた娘とその恋人の悲劇と捉え、自由な結婚を推進する「中国婚姻法」と併せてうたったものと考えられる。

（4）「梁山伯祝英台」李方桂『武鳴土語』（中央研究院歴史言語研究所単刊甲種十九、一九五六年）。

（5）広西壮族自治区少数民族語言文字工作委員会壮漢英詞典編委会編『壮漢英詞典』（民族出版社、二〇〇五年）九四六頁。

（6）少数民族古籍整理出版規划組『古壮字字典』（広西民族出版社、一九八九年）二六三頁。

（7）白川静『詩経国風』（東洋文庫）（平凡社、一九九〇年）二八四頁。

（8）白川静『白川静著作集九』（平凡社、二〇〇〇年）三二五頁。

参考文献

手塚恵子「古壮字による梁山伯祝英台Ⅰ――壮族に伝承された怪異物語」（『人間文化研究』第三十号、京都学園大学人間文化学会、二〇一三年）

手塚恵子『中国広西壮族歌垣調査記録』（大修館書店、二〇〇二年）

松本幸太郎「壮族の移住伝説とエスニシティ」（伊藤亜人他『民族文化の世界』下、小学館、一九九〇年）

李调元辑 梁庭望訳注『《粤风 壮歌》译注』（広西民族出版社、二〇一二年）

劉淑新『粤語壮傣語問題』（商務印書館、二〇〇六年）

蒙元耀『壮族古籍与古文字』（広西民族出版社、二〇一六年）

欧陽若修等『壮族文学史』（広西人民出版社、一九八六年）

覃国生『壮語概論』（広西民族出版社、一九九八年）

ペー祭文における声と文字の往還

遠藤耕太郎

著者略歴は本書掲載の遠藤「［総論］中国辺境民族の歌と文字のかかわり」を参照

雲南省大理を中心に暮らすペー族の喪葬儀礼では、語り芸「大本曲」の歌い手が、ペー語による祭文をペー文で作成し、詠唱することがある。これを「ペー祭文」という。本稿では、実際の喪葬儀礼で詠唱されたペー祭文を取り上げ、中国の祭文と、同じペー族でも古い伝統を残す勒墨《レメ》人・那《ナ》馬《マ》人の喪葬儀礼における葬歌と比較しながら、声の歌と文字の往還の具体相を明らかにする。

はじめに

（1）ペー族の概況

中国雲南省大理ペー族自治州を中心に暮らすペー族（白族／Bai）は、人口約一九五万人（二〇一〇年調査）、そのうち、約一二四万人はチベット・ビルマ語系のペー語を話し、残りは主に漢語を使用する。周辺に暮らすイ族やナシ族、モソ人、リス族などと同じく、かつては現在の青海省あたりに暮らしていたチベット系遊牧民族「羌《きょう》人」を祖先とし、紀元前四世紀ころ、秦の圧迫を逃れて南下し、雲南に入った人々と考えられている。

本書「［総論］中国辺境民族の歌と文字のかかわり」にあるように、ペー族の人々は、雲南に南下した後、タイ系水稲稲作民の文化を取り込んだ。また八世紀以後には、南詔（八世紀半ば～九〇二年）、大理国（九三七年～一二五四年）という辺境国家の中心的な構成員となった。南詔・大理国は、中華王朝（唐・宋）とチベット王朝（吐蕃《とばん》）の緩衝地帯に建国された国家で、両方の文化を積極的に受容した。フビライによる

元への帰属後、明代には明政府の直轄統治によって、漢民族文化の影響をかなり強く受けた。(1)

現在ペー族と呼ばれる人々には、大きく三つの支系がある。洱海《じかい》を中心とする大理ペー族自治州を中心に暮らす人々は民家《ミンチャ》と呼ばれていたが、そこからさらに辺境の峡谷地域に移住した人々もいる。怒江《どこう》（サルウィン川上流）流域に移住した人々は勒墨人《レメ》（巴《は》人）、瀾滄江《らんそうこう》（メコン川上流）流域に移住した人々が那馬人《ナマ》と呼ばれる。人口は民家が九五パーセント、勒墨人一・五パーセント、那馬人三・五パーセントであるが、ともにペー族の古い伝統儀礼を残す人々である。(2)

（2）ペー祭文

大理地方では漢民族文化の影響を強く受ける中で、ペー語は多くの漢語を借用語として取り込み、特に明代にはペー語

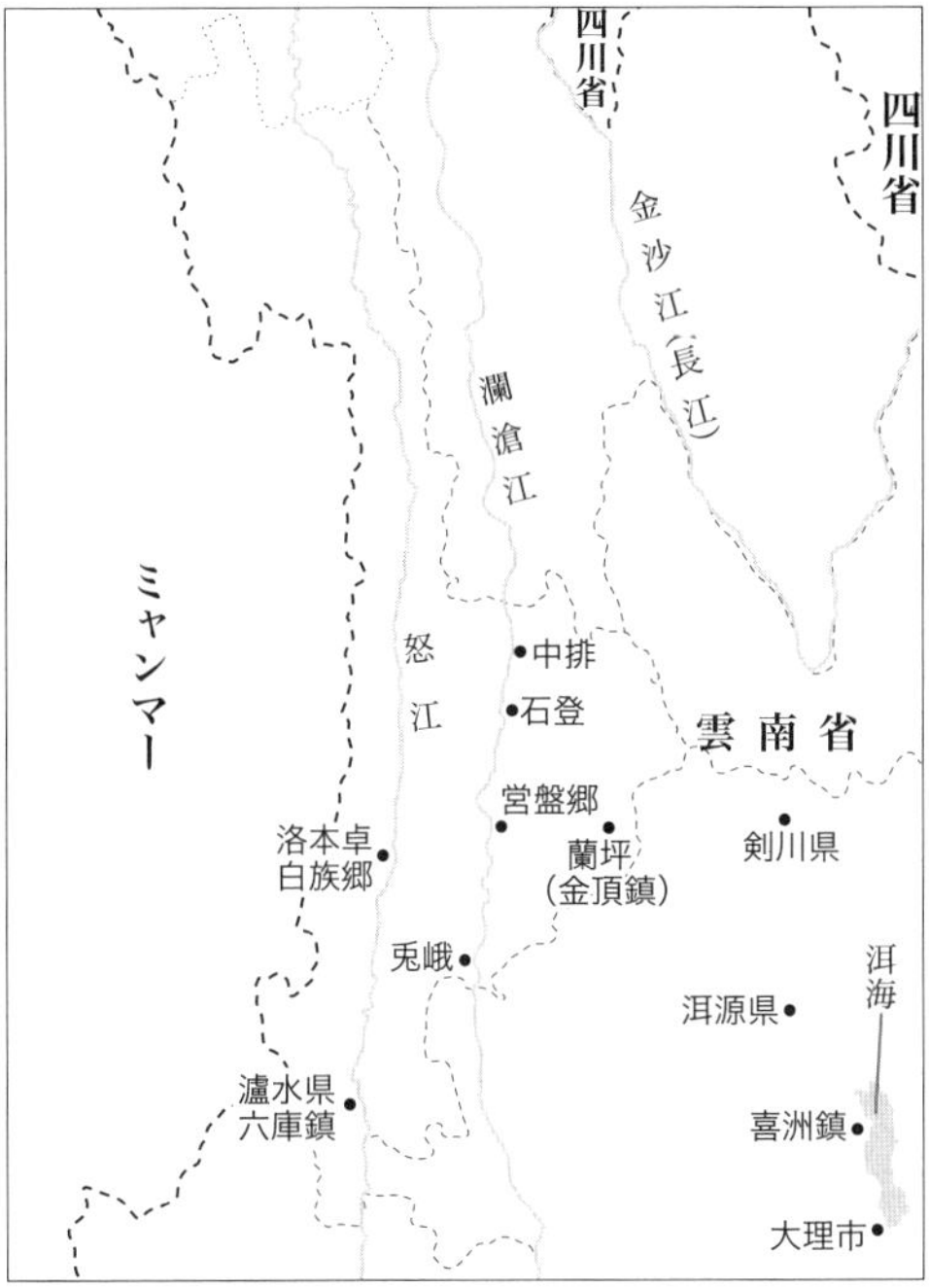

図1　ペー族居住地域

を漢字の訓や音仮名で表記する方法（ペー文）が確立され、多くの記念碑や墓碑が造られた。(3) ペー文で刻された詩（詞）は、七七七五音形式の音数律をもつ。この形式はペー語による語り芸、「大本曲《だいほんきょく》」の形式でもある。大本曲とは明代以降、特に清代に、中国の台本を伴う語り芸――たとえば「梁山伯《りょうざんぱく》と祝《しゅく》英台《えいだい》」――を受容し、その漢語の台本を、漢字を用いてペー語を記すペー文で表記し、ペー語で歌うというものである。(4)

彼らの喪葬儀礼も明代には、それまでの火葬が禁止され漢風の土葬になり、儒教的な孝思想が濃厚になるなど大きく変化した。立石謙次(5)によると、こうした変化の中で、出棺時には漢文による中国風の祭文が唱えられるようになり、さらに大本曲の歌い手が、ペー語による祭文をペー文で作成し、詠唱することにもなった。これを「ペー祭文」という。

本稿では、実際に大理地方の喪葬儀礼で詠唱されたペー祭文を取り上げ、これを同じペー族でも古い伝統を残す勒墨人・那馬人の喪葬儀礼における各種の葬歌と比較しながら、声の歌と文字の往還の具体相を明らかにしたいと考えている。

一、勒墨人・那馬人の喪葬儀礼

(1) 勒墨人の葬歌

まず、大理から怒江流域に移住した勒墨人《レメ》の喪葬儀礼を、段寿桃『白族打歌及其他』(6)によって、簡単に見ておこう。出棺・野辺送りの前夜に親戚や村の人々が集まって殯が行なわれる。村の長老たちはそれぞれ、手に棒を持って、棺を囲んでトントンと地面を撃ちながら死者への告別を行なう。家族や親族は地面に座り込んで大声で哭き、悲しみを表す。

その一方で長老たちは、死者にあの世への道を開く「開路《かいろ》歌《か》」を歌う。まず死者の生前の行ないを讃美し、彼の人生を褒める。そして、

私たちはあなたとの別れに堪えられない。
しかしつらさを堪えて別れるしかない。
あなたはすでに死んだのだ。
永遠の眠りから目覚めることはない。

と、死者にその死を認識させる段階へと進み、その後、

あなたはたくさんの山や嶺を越えて私たちから離れていく。
天から太陽が落ちた。
太陽が落ち、山は真っ暗になった。
私たちは夜、夢であなたを見る。
どうか夢の中で会ってください。

と、死者が山々を越えて夢の世界（死者の世界）に到ることを歌う。

東アジアの喪葬儀礼には二つのベクトルが働いている。一つは哭き歌などに顕著に表れる、死者の魂をこちらに呼び戻そうとする招魂のベクトル、もう一つは死を認識し、死者の魂を死者の世界に送る送魂のベクトルである。殯の期間にはまだ死が確定していないので、その間、招魂ベクトルと送魂ベクトルは拮抗する。しかし、最終的に死体は腐敗していくのであり、死者も近親者もその死を認識せねばならなくなる。死が認識されると、死者の魂は死者の世界に送られることになる。こうして、共同体は死を克服し、近親者はその死から立ち直るきっかけを得る。

この招魂から送魂へという流れは、春秋戦国にまで遡る古代中国の喪葬儀礼を記した『儀礼《ぎらい》』や『礼記《らいき》』にも、現代のイ族やモソ人の喪葬儀礼にも明瞭に表れている。(7) ちなみに「喪」は招魂を、「葬」は送魂を表す漢字である。

勒墨人の喪葬儀礼においても、家族や親族が哭き歌を歌うのは招魂を体現しているのであり、それに拮抗して長老たちの告別が行なわれ、さらに「開路歌」という送魂ベクトルの歌が歌われるのである。

勒墨人の「開路歌」は、死者を死者の世界に送った後、

　毎年カッコウが鳴くとき、私たちは墓に行ってあなたの世話をする。

と、死後の追善供養をしっかりするから心配せず、死者の世界に行ってもらいたいとも歌う。しかし、その送魂のベクトルに抗して、再び、

　涙は雨のようにしたたり声も出ない。
　私たちの心臓は砕けてしまった。
　私たちはあなたが去ることを知っている。
　心はつらく何の味もわからない。
　私たちをとても悲しくさせる。

と、招魂ベクトルの悲しみが歌われる。このように招魂ベクトルと送魂ベクトルを拮抗させるところに、死の悲しみの抒情が立ち現れる。そしてすぐに、

　やはりあなたは安心して行ってください。
　あなたが行かねばならないところへ。

と、送魂の言葉が歌われる。

この後、今暮らしている怒江から碧羅雪山《へきらせつざん》を越え、蘭坪《らんぺい》、剣川《けんせん》、洱源《じげん》へと祖先が移住した道のりを地名を列挙して逆にたどり、さらにペー族の祖先のいたとされる三叉路に戻り、そこから事故死の人は上の道、殺人や自殺の人は下の道、平常死の人は中の道をたどって夢の世界、つまり祖先の暮らす死者の世界に到ることが唱えられる。

この地名を列挙して死者を死者の世界に送る様式は勒墨人

だけでなく、同じく古いペー族の喪葬儀礼を残す那馬人の葬歌にも見られ、さらにペー族と同じく羌人を祖先として雲南に南下したイ族やモソ人、リス族の葬歌や呪文にも見られるところである。中国語ではこれを「指《し》路《ろ》経」と呼んでいる。

(2) 那馬人の葬歌

瀾滄江に移住した那馬《ナマ》人の喪葬儀礼も招魂と送魂ベクトルを拮抗させ、最終的に送魂に収斂する流れをもつ。同じく前掲段書によって、彼らの葬歌を確認してみよう。殯では四つの葬歌が歌われるが、最初の「長刀舞詞《ちょうとうぶし》」（長い刀を持って邪霊を防ぎ、死者を死者の世界に送る呪文）は次のように始まる。


　明るい月光のもと、あなたを送るために、たくさんの親族が集まってきた。

　あなたは落葉が散るように、風に舞って遠くに行ってしまう、私たちに寂しさと悲しみを残して。

　あなたは夢の世界（死者の世界）に行く。

　私たちより孤独で、がっかりしていることだろう。

　あなたのために長刀舞を踊ろう。

　あなたが少しでも安心できるように。


まず死者と別れることの悲しみが歌われ、それでも死者は夢の世界（死者の世界）に行かねばならないことが歌われる。ここにも招魂から送魂への流れは確認できる。そして、

　あなたと私たちは別れよう、松の葉を撒いてあなたのために道を開く。

と、死者の世界への道が開かれる。その後、

　この新たな耕地、地味豊かな水田は、あなたが自らの手で私たちのために開いてくれた。

　あなたは苦しみながら一生働き、わたしたちのために数えきれないほどの財産を残した。

と、生前の行ないが讃美された後に、

　しかし、あなたに残されたものは一艘の香船（あの世に行くための船）だけだ。

　あなたは夢の世界に行かねばならない。

　私たちはよくよくあなたを送る。

　あなたの恩情に感謝する。


と送魂の言葉で締めくくられる。その後も、「送親人詞《そうしんじんし》」（近親者を送る呪文）、「備馬背鞍詞《びばはいあんし》」（死者の乗る馬の背に鞍を付ける呪文）が歌われ、死者との別れが何度も確認される。

最後の「送別舞詞《そうべつぶし》」（死者との別れの呪文）では、

　明日あなたは夢の世界に行く、たくさんの険しい道のりを越えていく。

　駿馬は千山万水を越え、香船は暗闇を漂っていく。

　草が群がる危険な夢の世界を抜け、やっとあちらの世界

にたどり着く。

……明日あなたは夢の世界に行く。

タイ族の村の高山の上の三叉路、そこがこの世と夢の世界の境だ。

一年中、雲霧が覆い隔てている。

ここまでしか私たちはあなたを送る方法がない。

と、死者を死者の世界との境界まで送り、ここまでしか送れないといって帰ってくる。このように、死者をこの世と死者の世界との境界まで送った後、生者はこの世に戻ってくるという表現も、イ族の呪的職能者が唱える指路経と一致する。(8)

以上、ペー族の古い喪葬儀礼を残す勒墨人や那馬人の喪葬儀礼は、周辺のイ族やモソ人と同じように招魂と送魂を拮抗させつつ、最終的に送魂ベクトルに収斂することを確認してきた。

二、大理ペー族の喪葬儀礼

(1) 守霊と堂祭

大理ペー族の喪葬儀礼で歌われる祭文の検討に入る前に、大理ペー族の現在の喪葬儀礼の概略を、『白族文化大観』(9)、前掲立石論文に従って簡単に説明しておく。

死後、死者の口に砕いた銀や米粒、茶などをまとめて入れ、身なりを整えたうえで寿衣を着せ、納棺すると、殯が始まる。殯はほぼ三日間行なわれ、多くの親族や友人が弔問にやってくる。この間、遺族は「守霊《しゅれい》」(通夜)を行なう。孝子(死者の子ども)は木の枝を棺の周りに置き、稲わらを敷いて、夜はそこに寝て守霊する。これには「草に座って悲しみ、父母の功労に報いる」という意味がある。守霊の期間女性たちは声をあげて哭す。これを「哭霊《こくれい》」という。

大理、洱源、鶴慶《かくけい》では、出棺の前夜に道士や和尚が「開咽《かいいん》喉《こう》経」(死者の喉を開いて魂を送りだす呪文)を念じてあの世への道を開き送魂する。

出棺当日の早朝、死者の魂の拠り所としての灯篭や「引魂《いんこん》幡《ばん》」と呼ばれる幡、また米粉や小麦粉で作った獅子、象、鹿、馬、花、果物などが棺の周りに置かれる。

その後の「堂祭《どうさい》」で喪葬を取り仕切る主喪官が親族を従えて棺の周りを三周した後、跪いて祭文が念じられる。また、祭文は「路祭《ろさい》」といって野辺送りの行列が親族の家に近づいたときに、道に供え物をして念じることもある。

(2) 出棺と野辺送り

祭文を念じた後、棺に蓋をして釘を打ち、さらに位牌を制作する。出棺にあたり、棺のあたりにいると考えられている邪霊を祓う儀式が行なわれる。「先生」と呼ばれる呪的職能者が呪文を唱え、四方八方を拝し、長い刀を持ち、口で「殺《シャー》」と唱え邪霊を粉砕する。近くにいる人々は木の枝で堂内のあちこちを叩き、邪霊を追い出す。その間に、棺は門外に出される。

野辺送りの行列は銅鑼やチャルメラを鳴らしながら山神地神廟まで進む。山神地神を祀り、死者の魂の拠り所の引魂幡以外の供え物を燃やすと、行列は引き返す。残った年長の孫が引魂幡を持って道を開き、棺を担ぐ人が後に続いて家族墓地まで運び、埋葬する。

大理ペー族は前述したように、南詔・大理国の時代、さらに明代にかなり強く漢文化の影響を受けている。しかし、彼らの喪葬儀礼も勒墨人や那馬人と同じように、哭霊による招魂から開咽喉経による送魂へという流れを持っているのである。

三、大理ペー族の祭文の流れ

(1)ペー祭文の形式

大理ペー族の祭文は前節で述べたように、出棺の早朝に詠唱される。白族歌謡研究者の段伶氏(10)は、大理の祭文を「漢文化とペー族文化が融合一体化した祭文の詠唱によって死者への哀悼の意を表す」ものであると述べている。その融合一体化の具体相を、実際の喪葬儀礼で詠唱された祭文をもとに確認していこう。

この祭文は、大本曲の歌い手として有名な趙《ちょう》丕《ひ》鼎《てい》氏(図2)が、二〇一〇年三月二十二日、喪主である李《り》勝《しょう》科《か》氏の母の啓殯時に、喪主や孫たちに代わって、死者に対して歌った祭文である。普通、祭文は歌った後に焼くが、趙氏はそのいくつかを保管しており、二〇一一年夏の調査で趙氏にそれを歌ってもらい資料化した。祭文の全文は本書「[資料]ペー族の祭文」を参照していただきたい。引用の歌番号は[資料]のそれと対応している。

祭文冒頭に漢語による序文があり、その後、祭文本文が続く。祭文本文は七音五音を基調としたペー文によって六十八首が記されている。末尾に漢語による結句「嗚呼哀哉、尚饗」(嗚呼《ああ》哀《かな》しい哉《かな》、尚《こいねが》わくは饗《う》けよ)がつく。この三段形式は喪葬儀礼で祭文が唱えられる大理市、剣川県、雲龍《うんりゅう》県などでは共通している。(11)

序文では漢語によって、死者の住所、享年、この喪葬儀礼を執り行なっている子孫たちの名前と、彼らが食事などを霊前に供して弔意を述べる旨が記される。序文末尾や祭文本文に「嗚呼」を挟み、結句を「嗚呼哀哉、尚饗。」で閉じる形式は、唐・韓愈「祭十二郎文」(十二郎を祭る文)をはじめとする中国の祭文と共通している。このペー祭文の序文や結句が、中国の祭文の形式を受容して創作されていることは明らかである。

(2)悲しみと讃美

ペー文で書かれた祭文本文はどうだろうか。まず、祭文本文のおおよその流れを確認しておこう。祭文本文はまず死者

図2　祭文を歌う趙丕鼎氏（左）

を起こして酒食を捧げるところから始まる。そして、死者の子どもの立場で、【残されたものの悲しみ】が次のように歌われる。

（4）　山に隔てられるのなら探せるはずだ。海に隔てられるのなら逢えるはずだ。棺の板に隔てられて逢うことはできない。松明に火を灯して父母を探す。しかしあなた方を探すことはできない。

（6）　どうしてこんな事になってしまったのか。夢にさえ思いもよらなかった。母の病気が治ることをどれだけ願ったか。あなたを何年も看病した。

（11）　このたび母がこの世を離れた。いったい誰が私たち兄弟姉妹の面倒をみるのか。家の中で鍋は冷え、竈は冷えている。家の中は冷え冷えとしている。

（12）　他の人は火を焚き、鍋を温めている。我が家は火に冷水をかけたようだ。生きて逢えないのが運命なのだ。雪の上にさらに霜が積もったようだ。

残された者の悲しみは、死者の面影を求めて探す（4）という生死が不分明の状態の中で、死者の突然の死に驚き（6）、生者の術《すべ》のなさを訴え（11）、その悲しみを比喩によって表現している（12）。

次いで、【生前の行ないの讃美】が歌われる。この祭文で

は、母が幼少期から結婚して、子を成したこと、父の死後、一人で子どもたちを育てたこと、喪主の弟の妻が子を残して死んだこと、次いで弟が死んだこと、そういうさまざまな苦労の末、孫たちが大きくなったことが歌われる。例えば次のような感じである。

（19）父が亡くなったあのとき、残された一羽の雛は、愛情をもって母が育ててくれた。その愛情は海よりも広いものだった。

（35）竹を切って節に当たろうとは思いもよらなかった。突然、弟の妻がこの世を去った。母を亡くした子たちも世を去った。子はあっても母はなかった。

（47）涙が腹の中に咽ぶ。風が吹いて雲を散らし名月を見た。孫たち何人かが大きくなった。一人ひとりが一家をなした。

（50）薪はやっと乾いた。あなたに安楽な日々を過ごさせる。母の愛情に答える。百歳の長寿に近づく。

（3）死の認識と送魂

次に、母は死んだのだという【死の認識】が歌われる。祭文本文の冒頭では「松明に火を灯して父母を探す。しかしあなた方を探すことはできない。」（4）というように、母の死はしっかり認識されてはいなかったのだが、それをはっきりと認識したことが歌われる。

（53）死にそうに苦しくても母に逢うことはできない。あなたのために沐浴湯を買った。謹んであなたを椅子に座らせ、あなたの体を洗います。

（54）あなたの子孫はあなたに礼を尽します。死ぬほど哭いても母を取り戻すことはできない。あの時からあの世とこの世は隔てられた。母に逢うことはできない。

このように死を認識させた後に、母を仙境や天に帰らせること、つまり【送魂】が歌われる。

（55）すべてが悠々としてあなたは既に解脱しました。母よ、あなたは天に向かって歩き始めました。人は亡くなると病は終わると古くからいいます。笑いを含んで仙郷に帰ります。

（62）母よ、心おきなく天に登ってください。子孫を気にかけることはありません。子どもも親戚もみな力を合わせます。あなたのために旗竿を持ちます。

（67）路銭も準備できた。喜んで楽しく天に登ってください。この世で、母はとても苦労しました。後生ではたくさん幸福を得てください。

（4）言葉の不如意さ

そして最後に、【言葉の不如意さ】が歌われて祭文本文は閉じられる。言葉の不如意さとは哀悼の意を充分に表すことができないという嘆きである。

(68) やはりもっと言いたいことがある。どれほど言っても言い尽すことはできない。父母の愛情を言い尽すには、長い年月がかかる。

このように祭文本文は、【残されたものの悲しみ】↓【生前の行ないの讃美】↓【死の認識】↓【送魂】↓【言葉の不如意さ】という流れになっている。大きく見れば、残された者の悲しみを述べる招魂から死の認識、送魂に到るという流れであり、末尾に哀悼の意を表せない言葉の不如意さが付けられているということになる。

四、中国の祭文との融合

(1) 中国の祭文の要素と流れ

ところで、明代の文体の理論書、徐師曾《じょしそう》『文体明弁《ぶんたいめいべん》』(12)は、祭文を次のように定義している。「按ずるに、祭文は親友に祭奠《さいてん》するの辞なり。古《いにしへ》の祭祀は、饗を告ぐるに止《とど》まるのみ。中世より還《ま》た、兼ねて言行《げんこう》を讃し、以て哀傷の意を寓《やど》す。蓋し祝文の変なり」。祭文はもともと死者に饗応を告げるだけの文だったものが、その言行を讃美することになり、そこに哀傷の意が込められることになったということだ。

唐宋八大家の一人で、古文復興を唱えた韓愈(七二八〜八二四)の祭文は、自分と死者が生前、どのように心を通わせたのかを逐一描き、それぞれの場面で死者の行ないの正しさや能力の高さを讃美する。哀傷の意は文末に向かって高まっていき、哀悼の意を充分表せない【言葉の不如意さ】に到る。

例えば、韓愈「祭馬僕射文」(馬僕射《ばぼくや》を祭る文)(13)は、「奠《てん》して以て哀を敍《の》ぶるも、其れ何ぞ能《よ》く致さん。嗚呼、哀しいかな。尚《こひねが》はくは饗《う》けよ。」(今霊前にこれを供えて悲しみを叙べるのであるが、一体どうしてこの心を公に届けることができようか。ああ哀しいことよ。どうかこの祭りを受けられることをこいねがうのである)と結ばれ、悲しみの言葉が死者に届かないことを嘆く。

同じく韓愈の「祭十二郎文」(14)は「嗚呼、言窮《げんきはまり》有《あ》つて、情終《を》ふ可《べ》からず。汝其れ知るか。其れ知らざるか。嗚呼、哀しいかな。尚はくは饗けよ。」(ああ、言葉には窮まりがあるけれども、情は述べ終えることができない。お前は私のこの情がわかるだろうか。それともわからないだろうか。ああ悲しいことよ。どうかこの祭りを饗けられよ。)と結ばれる。ここでも、言葉では言い表せない悲しみの気持ちがわかってもらえるのかどうかと嘆く。

このように中国の祭文は、死者の生前の行ないを讃美し、自分の悲しみの心は言葉では言い表せないことをもって閉じられるという様式をもっている。

(2) 中国の祭文と共通する要素

この二つの要素、すなわち【生前の行ないの讃美】と【言葉の不如意さ】はペー祭文本文の要素としても確認できる。ひとまずはこの二つの要素は中国の祭文の形式に合わせて創作されたということができるだろう。

ただし、第一節(2)で見たペー族の古い喪葬儀礼を残す那馬人の「長刀舞詞」では、死者の世界への道が開かれた後、死者が新たな耕地や水田を開拓してくれたり、私たちのために財産を残してくれたという生前の行ないが讃美されている。

また山田直巳[15]によれば、蘭坪県兎峨《とが》郷の那馬人や、雲龍県長新《ちょうしん》郷ペー族の葬歌は、焚火の両側に親族らが列を作って向かい合い、それぞれの歌師の歌に合わせて打歌調《だかちょう》で歌を掛け合う。この歌掛けを研究者は「踏喪歌《とうそうか》」と呼んでいるが、「踏」は邪霊を踏んで死者の世界への道を開く意であり、踏喪歌は死者に死を納得させ、また死者の一生を振り返り讃美するものであるという。八〜九時間にも及ぶ踏喪歌は、死者の出生から、結婚して子を成し、老いて死ぬまでを歌い続けるもので、死者の悪口は言わず、人柄や人格を褒めるものであるという。

また、前掲段書によれば、勒墨人の長老たちの歌う「開路歌」では、まず死者の生前の行ないを讃美し、彼の人生を褒める。特に死者が他人のために尽していると、その讃美の言葉はどんどん力の入ったものになり、それに呼応して家族や親族はおおいに哭く。もし、あまり他人のために尽していないと、ほとんど称え言は歌われず寂しいものになり、舞い手は家族や親族に罰として酒を与え、彼らは悲痛な気持ちになるという。

死者が生前どれほど共同体や家にとってよい働きをしたのかを述べるのは、基層的にペー族の人々が持っている喪葬儀礼の一要素であり、それが、中国の祭文の形式に当てはめられたということだろう。

一方、本文末尾に記される、哀悼の意を表せない【言葉の不如意さ】は、招魂から送魂へという流れとは異なる文脈であり、嘆まで結ばれる中国の祭文末尾の直接的な影響を受けたものと思われる。

(3) 残されたものの悲しみの表現

さて、ペー祭文が中国の祭文と大きく異なるのは、【残されたものの悲しみ】、【死の認識】、【送魂】部分の表現の仕方である。

【残されたものの悲しみ】から見ていこう。中国の祭文でももちろん哀悼の意、悲しみの情は述べるのであるが、それはかなり具体的に描かれる生前の言行のなかに、ほのめかされる情として立ち上る。前掲『文体明弁』が「言行を讃し、以て哀傷の意を寓《やど》す」というのは、そういうことだ。これに対して、ペー祭文の【残されたものの悲しみ】は次のように歌われる。

（6）どうしてこんな事になってしまったのか。夢にさえ思いもよらなかった。

（11）このたび母がこの世を離れた。いったい誰が私たち兄弟姉妹の面倒をみるのか。家の中で鍋は冷え、竈は冷えている。家の中は冷え冷えとしている。

（12）他の人は火を焚き、鍋を温めている。我が家は火に冷水をかけたようだ。生きて逢えないのが運命なのだ。雪の上にさらに霜が積もったようだ。

これらの表現は、ペー族と祖先を同じくするイ族の哭き歌の表現と類似している。ペー族とイ族は南詔期にも近い関係にあった。ペー族の祖先は南詔の中心的構成員であったが、当時は「白蛮《はくばん》」と呼ばれ、漢語が通じるなど比較的漢化した民族であった。これに対して南詔王室は「烏蛮《うばん》」と呼ばれる漢化されていない民族であり、その末裔が現在の四川省と雲南省の省境を中心に暮らす大涼山《だいりょうざん》・小涼山《しょうりょうざん》イ族の人々である。南詔は烏蛮王室を中心とした連合国家であり、白蛮の有力氏族も支配階層にあった。

小涼山イ族の喪葬儀礼では女性たちが哭き歌を歌うが、その一節を見てみよう。[16]

（ア）アポバカがこうなるとは思いもよらなかった。

（イ）父も母も悪い心を持っていたのか、アモ。

（ウ）我が家は雪の上にさらに霜が降りた。

（エ）母さんの孤児はこれからどうやって暮らせばいいのか。

哭き歌には決まったパターンがある。（ア）のアポは年齢を重ねた女性を表す語、バカは死者の呼称。「こうなるとは思いもよらなかった」と「突然の死の驚き」が表明されている。（イ）では亡くなった父母は私たちを置いて行ってしまったと「死者を非難」している。（ウ）では「残された者の悲しみ」が比喩によって歌われ、（エ）では「残された者の術無《すべな》さ」が歌われる。女性が喪屋の中で直接死者に対して、突然の死を非難し、悲しみ、残された生者の術無さを歌いかけることによって、死者の魂を呼び戻し、蘇生させようとするのである。

こうして見ると、ペー祭文の【残されたものの悲しみ】の表現は、（6）では「突然の死の驚き」が、（11）では「残された者の術無さ」が、（12）では「残されたものの悲しみ」が歌われていることがわかる。特に（12）の「雪の上にさらに霜が積もった」という比喩は、イ族の哭き歌（ウ）「我が家は雪の上にさらに霜が降りた」と近似する。

中国の祭文の形式に合わせて【残されたものの悲しみ】を表現しようとしたとき、ペー族の祭文作者の脳裏には、かつて雲南に南下し、ともに南詔期に国家を形成していた人々と共通する、古い哭き歌の表現が響いていたのだろう。

（4）死の認識と送魂の表現

次に【死の認識】と【送魂】についてみてみよう。第一節（1）で紹介したように、勒墨人の喪葬儀礼では哭き歌による招魂と長老らによる送魂を拮抗させたのち、「開路歌」が歌われる。そこではまず、「あなたはすでに死んだのだ」と、死者の死を確認する言葉が歌われ、最終的に「やはりあなたは安心して行ってください。あなたが行かねばならないところへ」と送魂が歌われる。すでに何度も見てきたように、死の認識から送魂へという流れは勒墨人だけでなく、那馬人や雲龍県長新郷に暮らすペー族、さらにはイ族にも通じる喪葬儀礼の流れである。

ペー祭文が最後に【死の認識】と【送魂】を歌うのは、招魂から送魂へという基層的な喪葬儀礼の流れに従っているということだ。このような流れは中国の祭文にはない。

（55）すべてが悠々としてあなたは既に解脱しました。母よ、あなたは天に向かって歩き始めました。人は亡くなると病は終わると古くからいいます。笑いを含んで仙郷に帰ります。

ペー祭文のこの部分は、死者に死を納得させ、死者の世界に移行させようとする古い呪的な送魂の言語表現が仏教化、道教化したものと思われる。「人は亡くなると病は終わると古くからいいます」という表現は同じく雲南に南下したチベット系遊牧民羌人を祖とし、唐代には南詔や吐蕃の支配を受けたモソ人の葬歌と近似する。[17]

モソ人の喪葬儀礼では、出棺前夜、死者に死を認識させ死者の世界に送る喪葬歌舞シッツォが行なわれる。その歌詞に、

（オ）病だ病だ、病の知らせが届いた。あなたのために病を治したが、病は治らなかった。ただ、あなたの魂のために道を開くほかない。

（カ）病だ病だ、病の痛さはもうなくなった。発熱だ発熱だ、熱はもう下がった。

という部分がある。

（オ）では、病が治らなかったから、祖先の地への道を開くほかないことが宣言される。（カ）では、病が治らずにあ

なたはもう死んだ。だからもう痛くはないし、苦しくもないのだと、死者に死を認識させているのである。

ペー祭文の「人は亡くなると病は終わると古くからいいます」という表現も、モソ人の喪葬歌舞と同じく、死者に死を認識させる言葉なのであろう。

また、ペー祭文の「天に向かって歩き始めました」、「笑いを含んで仙郷に帰ります」という表現も、第一節（1）で紹介した勒墨人の「開路歌」の末尾で、今暮らしている怒江から祖先の来た道を逆にたどってペー族の祖先のいたところの三叉路、さらに死者の世界まで送っていく地名列挙の部分が仏教化、道教化したものだろう。

那馬人の「送別舞詞」にも、死者を祖先の住む死者の世界との境界まで送り、ここまでしか送れないといって帰ってくるという表現がある。このように死者を送るのは、イ族でもモソ人でも呪的職能者の役目である。

ペー族文化研究者の尹明挙は、[18]二〇一一年八月の座談会で「（大本曲の）歌い手はもともとシャーマン的存在だった可能性がある」と述べているが、死者に死を認識させ、死者の世界に送る表現は、呪的職能者（シャーマン）が担当する送魂ベクトルの言語表現を継承しているのだろう。

おわりに

前掲立石論文は、「祭文を大本曲の形式で歌い上げる方法は、それほど古いものではない。黄永良氏によれば、大体三〇年ほど前から始まったという」と述べている。本稿は、彼らが中国の祭文を受容して、自らの祭文を作り上げようとしたとき、具体的にどういうことが起こったのかを、祭文の表現のありようから考えてきた。

彼らは、中国の祭文の形式に従って序文と結句「嗚呼哀哉、尚饗」を漢文で記し、本文を七七七五音形式を基本とするペー文で記すペー祭文を創り出した。その本文には、【生前の行ないの讃美】【言葉の不如意さ】を表現する中国の祭文の形式が意識されている。ただし、【生前の行ないの讃美】や、末尾に哀悼の意を表せないは古くからペー族の人々が基層的に持っている喪葬儀礼の一要素でもあった。

喪葬儀礼が漢化する中で、大理ペー族地域では中国風の祭文を唱える必要が生じた。こうした変化の中で、大本曲の歌い手は中国の祭文の形式に合わせて古くからの表現をリメイクしつつ、しかしそこに招魂から送魂へという、勒墨人や那馬人、さらに周辺に暮らすイ族やモソ人の喪葬儀礼とつながるような流れを入れ込んだ。そうしなければ、今出棺しようとしている死者を、死者の世界に移行することはできないという恐れがあるからだ。大本曲の歌い手にはペー族の基層的な喪葬儀礼の流れが身体化されていたと言うこともできるだろう。

招魂から送魂へという流れを作り出すにあたって、彼らは、哭き歌の表現を念頭に置いて【残されたものの悲しみ】を述べる招魂ベクトルを発生させ、それを圧倒する形で、地名を列挙して死者を死者の世界に送る呪的職能者の送魂儀礼が仏教化、道教化した送魂ベクトルの表現、つまり【死の認識】と【送魂】を置いた。

大理のペー祭文には、中国の祭文という文字による死の文学と、ペー族の喪葬儀礼の基層をなす声の歌や呪文との融合、往還の姿が具体的に表れている。なお、こうした把握は逆に韓愈をはじめとする文学的祭文が喪葬儀礼から既に離脱していることを明らかにするだろう。この離脱もまた歌と文字の往還の一端である。

注

(1) 川野明正『雲南の歴史――アジア十字路に交錯する多民族世界』(白帝社、二〇一三年)。

(2) 甲斐勝二「(資料) 大理学・白族学に関する基礎研究 其の一」に翻訳所収の張錫禄「大理白族仏教密宗」(『福岡大学人文論叢』第三六巻第三号、二〇〇四年)。

(3) 「山花碑」(一四五〇年)、「十哀詞碑」(一四五六年)、「山花一韻碑」(一四八一年)など。本文及び解釈を、遠藤編「中国少数民族歌謡における音・意味・文字」(『共立女子大学・共立女子短期大学総合文化研究所紀要』第二三号、二〇一七年)に示した。

(4) 本書「[総論] 中国辺境民族の歌と文字のかかわり」、立石謙次「雲南省大理白族の大本曲の歴史とその現状」(愛知大学現代中国学会編『中国21』vol.46、東方書店、二〇一七年)。

(5) 立石謙次「変わる墓葬――雲南省大理地方を中心に」(愛知大学現代中国学会編『中国21』vol.41、東方書店、二〇一四年)。

(6) 段寿桃『白族打歌及其他』(雲南民族出版社、一九九四年)。以下の勒墨人「開路歌」および那馬人の「長刀舞詞」は私訳。

(7) 遠藤耕太郎『万葉集の起源――東アジアに息づく抒情の系譜』(中公新書、二〇二〇年)。

(8) 遠藤耕太郎『古代の歌――アジアの歌文化と古代日本文学』(瑞木書房、二〇〇九年)。

(9) 李纘緒・楊応新主編『白族文化大観』(雲南民族出版社、一九九九年)。

(10) 段伶『白族曲詞格律通論』(雲南民族出版社、一九九八年)。

(11) 張錫禄・甲斐勝二『中国白族白文文献釋読』(広西師範大学出版社、二〇一一年)。

(12) 徐師曾『文体明弁』(岐阜大学図書館蔵)(国文学研究資料館 新日本古典籍総合データベース https://kotenseki.nijl.ac.jp/biblio/100060378/viewer)。

(13) 書き下し、訳ともに新釈漢文大系『第71巻 唐宋八大家文読本 二』(星川清孝、明治書院、一九七六年)による。

(14) 同前。
(15) 山田直巳「踏喪歌の諸相――その局面の概念定義」(『アジア民族文化研究』第一一号、二〇一二年)。
(16) 注8に同じ。
(17) 注7に同じ。
(18) 遠藤編「東アジアにおける「声の伝承」と漢字の出会いについての研究――中国雲南省ペー族文化と日本古代文学」(『共立女子大学・共立女子短期大学総合文化研究所紀要』第一九号、二〇一三年)。

中国湘西苗族の歌と文字

真下　厚

ましも・あつし――元立命館大学教授。専門は日本古代文学・民俗学。主な著書に『声の神話　奄美・沖縄の島じまから』（瑞木書房、二〇〇三年）、『万葉歌生成論』（三弥井書店、二〇〇四年）、『歌を掛け合う人々　東アジアの歌文化』（共著、三弥井書店、二〇一七年）などがある。

中国湖南省鳳凰県苗族は漢字を用いて歌を書く。恋の歌掛けを記録した女性もいるが、歌を書くのは多くが歌師である。歌師は記憶の助けとして歌を書くが、読者の存在を念頭に、記録として日付などを書き添える者もいる。歌師同士による手紙での歌の贈答も行われ、また筆を執って歌群を創作することもある。こうした歌と文字の関わりのさまざまな様相を見出すことができる。

はじめに

中国湖南省西部に住む湘西苗族《ミャオゾク》（「湘西」は湖南省西部をいう）は歌掛けを行っている。若者の恋の歌掛けは二十年ほど前にすたれたが、結婚式や子どもの誕生、新築祝いなどの祝宴では現在でも歌掛けが盛んに行われる。こうした歌掛けでは「ジャン　サ」（「歌の先生」の意。漢語では「歌師」。以下、この語を用いる）が歌のことばを作り、複数の歌い手が歌う。メロディは一つか、多い地域でも三つ。この地域の歌掛けでは、歌の作り手と歌い手とが分離していることが多い。

歌師の多くは漢字で歌を書き、歌ノートを所持している。苗族の文字は清代に試みられたことはあったが、定着しなかった。(1)そのため、中華人民共和国成立後の学校教育で習得した漢字を用いている。もっとも、一つの苗語にどの漢字を充てるかを定めた正書法はなく、苗語の音韻・声調に近い漢語の文字をそれぞれが選んで書き記している。このほか、少数ながら、苗語の意味に相当する漢字を書く場合もある。その場合は文字の上などに○や×、△などの記号を付す。一人ひとりが思い思いに漢字を充てれば他人には読めないのではないか、と思ってしまう。実際、自分の書いた歌は歌を教えた息子にも読めないと言う歌師がいる。その一方で、歌だから読めるということで手紙で歌を贈答し合う歌師たちもいる。

こうした苗族の歌と文字の関わりの諸相について紹介しよう。

一、祝宴の歌掛けと恋の歌掛け

私が調査する湖南省の貴州省境、鳳凰県の苗族には県中部、北中部、北西部、最北部の四つの歌文化圏があるが、ここでは文字との関わりが深い中部、北中部の歌の世界を主に取り上げることとする。なお、この文章は中国華東理工大学の張正軍教授との共同調査に基づいたものである。

(1) 恋の歌掛け　歌数の少なさ

さて、現在、鳳凰県では歌掛けによる結婚はみられないが、四十代以上の人からはその経験を聞くことができる。それによると、出会いから七、八回、逢会での歌掛けを重ねて結婚に至る。一回の逢会に交わされる歌は二首から四首程度。雲南省大理白族の歌掛けは何十首、何百首の歌が掛け合わされるが、[2] ここでは極端に少ない。もっとも、古くからこんなかたちではなかったろう。それが、どうしてこんな歌掛けに変化したのか。

(2) 歌掛けのルールと批評

そこには歌掛けの厳しいルールが関わっているのだろう。祝宴での歌掛けでは、相手の歌と各句すべてが対応せねばならない、比喩表現に用いられる物は同種ではいけない、自分の前の歌と内容がずれてはいけない、などの厳格なルールがある。恋の歌掛けでは相手に気に入られることが目的でルールは緩やかとはいえ、祝宴での厳しいルールが日常的な恋の歌の場にも及んだのだろう。その結果、会話のようにだれもがたやすく歌を作ることができなくなった。

だから、村に伝わる歌詞を歌ったり、ひそかに歌師に頼んだりして歌掛けに臨んだという。

では、なぜ歌掛けのルールが厳しくなったのか。

歌の掛け合いは歌の競争、歌競べとなるから、優劣の基準が芽生えて社会に共有される。歌掛け文化では、こうした歌の批評は必須なものなのだ。それが社会・文化の進展とともに複雑化していったのだろう。これに対応して、歌の表現は磨かれてことばは重みを増し、歌掛けのルールも複雑なものとなってゆく。そこには漢族文化の刺激や影響もあったかもしれない。

鳳凰県の苗族社会で、歌掛けの技が最高に競われるのは祝宴の場だ。もっとも、歌競争といっても激しい歌の闘いではない。苗族の人々には相手を立て、自らはへりくだるというマナーがあり、それは歌掛けの場でも現れる。相手を誉め、自分は優れていないと歌う。歌掛けで即興的に生み出される歌を、家の主人や招待客が後で批評し合う。歌がその場にふさわしいか、相手の歌にうまく応じているか、比喩表現が巧みか、漢語の故事やことばを取り込むなど高いレベルの表現であるか、韻を正しく踏んでいるか、などがその基準とされる。そのため、二句以上からなる歌一聯のことばを生み出すのに五分以上も黙考し、歌声が途切れることもしばしばである。歌師はこうした祝宴の歌掛けを依頼されることで、初めて歌師と認められる。彼らはその名声のため晴れ舞台で最高の技を披露するのだ。

こうした歌の文化が若者たちの世界にも及んだのだろう。恋の歌掛けでは、歌一首は重い。恋の歌は真心を表すものとして、何十年を経ても相手の歌を覚えている女性は何人もいる。相手が不誠実な行動を取れば、交わした歌を言ってみせるのだ。

(3) 恋の歌掛けの記録化

ある女性はこうした歌掛けを記録したことがあるという。六十年近く前のこと、彼女は小学校五年生まで学校に通い、漢字を書くことができた。それで従姉の恋人から依頼され、二人の歌掛けを記録することとなった。二人はどちらも文字が書けなかったからだ。従姉たちは互いに相手の歌を書かせ、正しく書かれているかを確認するため、その場で読み上げさせた。歌と共に、いつ、どこで、どちらが歌ったかも書き記した。この記録は証文のようなもので、約束を破れば、それを証拠にするのだという。雲南省大理白族のような長く続けられる歌掛けであれば、そのなかの一首を書くこともできず、書く価値もないだろうが、鳳凰県苗族の歌掛けでは歌一首が重く受けとめられるからこそ、このように記録されることになるのである。

なお、歌掛けの歌数が減じて歌一首の重みが増すという現象は、文字が介在せずとも、声の世界だけで起こり得ることに留意すべきであろう。

二、歌の記憶と文字

(1) 記憶の助けとして

歌師は、歌掛けの場を離れても、歌を作る。村人や役所から歌を依頼されると、一人で歌を考えるのである。また、自分の思いを歌に作ることもある。こうした歌の創作は、時間的な制約を受ける歌掛けとは異なって、自由に歌を考えることができ、表現を深化させることを可能にする点で注目されよう。

歌師はこのようにして作った歌を記憶の助けとして書き記すのである。

たとえば、県北中部の歌師龍興財氏は小学校に一年余りしか通えず、漢字はわずかしか知らなかった。十五、六歳のころから歌師になる勉強を始めた。昼の仕事休みに作った歌を夜の食後に歌って先生の指導を受けるのだが、歌のかたちに慣れるまでは覚えられなかった。それで、知らない文字は自分で作り、歌を書き記した。しかし、歌を作ることに次第に慣れ、覚えられるようになって、歌を書き記す必要はなくなった。その後は歌を書くこともなく、現在まで歌師として歌掛けの場で歌を作り続けているという。

また、県中部の歌師呉求安氏は獣医で山羊を飼っているが、そのお産の時期には一人、小屋に泊まり込んでお産に備える。そのいつ始まるとも知れぬ時間を、村人から依頼された歌や折々の思いを歌う歌を作って過ごす。歌は頭のなかで作るが、それをすぐに手もとの紙片に書き留める。平常時なら歌一首を一ヶ月くらいは記憶しているというが、山羊のお産の処置をせねばならなくなると、歌どころではなくなってしまうからだ。そして後日、歌ノートに書き写す（**図1**）。その際、日付やどんな事情で作ったかは記さない。ただ、歌のみを書き連ねている。

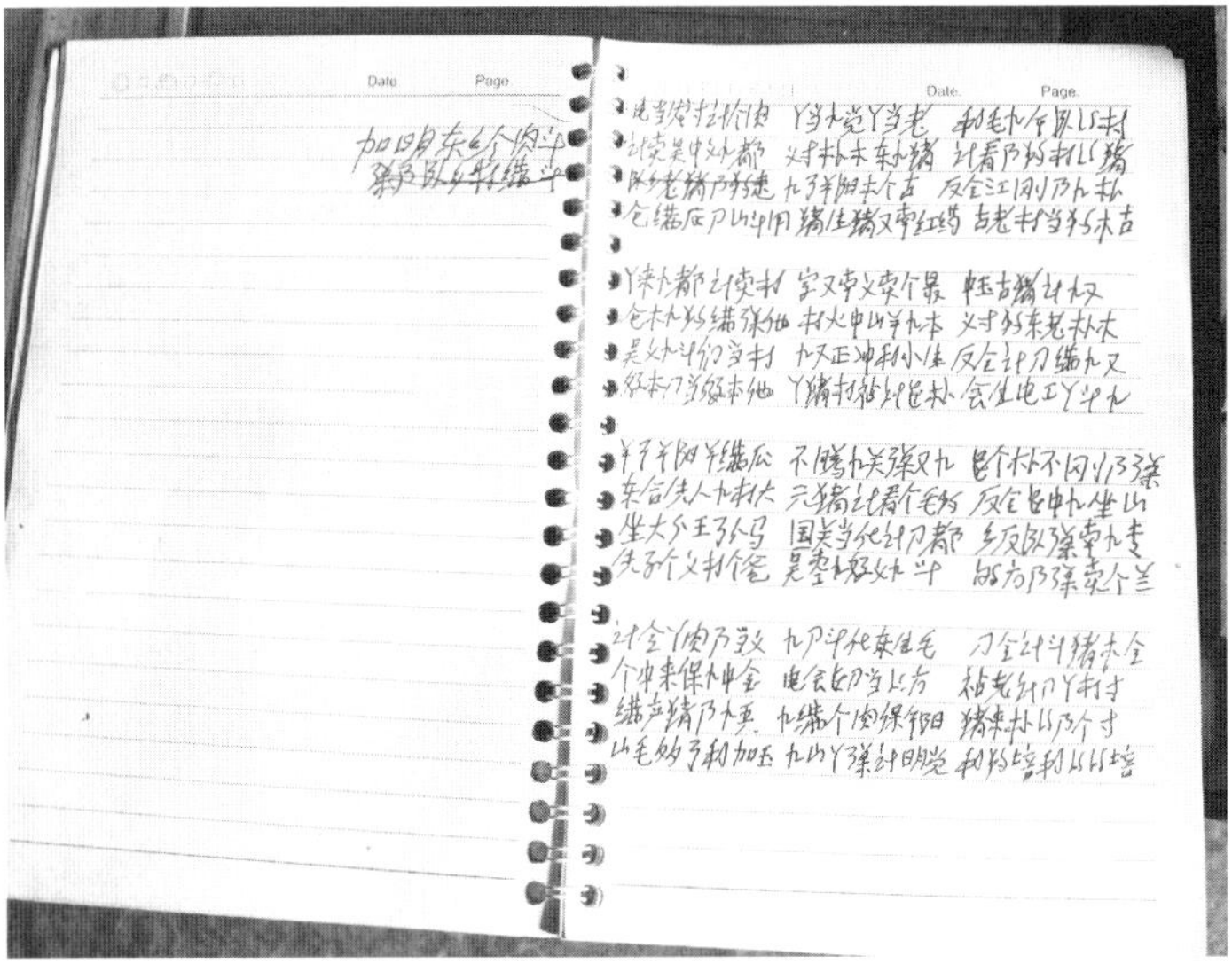

図1　呉求安氏の歌ノート

（2）紙片とノート

彼らは、歌を忘れないため、記憶の助けとしてのみ書き記す。このうち、呉氏の例では用途に応じ、紙片とノートという二種類の媒体が用いられるところが注目されよう。紙片は保存に適さない、一時的なものだが、ノートは長期間の保存に耐え得る。したがって、ノートに歌を書くことは、記憶をそれに半ば委ねるということであろう。

このノートには日付、作歌事情が記されていないだけでなく、他人の歌についての注記もない。祝宴の歌掛けの際、自分の歌は「歌えば、煙草の煙のように消えてしまう」と言うが、相手の歌は比較的よく覚えているという。こうした印象に残った歌などが自作の歌と区別することなく、そのまま書かれるのである。

このノートは、時間の流れに従って紙片をそのまま貼り付けたのと同じようなものといえよう。それはこのノートが自分のためだけのものであり、読者が想定されていないからだろう。実際、このノートは彼が歌を教えた息子も読めないと言う。呉氏にとって、自分がわかればよいのであり、読むと歌を作った状況や歌掛けした状況に直ちに身を置くことができるのだろう。

三、歌の記録化

（1）日付の記載

鳳凰県苗族の歌師のなかには、歌に日付を書き添える人もいる。これは、歌がいつ作られたのかを意識し、対象化することである。

その例として、県北中部の歌師隆興順氏の場合を挙げよう。隆氏は歌を書いた多くの紙を大切に保存するが、そこには日付が記されている。

たとえば、県北中部の別の村の歌師呉加貴氏との間で贈り合った歌を村民委員会公用の用紙一枚に丁寧な書体で書き記しているが、呉氏の歌の後にその名と日付を記し、返歌である自分の歌の後には日付を記す（**図2**）。これは農暦六月十八日にある村の寺院で行われた観音の祭りにおいて呉氏から口頭で歌を贈られたのに対して、翌朝返歌を作って書き記したものという。私はその当日、直後に隆氏と面談してこの話を聞くこととなった。隆氏がこのように日付や歌の作り手名を記すのは子孫に自分の歌を伝えたいからだという。隆氏はこうした手書き資料のほか、日付が克明に記載された、パソコン印刷した多くの歌資料を所持している。筆記だけでなく、印刷という媒体が用いられるのは、隆氏が自分の歌を後世まで長く伝えたいと思い、また歌の読者が広く存在すると考えるからだ。実際、歌資料のなかの「苗族情歌選」と題した冊子は二十部ほど印刷したが、近隣の歌師たちが所望するのでそのほとんどを進呈したという。隆氏は自分の書いた歌が他の人にも読めると考えているのである。

(2) 読者の存在

隆氏が書いた漢字の連なりが他の人にも苗歌として読めるのは事実である。私は先の呉加貴氏との贈答の歌を、歌掛けの歌い手を務める長女を招いて読んでもらったが、そのほとんどを音声化することができた。これは、隆氏が書いた歌を読み慣れているということもあるが、長女が歌い手として苗族の歌のことば・表現をよく理解しているところが大きいであろう。また、隆氏は他の歌師に書面で歌を贈ることがあり、他の歌師もその歌を読んでいる。やはり、歌師たちは歌に通じているからこそ、隆氏が苗語に充てた漢字を苗歌として読むことができるのだろう。

このように、隆氏の書き記す歌には読者があり、こうした読者の存在が隆氏の記録意識に関与していると思われる。加えて、そこには隆氏の家庭環境や経歴も大きく関わっているのだろう。

隆氏の父は算命（占星術師）を職とし、苗歌の歌師を務めていた。文化大革命時にすべて焼却せざるを得なかったが、それ以前は算命の書物や父の書き記した苗歌の資料が数多くあったという。隆氏はこうした家庭で育ち、二十代のころから石灰工場の会計係として出納業務に携わり、退職時は工場長を務めていた。こうした経験のなかで、日付を記載する「記録」の文化を身につけることになったのだろう。なお、こうした都市生活に近い暮らしを営み、その文化を身につけた隆氏の経験は、多くが農業生活を営む苗族歌師のなかではかなり特異である。

このような影響を受けてのことだろうか、隆氏と交流ある先の呉氏は歌に題名を書き添えている。呉氏は自作の歌を横

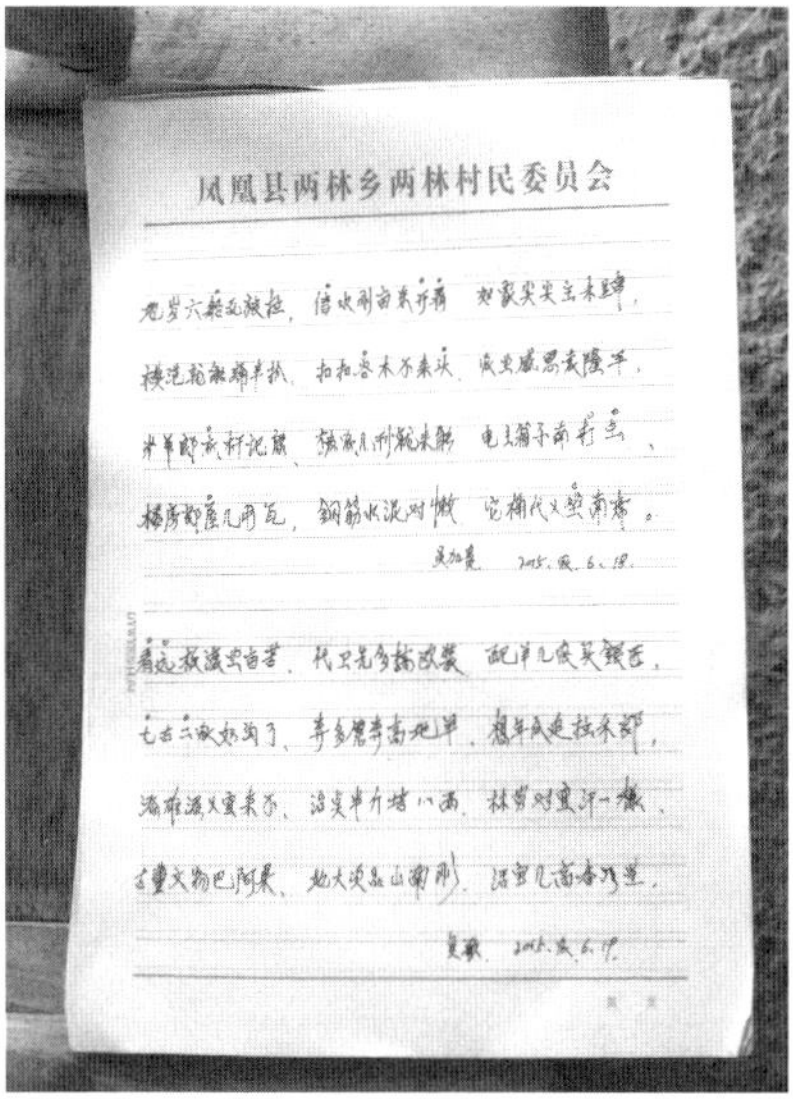

図2　隆興順氏の書いた呉加貴氏との贈答歌の記録

罫の印刷された白い紙に書き、それを何種類か大切に保存している。そのなかの一つは縦長の三枚からなり、左側の端がホチキスで綴じられて冊子の体裁をとっている。一枚目は白紙で表紙、二枚目と三枚目に計五首の歌が書かれている。二枚目の入院中の友人への見舞いの歌やそれに関連する歌には「因為朋友動体不宜送一手（「首」の意）歌」「老朋友不要対歌」「多年的朋友不動対歌」という題がそれぞれ記され、三枚目の結婚式の花婿側の歌には「男方訂情歌」「男方接親歌」という題がそれぞれ記される。このように歌の成立事情に関わる題名を記すのは、自身が後で思い出せるようにするためだけでなく、他者の理解を意識してのものだろう。表紙が添えられているのもそのことを表していよう。

このように、記憶の助けとして書き記すだけでなく、読者を意識して日付や作り手名、成立事情をも書き記すことで歌を整理し、記録するというあり方もみられるのである。

四、歌の贈答と文字

(1)〈歌を歌う〉と〈歌を唱える〉

先にも少し触れたが、鳳凰県の苗族では歌を掛け合うだけでなく、歌を贈答することが行われている。

この場合は歌うのでなく、唱えるような口調で発声する。苗語では歌を歌うのは「グ　サ」、唱える口調は「プ　サ」（歌を言う）として区別する。なお、歌を唱える場合には一句七音節の歌詞をそのまま音声化するが、歌う場合には「わたし」「あなた」や強調語などが適宜挿入され、音節数が増す点も異なっている。そして、歌を唱える場合はすぐ歌を返さなくても失礼ではないとされる。恋の歌掛けでも歌を唱える場合がある。市で男性が女性を見初め、その帰り道に声を掛ける場合、恋の歌を歌い掛けるのでなく、歌のことばを唱えるのである。このとき、女性は答えなくてもよい。歌の贈答も同様で、歌が贈られれば、一週間ほどのうちに返せばよいとのことだ。

歌の贈答は主として声の世界で行われる。たとえば、夫を捨てて駆け落ちした妻と元夫との贈答歌が知られている。(3) これは四十年ほど前のこと、遠く隔たった二人の間を仲立ちする者が声で歌を伝えたのである。

(2)歌師たちの歌贈答

歌師たちは出会うと、しばしば相手に歌を贈る。先に述べたように、呉氏は寺院の祭りで隆氏に出会って歌を贈った。それは次のようなものである。(4)

　しばらくお目にかかっていなかったので、お会いしたいと思っていました／あなたがたに手紙を書きましたので、

ご覧ください／出来がよいかわかりませんが、どうか大目に見てください／　（以上、第一聯）
あなたがたの今年の収穫は本当に優れています／どの稲にも三つの稲穂つくほどたわわに実りました／農業の発展を袁隆平氏に感謝しなければなりません／　（以上、第二聯）
ウールの服の方が価値があります／木綿を着ている人なんて見当たりません／箱に放り込んで虫に食わせるしかないのです／　（以上、第三聯）
ビルを建てるのに、瓦は必要ありません／鉄筋コンクリートを使えば頑丈になります／桶を持って（瓦を焼く）漢人は餓えるしかないのです／　（以上、第四聯）

この出会いに先立つ農暦六月六日の歌競べ大会で降氏は優勝した。呉氏はそれを祝福して、この歌を贈った。歌には比喩表現が多用され、本意との間にはかなりの距離がある。その本意は、あなたは有名な歌師で弟子たちも優れた成績を収めており、苗族の歌が発展したことをあなたに感謝せねばならない（第二聯）、あなたは私よりずっと価値がある、私は何の役にも立たない（第三聯）、私のように新しいものを受け入れられない者にはやりがいがない（第四聯）というもの。相手を讃えて自らを謙遜している。苗歌では歌のレベルの高さを示すため、しばしば漢族文化、漢語を取り込んで比喩とする。ここでは第二聯「農業」、「袁隆平」がそれに該当し、それぞれ「苗族の歌」「あなた（隆氏）」を表す。なお、第一聯で「手紙を書きましたので、ご覧ください」と歌うが、これは手紙での歌の贈答のかたちを装ったものだ。

これに対して、翌朝隆氏が作ったのは次のような歌である。

ご丁寧に、ご苦労様です／お嬢さん、あなたは惜しげもなく銀を使って装っています／美しく着飾ることができて、銀匠の御恩は忘れません／　（以上、第一聯）
金持ちになる道は七十二通りあります／できるのであれば私はもっと努力したいです／ただ結果がどうなるのかはまだわかりません／　（以上、第二聯）
苗族の秤だろうと漢族の秤だろうと、呼び方が違うだけです／半斤は八両です／数えてみればどちらも一緒です／　（以上、第三聯）
あなたが骨董品をよそへ置いているのは／二流品と混ぜるのが嫌だからでしょう／その宝物が、誰かに盗られることはありませんよ／　（以上、第四聯）

この歌の本意は、あなたは私の歌が上手でもそうでなくても称讃してくれるのでこのような栄誉を受けることができた、私はあなたのご恩を忘れない（第一聯）、私ももっとよい歌を

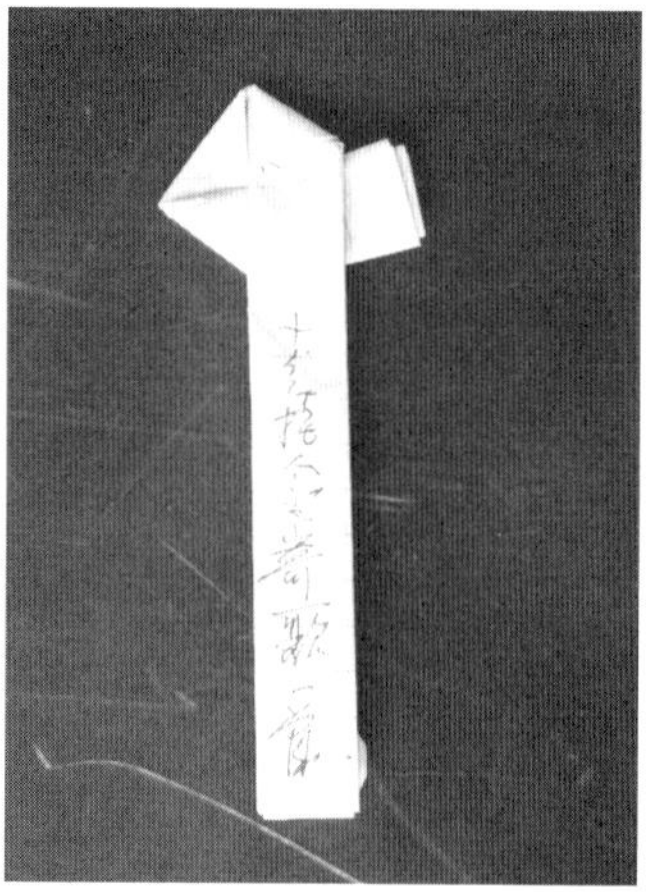

図3　呉正年氏が再現した手紙の形式

作りたい（第二聯）、あなたも私も似たようなもので同じですから、そんなに私のことを誉めないでほしい（第三聯）、あなたはよい歌を持っているのに、私たちと一緒に歌会の舞台に上がりたがらないのは、私たちに盗られるのを恐れているからですか（第四聯）というもの。やはり、相手を称讃して自らをへりくだる。なお、第一聯「娘」は「私の歌」、「銀」は「あなたが送ってきた歌」、「美しく着飾る」は「栄誉を獲得した」という意味を表す。

隆氏から呉氏に歌を贈るときは、いつも歌を唱えてから歌の書かれた紙を渡すが、呉氏がそれに答えるときは歌のことばを唱えるだけで、自分が書いたものを渡すことはないという。これは隆氏のほうが書のレベルが優るから、とのことだ。歌を書いて贈答する場合、こうした書字の優劣の問題も関わることが注意されよう。

(3) 手紙での歌贈答

この呉氏の歌の句から知られるように、歌師の一部では手紙による歌の贈答が行われている。

県北中部の歌師呉正年氏は一九八八年ごろから他の歌師たちと手紙で歌を贈り合うようになった。近くの町で開かれる市に行き、相手と同じ村に住む人物を探して手紙を託すという。手紙には一定の体裁と形式があるというので、私が再現を依頼すると、写真のようなものを示した（図3）。まず紙面の上部に歌を記し、その下に「你的好友」、一番下に「你友　呉正年（送り手の名前）」、最下段に日付を書き記す。そして、写真のように折って表に「十分掛念寄歌一首」と書き、裏面に「呉正年（送り手の名前）」を記す。もし、表書きを「你的好友」とする場合は、なかに記す同じことばは省くという。

こうした手紙を受け取った歌師は黙読または小声で唱えて読む。黙読の場合は意味を理解することはできるが、歌を記憶しにくいと言う。そのため、呉氏は小声で声に出して読むとのことだ。

このように、苗族社会の一部には手紙での歌の贈答が行われてきたのである。

五、歌の創作と文字

(1)歌記述の順序

鳳凰県の苗族には歌を書いて作る歌師がいる。県中部の龍炳興氏と先の隆氏である。

このうち、龍氏は祖父の代から三代続く歌師だ。父の死で家が貧しくて小学校三年生までしか通学できなかったが、独学で多くの漢字を覚えたという。十四歳のときから村の出勤記録係を担当するかたわら、村の文化クラブでシナリオを創作する活動に参加した。(5) このような書字文化に親しむ経験によって書くことを身につけ、歌師として歌掛けの場では頭のなかで歌を作る一方、そこから離れた世界では紙に書いて歌を作っている。

図4　筆を執って歌を作る龍炳興氏

驚くことに、龍氏は歌うのとは異なる順序で歌を書くことがある。

たとえば、龍氏は次のような三句三聯形式の歌を作ったことがある（図4）。

私の友人のことばを伝えるために／足をあげてここまで来ました／今日私は郵便配達人となりました　（第一聯）

彼は他に用事があって来られません／（そのことを）ご理解ください／彼が来られないからといって怒らないでください　（第二聯）

明日明後日とあなたたちにはまだ長い時間があります／私をあなたたちの証人にさせてください／あなたたちが相思相愛の一対となりますように　（第三聯）(6)

龍氏はこの歌をペンを執ってから七分弱で書き終えたが、その順序は歌う順序とは異なって、次のような複雑なものであった。

まず一分余り考えて第一聯第一句、第二聯第一句、第三聯第一句を続けて書き、次いで四十秒ほど考えて第一聯第二句、第二聯第二句を書いた後、二十秒ほど考えて第一聯第一句の六字目を修正、十二、三秒後に第一聯第三句を書いた。そして一分ほど考えた後、第二聯第三句、第三聯第二句、第三聯第三句を書いていった。

この歌作の順序について龍氏に確認すると、龍氏は頭のなかでは歌う順序のままに歌を作ることを強調し、語句の推敲を行う際にことばを忘れないよう書き記すのだと言う。この龍氏の場合ほど複雑ではないが、隆氏も書いて歌を作る際、一部の句を入れ替えて書くことがある。しかし、歌を書いて作る場合も、書かないで作る場合も、同じように歌う順序で作るのだという。苗歌はメロディに語の声調を合わせ、押韻を意識しながら歌のことばを生み出すのだから、その流れを無視して、龍氏が書くような複雑な順序で歌を作ることは不可能だろう。

龍氏は四十秒から一分ほどノートに書き記したいくつかの句を注視しながら考える。頭のなかで歌を作ることは書く速度に比べてはるかに速いので、歌をすべて書いた後で推敲するのでなく、推敲段階でひとまず定まったいくつかの句を書き記しているのではなかろうか。頭のなかで生み出した歌のことばを、文字で書くことによって視覚化し、それを拠り所に考え、推敲するのであろう。もちろん、こうした歌の推敲は頭のなかで行うことが可能で、実際に歌師たちはそれを行っている。しかし、このように歌を書くことで歌のことばを視覚化し、そこに意識を集中または反復させることによって、歌の表現のさらなる深化が可能になるのではなかろうか。龍氏がこのような順序で自在に歌を書くことができるのは、長年苗歌を作り続け、比喩的に言えば、歌の骨格のようなものが頭のなかに備わっているからではないか。

(2) 歌掛けの歌群創作

歌を書いて作ることで可能になるのは、歌掛けの歌群を創作することだろう。

隆氏は民族委員会の依頼を受けて十七回も繰り返される恋の歌掛けを創作している。

また、龍氏も恋人争いの歌掛けを創作している。これは龍氏が若いころに体験した男性同士の歌の闘いを再現したものだという。

その最初は次のような二句四聯形式の歌である。

甲　市からの帰り道、ここであの人に追いつきました／追い越さないなら歩みをゆっくりにして後をついていくしかありません。／

（以上、第一聯）

（娘たちは）飴を買いましたが、その飴をくれとねだる男がもういます／（私は）後ろにつっ立ってただ眺めることしかできません。／　（以上、第二聯）

私たちは口下手なもの同士／（あなたが飴を）もらったら、私にも分けてください。／　（以上、第三聯）

後で必ず私の友人たちに（今日のことを）話します／身をもって経験しなければわかりません。／　（以上、第四聯）

乙　私は歌も下手だし付き合いも苦手／先ほど娘たちに声をかけましたが、彼女らは聞こえないふりをするばかり。／　（以上、第一聯）

熟した、人の目を引く果実は高い高い木の上にあり／つま先立ちで取ろうとしてもそう手の届くものではありません。／　（以上、第二聯）

私だって誰かに助けてもらいたいくらいなのです／あなたがもし引き受けてくれるなら、今日はあなたに頼みます。／　（以上、第三聯）

私は自分の口さえ面倒を見きれません／だからあなたは物乞いの脚絆を解かないで（余計なことをしないで）ください。／　（以上、第四聯）[7]

このように各聯を対応させて甲乙両方の歌を作り、頭のなかでそれらの歌すべてを記憶しておくことは困難であろう。

実際の歌掛けの場面でも、呉求安氏は、相手の歌は比較的よく覚えているが、自分の歌は記憶に残らない、と言う。呉氏が相手の歌を覚えているのは、これに応じる歌を頭のなかで作るため相手の歌を記憶することに傾注するからだろう。しかも生の歌声は身体を振動させ、いっそう記憶されやすいことになる。しかし、頭のなかで作る場合にはこうした歌声は響かない。加えて、頭のなかで双方の立場の歌を作るということは立場を交互に入れ替えて歌作することであり、それらの歌を記憶しようとすれば同一平面にいたのでは叶わないだろう。おそらくは第三者的な高みに立たなければ無理なことではないか。歌掛けの歌は主観的なものであり、その立場になりきって生み出すものであろう。歌を文字で書き記すことで頭のなかからその記憶を外在化させて他者とし、視覚化されたその歌に対することによってもう一方の立場の歌を生み出すことが容易になるのではないか。歌を書き記すことはこうした機能を果たすことになると考えられる。

おわりに

歌師にとって祝宴での歌掛けに優れた歌を生み出して名声を得ることこそがもっとも重要である。そのことから、あえて歌を書かない歌師もいる。歌を書くとあらかじめ歌を用意していると思われることを避けてのことだ。歌師の多くが歌を書き記すようになったのは、ここ五、六十年のことだ。苗族社会は歌の書かれはじめた社会といえよう。そこでは、このような文字に抗う動きもあるのだ。

初めにも述べたように、一つの苗語に漢字のどれを充てるかは人によってさまざまで、定まった書き方があるわけではない。県北中部の隆氏は父の用字を継承したのではないという。父は筆で書いたが、自分はペンを用いる。それぞれ書きやすい漢字を用いるので、用字は受け継がなかったという。こうした筆記具の変化も用字の違いに関与する可能性がある。

歌掛けからの個人の歌の自立、個性、抒情、推敲、批評など、すべては書くことから始まるわけではない。鳳凰県苗族の歌文化はそのことを教えてくれるのである。

注

(1) 鳳凰県志編纂委員会『鳳凰県志』(湖南人民出版社出版、一九八八年)。

(2) 工藤隆『雲南省ペー族歌垣と日本古代文学』(勉誠出版、二〇〇六年)、岡部隆志『アジア「歌垣」論』(三弥井書店、二〇一八年)。

(3) 「中国湖南省鳳凰県苗族の歌師――「歌に生きる」人々」(『アジア民族文化研究』一六号、二〇一七年)。

(4) 富田美智江・真下厚「中国湖南省鳳凰県苗族の贈答歌」(『アジア民族文化研究』一八号、二〇一八年)の富田氏日本語訳文による。

(5) 張正軍「歌を作る人々――中国湖南省鳳凰県苗族の村から」(真下厚・手塚恵子・岡部隆志・張正軍『歌を掛け合う人々　東アジアの歌文化』三弥井書店、二〇一七年)。

(6) 富田美智江「中国湖南省鳳凰県苗族の歌文化・資料編」(『アジア民族文化研究』一四号、二〇一五年)。

(7) 真下厚・張正軍・富田美智江・唐建福「中国湖南省鳳凰県苗族の恋人争いの歌掛け」(『アジア民族文化研究』一五号、二〇一六年)の富田氏日本語訳文による。

参考文献

注に掲げた以外に、次のようなものを執筆している。ご参照いただければ幸いである。

「中国湖南省鳳凰県ミャオ族の恋愛習俗」(『アジア民族文化研究』一〇号、二〇一一年)
「中国湖南省鳳凰県苗族の歌掛け文化」(『アジア民族文化研究』一四号、二〇一五年、張正軍氏と共著)
「歌垣の妻争い　日本古代と中国少数民族と」(『伝承文学研究』六四号、二〇一五年)
「歌謡と歌い手」(日本口承文芸学会『日本口承文芸学会四十周年記念論集』三弥井書店、二〇一七年)
「万葉恋歌への架橋　中国湖南省鳳凰県苗族の歌文化を手がかりに(前編)」(『伝承文学研究』六六号、二〇一七年)
「歌の書かれはじめた社会――中国湖南省鳳凰県苗族の村から(『伝承文学研究』六七号、二〇一八年)」

宮古の古謡と神歌

本永　清

もとなが・きよし――沖縄県文化財保護審議委員。専門は民俗学・琉球文学・国語学。主な論文に「狩俣のウヤガン祭祀」（植松明石編『環中国海の民俗と文化』凱風社、一九九一年）、「宮古島狩俣の神歌――タービとフサの位相」（島村幸一編『琉球　交叉する歴史と文化』勉誠出版、二〇一四年）などがある。

宮古の歌を総称してアヤグ、アーグ、一部の地域ではエーグなどという。語義は「綾語」であろうといわれている。宮古の歌がどう書かれたか、それを考えるための資料として、古謡と神歌を一編ずつ紹介する。宮古方言には共通語にない発音がいくつかあるため、各歌の表記にはいろいろと書き手の工夫が伺われる。

はじめに

宮古の歌は十八世紀前半の文献『雍正旧記《ようせいきゅうき》』[1]（一七二七年成立）の中に初出する。しかし、それ以降は明治二十年代に至るまで、宮古の歌が文献等に記載されることはまずなかったようである。[2]本稿では、そうしたことを念頭に置きながら、古謡と神歌を一編ずつ例示して、宮古の歌と文字との係わりを見ることにする。それは宮古の書字文化の一面を確認する作業ということにもなろう。例示する歌については、読者への紹介をかねて、内容についても若干触れることにする。まずは『雍正旧記』の中の古謡から――。

一、仲宗根豊見親が宮古の「島の主」（首長）となったことに関する歌

十八世紀前半に書かれた『雍正旧記』は、当時の首里王府への報告文書の一つで、宮古蔵元《くらもと》（政治の府）で編まれたといわれている。同書には古謡九編が記載されている。それらの古謡に触れることによって、私たちは今日、過去に宮古で

歌がどう書かれたのか、その一端を伺い知ることが出来よう。

(1) 古謡

ここでは宮古の群雄割拠時代が終了を迎えた後、十五世紀末から十六世紀初にかけて宮古を統治した仲宗根《なかそね》豊見親《とぅゆみゃ》(3)に関する古謡、題して「弘治年間の頃同人嶋の主成候付あやこ」(4)を取り上げる。この古謡はおそらく豊見親の「島の主」就任とともに歌われ始め、後世文献に記載されたものと思われる。

一、空広か豊見親のあやことそまなふ当祢広と豊ま
一、おきなから美御前から美御声まなふた祢広と豊ま
一、しまた免る國た免るたやまひはまなふ当祢広と豊ま
一、あか親むまよのむ談合(5)すまなふ当祢広と豊ま
一、祢間真中外間真中んまなふ当祢広と豊ま
一、平良皆お屋ミそねおこないまなふ当祢広と豊ま
一、白か川の湧と丶かかけ水まなふ当祢広と豊ま
一、ちきや水すつか水呑すまなふ当祢広と豊ま
一、城しまおワら嶋へれめやいまなふ当祢広と豊ま
一、友利大殿と砂川大殿とまなふ当祢広と豊ま
一、城皆おワら皆おこないまなふ当祢広と豊ま
一、へたら川の湧と丶かかけ水まなふ当祢広と豊ま
一、ちきやい水すつか水呑すまなふ当祢広と豊ま
一、大下地大田の上へやれめやいまなふ当祢広と豊ま
一、川満のとのとまなふかりとのとまなふ当祢広と豊ま
一、下地皆田の上皆おこないまなふたね広と豊ま
一、へふつ川の湧と丶かかけ水まなふたね広と豊ま
一、ちきやい水すつか水呑すまなふ当ね広と豊ま
一、しま鎮國豊たらまなふ当祢広と豊ま

(2) 歌詞の表記

まず歌詞の表記で気づいた点を述べると、①各節に漢数字の「一」で通し番号が付されている、②各節とも流し書きである、③囃子詞を各節に付し、二節以降の省略がない、④各節は原則、漢字・平仮名まじりで書いてあるが、ただし三か所だけ片仮名で表記している、⑤濁音であろうと推測される部分が、清音で書かれている、⑥宮古方言の生の発音というよりも、おそらく十八世紀頃の和語の発音に近づけて書いている、⑦そこには首里王府への報告という、当時の筆者らの目的意識が働いていると見て取れる、⑧すなわち、行政文書として歌意の伝達が何より優先されているといえる、⑨全体として歌詞の表記に不統一が見られる、等々であろう。

しかし、それにしてもこの古謡は今日、その歌詞の解釈となると宮古方言が達者な地元人でさえもそう容易ではなかろう。というのは、上記で指摘した歌詞の表記上の特色のほか

に、各節の文節の区切りがはっきりしない、今ではまったく聞くことの出来ない語彙（死語）などが歌中に含まれている、それに宮古の歴史上の人物を讃える歌であるため、その解釈には宮古史の知識もいろいろ求められてくる、等々といった現実に直面するからである。

歌詞の共通語訳

そこで次に、非力ではあるが歌詞の共通語訳を試みる。読者に古謡との対比・照合が容易に出来るように、共通語訳は「文節分かち書き」とする。

一、空広の　豊見親の　歌を　さあ　歌おう
　正統な　世継ぎの　空広と　共に　栄えよう
一、沖縄から　王様から　お声が　かかって
　正統な　世継ぎの　空広と　共に　栄えよう
一、島を　治めよ　国を　治めよとの　仰せなので
　正統な　世継ぎの　空広と　共に　栄えよう
一、閼伽を　飲む　真世（聖水）を　飲む　相談を　する
　正統な　世継ぎの　空広と　共に　栄えよう
一、根間の　中央に　外間の　中央に
　正統な　世継ぎの　空広と　共に　栄えよう
一、平良の　人は　皆　親三宗根（同上）の　人は　皆　集めて
　正統な　世継ぎの　空広と　共に　栄えよう
一、白川の　湧き出る　清水を　汲んで
　正統な　世継ぎの　空広と　共に　栄えよう
一、誓い水を　約束の　水を　飲ませる
　正統な　世継ぎの　空広と　共に　栄えよう
一、城島（今の城辺地方）へ　東島（同）へ　お出かけになって
　正統な　世継ぎの　空広と　共に　栄えよう
一、友利大殿と　砂川大殿と　会って
　正統な　世継ぎの　空広と　共に　栄えよう
一、城島の　人は　皆　東島の　人は　皆　集めて
　正統な　世継ぎの　空広と　共に　栄えよう
一、へたら川の　湧き出る　清水を　汲んで
　正統な　世継ぎの　空広と　共に　栄えよう
一、誓い水を　約束の　水を　飲ませる
　正統な　世継ぎの　空広と　共に　栄えよう
一、大下地（今の下地地方）へ　大田の上（同）へ　お出かけに　なって
　正統な　世継ぎの　空広と　共に　栄えよう
一、川満の　殿と　真直金殿と　会って

正統な　世継ぎの　空広と　共に　栄えよう
一、下地の　人は　皆　田の上の　人は　皆　集めて
正統な　世継ぎの　空広と　共に　栄えよう
一、へふつ川の　湧き出る　清水を　汲んで
正統な　世継ぎの　空広と　共に　栄えよう
一、誓い水を　約束の　水を　飲ませる
正統な　世継ぎの　空広と　共に　栄えよう
一、島は　鎮まり　国は　栄えるだろう
正統な　世継ぎの　空広と　共に　栄えよう

（3）古謡の背景

この古謡の主人公空広こと仲宗根豊見親玄雅は、その歌名でも判るように弘治年間（一四八八～一五〇五年）に琉球国王から宮古の「島の主」として認証を受けたといわれている。宮古の「島の主」となった仲宗根豊見親が、何より先駆けてやったこと（公務）は、歌の詞書きにある「神水《かみみづ》」の儀式であった。「神水」とは、いわゆる誓いの水である。特定の湧泉から汲んできた水を双方が飲み交わすことによって、主従の関係を結ぶのである。この古謡は、その儀式の経緯や様子を歌い上げたもので、今日の文芸用語を借りて言えば、長編の英雄叙事詩と呼ぶにふさわしい内容といえる。結びの一節「島は鎮まり、国は栄えるだろう」という予言は、宮古の「島の主」としての仲宗根豊見親の権威を決定づけるとともに、その認知を当時の地方豪族や島民に強く迫るものであったであろう。各節の最後でくり返される囃子詞「正統な世継ぎの空広と共に栄えよう」という呼びかけも、その線上に沿って解釈されるべきであろう。

こうして見るとこの古謡は、当時の宮古が首里王府の支配下に組み込まれていく過程を如実に示すとともに、記録されることによって当時の書字文化の一端を今日に伝えるものとなっているといえよう。その他にも『雍正旧記』には八編の長編古謡が収められている。どの古謡も漢字・仮名交じりの表記で、内容もいわゆる長編の英雄叙事詩である点、それぞれ共通している。『雍正旧記』記載の古謡は、過去において宮古の歌がどう書かれたか、その足跡を辿る際にまず着目しなければならない稀少かつ貴重な資料であるといえよう。ただし、これらの古謡がどういう音曲でうたわれたのかは、今日定かではない。

二、宮古方言の発音と表記

言語学では、日本語は本土方言と琉球方言に大きく区分される。琉球方言は、さらにいくつかの地方方言に小区分され、宮古方言はその一つである。そう書くと宮古方言は、共通語

と同じように、漢字や仮名ですべて書き表せるのではないかと一般には考えられがちであるが、それは必ずしもそうではなく、現実にはその中に共通語にない発音をいくつか含むため、宮古方言を漢字や仮名で書き表すことはそう容易なことではない。宮古で生まれ育ち、一定の学問を受けた知識人たちでさえも、何かの折りにふるさとの方言を書き表そうとして、それこそ悪戦苦闘する有様のようである。

宮古方言で注目すべきは、その音韻体系の中に中舌母音ïのほか、成節的音素の子音s、ʃ、f、v、m、lなどを含むことであろう。また、鼻濁音を含む音節ŋa、ŋi、ŋu、ŋe、ŋo、ŋjaや、共通語にない音節ti、tu、di、du、xï、xa、xu、tsaなども、宮古方言の中にはある。それで、宮古の人たちはこれらの音をできるだけ仮名で書き表そうとして、いろいろと苦労することになる。その場合には、五十音図の中から発音が近い文字を借用するか、二つの仮名を組み合わせて用いるか、あるいは作字で対応している。近年は作字もいろいろである。例えば、

中舌母音　ï　イ゜、い゜、ス゜、ず゜。
側　音　l　リ゜。
鼻　音　m　ム゜、む゜。

しかし、こうした作字は個人差があるため、ここではこれ以上触れないことにしよう。ただここで私たちが留意したいことは、現に話されている宮古方言とそれが書かれた場合とでは、必ずしも一致するものではなく、両者の間には多少の乖離があるということであろう。それは音声言語と文字言語との乖離ともいえる。歌の場合でも、それは同じことである。

さて、次に宮古の神歌がどう書かれたか、その一例を見ることにしよう。

三、佐良浜の神歌ハイユヌ　カナス（豊穣の世の加那志＝神様）

宮古の神女たちの中には今日、神歌をノートに記録して秘蔵している方々が少なくない。就任時に覚えるためであったとか、就任後に備忘録として書き留めたとか、その秘蔵する理由は各神女によってさまざまである。

(1) 神歌

ここでは宮古諸島の一つ、伊良部島《いらぶじま》は佐良浜《さらはま》（池間添、前里添の両字から成る）に伝わる神歌ハイユヌ　カナスを取り上げる。歌題は「豊穣の世の神様」の意である。この神歌はその神様への祈願歌ということで、地元では「祝歌」の一つに数えられる。歌詞はかつて地元で神女カカランマ（神懸かる女性）を務めたAさんから頂いた。ご本人の話ではこれを備

忘録として書き留めたということであったが、今回その同意を得て、ここで紹介させてもらうことにした。

一、ハイユヌ　カーナス
サーラハマーヌ　ハイミャヨ
ハイユヌ　カーナス
二、ハイユヌ　カーナス
ウーリンツーヌ　ミーカヨ
ハイユヌ　カーナス
三、ハイユヌ　カーナス
下《した》ヌヤー　上《うい》ヌヤー　アルトイ
ハイユヌ　カーナス
四、ハイユヌ　カーナス
スウヌ　ヒティガ　シタラヌ　ヤーヨ
ハイユヌ　カーナス
五、ハイユヌ　カーナス
スウヌ　ンティガ　アーギヌヤヨ
ハイユヌ　カーナス
六、ハイユヌ　カーナス
アーギヌヤーンア　ヌールトイ
ハイユヌ　カーナス
七、ハイユヌ　カーナス
ウートジャ　ジャーンド　ウグナリ
ハイユヌ　カーナス
八、ハイユヌ　カーナス
カータイ　ジャンド　スルマイ
ハイユヌ　カーナス
九、ハイユヌ　カーナス
ユガタイ　バナシヌ　イデスガ
ハイユヌ　カーナス
十、ハイユヌ　カーナス
エビガン　ジャンド　スディチャ
ハイユヌ　カーナス
十一、ハイユヌ　カーナス
ドーユタマーイ　スディンチャ　ニャーン
ハイユヌ　カーナス

(2) 歌詞の表記

まず歌詞の表記で特徴的なことを述べると、①各節に漢数字で順次「一」から「十一」までの通し番号が付されている、②各節とも原則、片仮名表記で通しているが、ただし二か所だけ漢字表記があり、その漢字には平仮名でふりがなを付けてある、③各節とも原則、「文節分かち書き」である、④囃子詞を各節に記し、二節以降の省略がない、等々であろう。

音節上の細かい点については後述する。

歌詞の音声表記と対訳

佐良浜では今日、この神歌を航海安全祈願の御嶽《うたき》祭祀カザマニガイ（風回り祈願）の道行きで歌うほか、正月祝いと称して神女間で行う「各戸訪問」の道行きでも歌うとのことであった。Aさんに頼んで、この歌詞を歌ってもらおうと考えたのだが、生憎なことにAさんが仕事の都合で時間がとれないということで、同じ佐良浜在住のBさんという女性の方に、この歌詞を見せて歌ってもらった。以下、その方の歌声を音声記号で表記し、各節には算用数字で「通し番号」を付すことにする。原則として音節文字の片仮名で書かれた歌詞が、現実にはどういう歌声で歌われているのか、その有り様を理解する一助になろう。歌詞には、これも後の説明のために、対訳を付すことにした。

haiju:-nu kanasï（豊穣の 世の 加那志《かなし》=神様）

1. haiju:-nu kanasï（豊穣の 世の 加那志=神様）
sarahama-nu haimja-jo:（佐良浜の ハイミャ蟹よ）
haiju:-nu kanasï（豊穣の 世の 加那志=神様）

2. haiju:-nu kanasï（豊穣の 世の 加那志=神様）
urintsï-nu midaka-jo:（降り道の 目高の 蟹よ）
haiju:-nu kanasï（豊穣の 世の 加那志=神様）

3. haiju:-nu kanasï（豊穣の 世の 加那志=神様）
ʃita-nu ja: ui-nu ja: arju:tui
（下の 家と 上の 家とが あって）
haiju:-nu kanasï（豊穣の 世の 加那志=神様）

4. haiju:-nu kanasï（豊穣の 世の 加那志=神様）
su:-nu hitiga: ʃita:ra-nu ja:-jo:
（潮が 引くと 下の 家よ）
haiju:-nu kanasï（豊穣の 世の 加那志=神様）

5. haiju:-nu kanasï（豊穣の 世の 加那志=神様）
su:-nu ntsïti-ga: a:gi-nu ja:-jo:
（潮が 満ちると 上の 家よ）
haiju:-nu kanasï（豊穣の 世の 加那志=神様）

6. haiju:-nu kanasï（豊穣の 世の 加那志=神様）
a:gi-nu ja:-nna nu:rju:tui
（上の 家には 上って いて）
haiju:-nu kanasï（豊穣の 世の 加那志=神様）

7. haiju:-nu kanasï（豊穣の 世の 加那志=神様）
u:tudʒa-ta:na-du ugunari（親戚同士が 集まって）
haiju:-nu kanasï（豊穣の 世の 加那志=神様）

8. haiju:nu kanasï（豊穣の 世の 加那志=神様）
ka:tai-dʒa:n-du jurjamai（姻戚同士が 寄り合って）

haiju:nu　kanasï(豊穣の　世の　加那志＝神様)

9. haiju:-nu　kanasï(豊穣の　世の　加那志＝神様)
jugatai　banaʃi-nu　idisu-ga
（そこで　世語りの　話が　出るのだが）
haiju:-nu　kanasï(豊穣の　世の　加那志＝神様)

10. haiju:-nu　kanasï(豊穣の　世の　加那志＝神様)
ibigan-dʒa:n-du　sïdi-tʃa
（伊勢エビでさえ　（殻を脱けて）若返るそうだ）
haiju:-nu　kanasï(豊穣の　世の　加那志＝神様)

11. haiju:-nu　kanasï(豊穣の　世の　加那志＝神様)
dujuta-mai　sïdin-tʃa　nja:n
（私たちも　若返らないと　いう　ことは　ない！）
haiju:-nu　kanasï(豊穣の　世の　加那志＝神様)

12. haiju:-nu　kanasï(豊穣の　世の　加那志＝神様)
katai-da:-ga　sïdin-tʃa　nja:n
（姻戚同士が　若返らないと　いう　ことは　ない！）
haiju:-nu　kanasï(豊穣の　世の　加那志＝神様)

Aさんが原則片仮名で書いた歌詞、それをBさんに歌ってもらってこちらで音声表記した歌詞、この二つを見比べると、そこに幾つか相違があることが判る。まず前者が十一節から成るのに対し、後者は12節から成るが、第12節はBさんの挿入である。Bさんは、これをおそらく歌詞の欠落と見て、付け加えて歌ったのであろう。

仮名表記と音声表記の乖離

次に、文節の中の音節レベルで見比べると、そこにもまた幾つかの相違がある。

〔Aさんが書いた歌詞〕	〔Bさんが歌った歌詞〕
カナス	kanasï
ウリンツ	urintsï
アルトイ	arju:tui
スウ	su:
ンティ	ntsï
ヌールトイ	nu:rju:tui
ウートジャジャンド	u:tudʒadʒa:ndu
エビガン	ibigan
スディ	sïdi

こうした音節レベルの相違はなぜ生じるのか。話を元に戻すと、宮古方言は共通語にない発音をいくつか持つため、その発音を仮名で書き表そうとすると、どうしても何らかの工夫と努力を必要とする。その結果、歌の実際（音声言語）と書かれた歌（文字言語）とは必ずしも一致せず、両者の間には多少の乖離が生じることになる。その乖離の現れが、Aさ

んが原則片仮名で書いた歌詞とそれをBさんに歌ってもらって、こちらで音声表記した歌詞の相違ということになろう。すなわち、宮古の歌はそうした乖離を前提として書かれ、しかしながら現実にはその歌詞を宮古方言の発音に従って歌う、ということになる。このことは、宮古の人たちの間ではごく日常的に行われていることで、そこにはいつの間にか暗黙の了解が出来上がっているため、そうした予備知識がない者には一見、宮古の歌はどうも近づき難いものとして映るのであろう。

(3) 神歌の内容と背景

この神歌の内容について見よう。歌中のハイミャ蟹（和名ミナミスナガニ）には二つの家があって、その蟹は潮が引くと下の家で暮らし、満ちると上の家で暮らし、…さてその上の家では蟹の親戚（姻戚）同士がそろってユガタイ（夜＝世語り）を始めるのだが、耳を傾けると「伊勢海老でさえ、（殻を脱けて）若返るそうだ。私たちも若返らないということはない。親戚（姻戚）同士が若返らないということはない」と語り合っているというのである。なんとも目の前で繰り広げられる、不可思議な蟹の世界である。

じつはこの神歌、ロシアの東洋学者ニコライ・A・ネフスキー[6]（一八九二〜一九三七）の論文「月と不死（二）」（一九二八年、『民族』第三巻四号）の中に初出する。月の満ち欠けと結びつけて日本人の生死観を抽出した著名な論文だが、その論文の結末がこの神歌の紹介と解説である。

ネフスキーは、「伊良部島の佐良浜村では粟の播種の時、豊作の神栄世之迦那志（haiju'nukanasï）に対して歌を歌ふ」と述べて、この神歌を意訳して紹介し、「一種の呪の文句と見る事が出来る。／即ち、蟹が永久に蘇生する様に、其の時蒔いた粟も必ず枯れずに例年の通り芽生へる事を祈ったのである。」と解説する。この論文は最後に（未完）とあるので、そのあとネフスキーがどのように論を展開しようとしていたのか、その辺は定かでないが、「蟹が（その殻を脱けて）蘇生すること」と「粟の芽生へ（発芽）」とを結びつけて、広く「不死」のテーマを論じている点、瞠目させられる。

佐良浜では今日、ごく数軒を除いて粟作は行われていないため、このハイユヌ　カナスが粟の播種の時に歌われるかどうかは未確認であるが、既述のように現行祭祀や正月儀礼の中で「道行きの歌」として歌われているということは、その「祝歌」としての役割や機能を失っていないということであろう。この神歌の背後には精霊崇拝を見て取ることが出来よう。

おわりに

本稿では、宮古の古謡と神歌を一編ずつ取り上げて、各歌がどう書かれているかを検討する中で、宮古の書字文化の一面に触れることができた。本来なら、一般歌謡も事例に挙げて書字文化を幅広く論じる必要があろうが、ページ数との関係でそれはかなわず、事例の紹介を古謡と神歌の一編ずつにとどめた。結論として言えることは、宮古の歌の場合、書かれた歌詞は必ずしもその歌声（発音）を表すものではないこと、したがって宮古の歌をその歌詞に頼って歌う際には、そのことにまず留意する必要があること、その二点であろう。文字化された宮古の歌を文学として鑑賞する場合にも、その留意はもちろん必要である。

宮古の人たちは、表記上の難題を抱えながらも、これまでいろいろと工夫して宮古の歌を記録してきた。それらの歌は蓄積されて、今日膨大な数の歌が、私たちの目の前にはある。そのことを私たちはまず、祝福しなければならないであろう。宮古の各地には今日なお数多くの歌が伝承されており、今後それらの歌を録音・文字化する事業が早急に求められているといえよう。

注

（1）雍正五未年（一七二七）五月三日、宮古から首里王府へ報告・編纂された文書で、各村番所の位置、村々の名所遺跡、井川、御嶽、島中の産物、勲功のあった人物、歌などを記す。

（2）明治二十六年（一八九三）、田島利三郎《たじまりさぶろう》が『宮古の歌』を書き残している。田島は一八六九年、新潟県生まれ。一八九三年、沖縄県尋常中学校に教師として赴任し、後世沖縄学の父と称される伊波普猷らを教える。琉球語・琉球文学研究の先覚者。

（3）名は玄雅《げんが》。童名は空広《そらびー》。生没年未詳。十五世紀末から十六世紀初にかけての宮古の「島の主」（首長）。

（4）平良《ひらら》市史編さん委員会編『平良市史第三巻資料篇1前近代』（一九八一年）より引用。

（5）前掲書『宮古の歌』には「あか親むまよのこむ談合す」と記す。この一節は研究者によってその解釈が分かれるが、ここでは「神水」の相談を持ちかける場面を歌ったものであるとの見解（砂川明芳《すなかわめいほう》『宮古郷土史考』第六部私家本、一九九一年）に従い、のちに掲げる共通語訳では「閼伽を飲む真世（聖水）を飲む相談をする」とした。

（6）ロシアの東洋学者。一九一五年にペトログラード大学派遣留学生として来日、柳田国男らの知遇を得て、日本民俗学の研究に従事する。宮古には一九二二年、一九二六年、一九二八年と三度にわたり来島し、宮古の言語・民俗・フォークロアの調査を行っている。

〔IV 資料紹介〕

ペー族の祭文

遠藤耕太郎

著者略歴は本書掲載の遠藤「［総論］中国辺境民族の歌と文字のかかわり」を参照

一、ペー族の喪葬儀礼における祭文

中国雲南省大理ペー族自治州を中心に暮らすペー族（白族／Bai）は、人口約一九五万人（二〇一〇年調査）、そのうち、約一二四万人はチベット・ビルマ語系のペー語を話し、残りは主に漢語を使用する。周辺に暮らすイ族やナシ族、モソ人らと同じく、もともとはチベットから雲南に南下してきた民族であるが、その後タイ系水稲稲作民の文化と融合し、また八世紀以後、南詔（八世紀半ば〜九〇二年）、大理国（九三七年〜一二五四年）という辺境国家の中心的な構成員であった。

ペー族は、南詔、大理国当時の中国王朝（唐・宋）との交流、そしてフビライによる元への帰属と、その後の明政府の直轄統治などによる漢文化の圧倒的な流入などを経て、かなり強く漢民族文化を受容した。彼らの喪葬儀礼も明代には、それまでの火葬が禁止され漢風の土葬になり、儒教的な孝思想が濃厚になるなど大きく変化した。

立石謙次によると、こうした変化の中で、出棺時には漢文による中国風の祭文が唱えられるようになった。漢文による祭文は、「読祭文」（hhep jil vep）とよばれる専門の人に頼んで読んでもらうが、あまり頼む人は多くない。彼らは歌うように漢文の祭文を読むため、聞いてもわからないことが多く、そこで、遺族は「大本曲」の歌い手に要請し、ペー語による祭文を漢字を用いて作成し、詠唱してもらうのだという。(1)

漢文化の圧倒的な流入によって喪葬儀礼が中国風に変容す

る中で、祭文に相当する詞章が必要になった。そこで中国風の祭文が漢語によって作られ、詠唱されるようになったが、それは聞いてもわからないところが多いため、ペー文で表記した自民族語による祭文が作られることになったということだ。

二、ペー語で記される祭文

ペー語による祭文を漢字を用いて作成し、詠唱するのは、「大本曲」の歌い手である。

「大本曲」とは、明代以降、特に清代に、中国の台本を伴う語り芸――たとえば「梁山伯《りょうざんぱく》と祝英台《しゅくえいだい》」――が流入し、その台本を、漢字を用いてペー語を記すペー文で表記し、ペー語で歌うという語り芸である。[2]

ペー文は、借詞、訓字、音仮名、新字によってペー語を一字一音で表記する表記法である。ペー語はそもそも漢語に近い要素を持っており、現在のペー語の六、七割は漢語と共通するという。その音と意味を漢字でそのまま表すのが借詞である。訓字は「天」と書いて、「へ」[xe^{55}]とペー語で発音するもの。音仮名は漢字の仮借用法を利用したもので、ペー語で「たくさんの」は「ロニ」[$\text{le}^{31}\text{ne}^{31}$]と発音するが、それを「侶你」(漢語音は「ロニ」に近い)と表記するものである。新字は漢語にはない字を創作するということだが、「吐」と書いて「ノ」[nɔ^{44}]と発音し、助詞「〜へ、〜に」の意を表すようなものである。なお、本資料にはそれぞれの漢字につき、表記方式を示した。

こうした漢字によってペー語を表記する技術の上に、「大本曲」というペー族の語り芸は成り立っている。こうした技術をもつ読み手は、ペー語だけでなく、漢語や漢文にも通じた人々である。

三、趙丕鼎氏の祭文

ここに報告する白祭文は、有名な大本曲の歌い手である趙丕鼎《ちょうひてい》氏が、二〇一〇年三月二十二日、喪主李勝科《りしょうか》氏の母の啓殯時に、喪主や孫たちに代わって、死者に対して唱詠したものである。普通、祭文は歌った後に焼くが、趙氏はそのいくつかを保管しており、二〇一一年の調査において、これを唱詠してもらい資料化した。本資料はその全文に、国際音声記号、逐語訳、中国語訳、日本語訳を施し、趙丕鼎氏自筆の白祭文の写真を付したものである。なお、ビデオ映像は筆者が保管している。ペー語から中国語への翻訳、音声記号表記は、自身がペー族でペー族文化研究者である王鋒《おうほう》氏(中国社科院民族学与人類学研究所)と趙彦婕《ちょうげんしょう》氏(中央民族大学民族語言文学系二〇一〇級）に依頼した。

趙丕鼎氏は一九四二年、大理市喜洲《きしゅう》鎮作邑《さくゆう》村生まれ。一九五八年には大理文芸幹校を卒業し、大本曲を学び始め、一九六二年には正式に伝承者として認められた。以来、大理や洱源《じげん》県、雲龍《うんりゅう》県などで数千回にわたる演唱を行なっている。また『牛郎織女《ぎゅうろうしょくじょ》』や『白蛇伝《はくじゃでん》』などを大本曲に改編するなどの創作活動も行なっている。

趙氏によるこの祭文は、冒頭に漢語による序文があり、その後ペー語による本文が続く。祭文本文は七音五音を基調とした六十八首からなり、その後に漢語による結句がつく。

序文は「嗚呼」で締めくくられ、結句が「嗚呼悲哉、尚饗」（嗚呼《ああ》哀《かな》しい哉《かな》、尚《こいねが》わくは饗《う》けよ）で閉じられるという形式は、韓愈をはじめとする唐宋八大家の祭文と同じであり、その影響関係は明らかである。ペー語による祭文本文には、「突然の死の驚き」、「残された者の術《すべ》無さ」、「残された者の悲しみ」、「死者生前の功績の列挙」、「死者に死を納得させる」、「天への道を啓く」などのテーマがある。それぞれのテーマは、中国の祭文や誄《るい》と通じるものもあるし、ペー族の周辺に暮らすイ族やモソ人の喪葬儀礼での歌や呪文と通じるものもある。このあたりに声による歌や呪文と文字による祭文とのかかわりが表れていると思われる。(3)

なお、祭文は大本曲と同じく七七七五音形式を基本とし、メロディーは大本曲演唱の際に悲しみを表す曲調として用いられる「大哭板《だいこくばん》」によって詠唱される。また、大本曲詠唱と同じく三弦の伴奏がつく。

注

（1）立石謙次「変わる墓葬――雲南大理地方を中心に」（愛知大学現代中国学会『中国21』vol.41、東方書店、二〇一四年）。

（2）大本曲、ペー文については「総説　中国辺境民族の歌と文字のかかわり」参照。

（3）この点についての分析は本書「ペー祭文における声と文字の往還」を参照いただきたい。

資料　ペー族の祭文

凡例

(1.2) 双双属劳双［sua^{44} sua^{44} tsv^{42} lɔ^{21} sua^{44}］
年（量）属龍年／音 音 訓 音 音
這年是龍年，／この龍の年に、

(1.2) ペー文表記［音声記号］
漢語逐語訳／表記方式（音＝音仮名・訓＝訓字・借＝借詞・新＝新字）
漢語大意／日本語大意

※「ペー文表記」は簡体字で記されているが（図版参照）、出版の制約上、日本漢字に改めた。「漢語逐語訳」「漢語大意」も日本漢字で記した。

◉音声記号・翻訳（ペー語→中国語）
王鋒（中国社科院民族学与人類学研究所）
趙彦婕（中央民族大学民族語言文学系二〇一〇級）

◉翻訳（中国語→日本語）
遠藤耕太郎

◉資料整理補助
生駒桃子

序文

時也：陽春三月百花開，乃我
中華人民共和国近故賢媛郷評慈悲享陰九十二上寿〇〇孺人含笑登仙高昇天堂之期，孝子〇〇，孝孫〇〇、〇〇、〇〇、〇〇，孝重孫〇〇、〇〇、〇〇及合家人等，謹以香席果品，茶酒，牲牲，礼江，水湯，飯，不腆之儀致祭于慈母霊前而啚曰：　嗚呼

時は、陽春三月、百花が咲く頃、私は、
中華人民共和国、近日他界した、賢媛郷評慈悲、享年九十二の長寿を全うした〇〇孺人が、笑いを含んで仙卿、天に登るにあたり、孝子〇〇、孝孫〇〇、〇〇、〇〇、〇〇、孝重孫〇〇、〇〇、〇〇及び家族たちが、謹んで果物、茶、酒、生け贄の肉、清浄な水、スープ、飯、粗末な贈り物を慈母の霊前に供し、弔意を申し上げます。　ああ。

本文

(1.1) 大限二〇一〇年［ta^{55} ɕie^{55} e˞^{55} liɯ^{42} ji^{35} liɯ^{42} ɲi^{42}］
大限二〇一〇年／借 借 借 借 借 借 借
大限二〇一〇年，／大限二〇一〇年、

（1.2）双双属労双［sua^{44} sua^{44} tsv^{42} lɔ^{21} sua^{44}］
年（量）属龍年／音 音 訓 音 音
這年是龍年，／この龍の年に、

（1.3）祭利怎恨等三月［tse^{32} ɳi^{55} tsɯ^{33} xɯ^{55} tɯ^{55} sa^{55} ua^{44}］
祭您在（助）這三月／訓 音 音 音 音 訓 訓
祭您在這三月分，／この三月にあなたを祭る。

（1.4）三汪廿三祭阿母［sa^{55} ua^{44} ne^{21} sa^{55} tse^{32} a^{31} mɔ^{33}］
三月二十三祭阿母／訓 音 訓 訓 訓 訓 訓
三月二十三祭您，／三月二十三日にあなたを祭る。

（1.5）干阿母情双［ka^{44} a^{31} mɔ^{33} tɕie^{ɹ21} sua^{44}］
把阿母情説／音 訓 訓 訓 音
説説母親的情義，／母の情愛を語ろう。

（2.1）跪（下）阿母前［kv^{31} thɯ^{55} a^{31} mɔ^{33} tɕi^{42}］
跪下阿母前／訓 訓 訓 訓 訓
在母親前面跪下，／母の前に跪いて、(1)

（2.2）霊前三柱香［liɯ^{42} tɕhie^{42} sa^{33} tsv^{55} ɕia^{44}］
霊前三柱香／借 借 借 借 借
霊前三柱香。／霊前に三本のお香を立てる。

（2.3）清茶清酒擺岸当［tɕhie^{ɹ55} tsɔ^{21} tɕhie^{ɹ55} tsi^{33} pe^{31} a^{55} ta^{44}］
清茶清酒擺這裡／訓 訓 訓 訓 借 音 音
清茶清酒擺這裡，／茶と酒をここにお供えします。

（2.4）阿母站坑飲盅咽［a^{31} mɔ^{33} tue^{35} khɯ^{44} ɣɯ^{33} tsv^{35} jɯ^{35}］
阿母站起喝杯来／訓 訓 訓 音 訓 訓 音
母親起身喝杯酒，／母よ、身を起こして酒を飲んでください。

（2.5）利干我情加［ɳi^{55} ka^{44} ŋa^{55} tɕie^{ɹ21} tɕia^{44}］
您把我們情接／音 音 訓 訓 音
請接児孫情。／子孫の情を受け取ってください。

（3.1）叫害害勾高［ɣɯ^{35} xe^{55} xe^{55} kou^{44} ka^{35}］
叫天天脚高／訓 音 音 音 訓
叫天天太高，／天に叫んでも高すぎる。

（3.2）挖土土平寛［ua^{42} tɕi^{31} tɕi^{31} pe^{ɹ21} khua^{44}］
挖地地坪寛／訓 訓 訓 訓 借
挖地地方寛，／大地を掘っても広すぎる。(2)

(3.3) 生叫王哭爹利媽 [xeʴ^{55} kv^{35} uo^{21} khou^{44} ti^{33} ȵi^{55} mɔ^{33}]

生叫活哭爹和媽／訓 訓 音 訓 訓 音 訓

撕心裂肺哭父母，／心を引き裂き父母を呼ぶ。

(3.4) 叫千叫百本達有 [ɣɯ^{35} tɕhi^{55} ɣɯ^{35} peʴ^{44} pɯ^{31} ta^{35} jɯ^{32}]

叫千叫百不答応／訓 訓 訓 訓 音 音 音

叫千叫百不答応，／百回千回呼んでも答えてくれない。

(3.5) 斗母怎岸拉 [tou^{35} mɔ^{33} tsɯ^{33} a^{55} la^{44}]

父母在哪裡／音 訓 音 音 音

父母在哪裡。／父母はいったいどこにいるのか。

(4.1) 格山怎找処 [keʴ^{44} se^{35} tsɯ^{33} ji^{21} tshv^{31}]

隔山有找処／音 訓 音 訓 訓

隔山找得到，／山に隔てられるのなら探せるはずだ。

(4.2) 格海登上看 [keʴ^{44} kɔ^{21} tɯ^{44} sa^{55} a^{33}]

隔海得相看／音 訓 音 音 訓

隔海能相見，／海に隔てられるのなら逢えるはずだ。

(4.3) 格板西尭没処看 [keʴ^{44} peʴ^{33} ɕi^{44} jɔ^{21} mu^{33} tshv^{31} a^{33}]

隔板四塊没処看／音 訓 音 音 訓 訓 訓

隔板四塊難相見，／棺の板に隔てられて逢うことはできない。[3]

(4.4) 解（起）眉灯火找爹母 [ke^{31} khɯ^{44} me^{35} tɯ^{35} xue^{33} ji^{21} ti^{33} mɔ^{33}]

点起松明灯火找爹媽／音 訓 音 訓 訓 訓 訓 訓

点起煤灯火找爹娘，／松明に火を灯して父母を探す。

(4.5) 找那処没三 [ji^{21} na^{55} tshv^{31} mu^{33} sa^{44}]

找你們処没有（助）／訓 音 訓 訓 音

找不到您們。／しかしあなた方を探すことはできない。

(5.1) 阿母利聴咽 [a^{31} mɔ^{33} ȵi^{55} tɕhieʴ^{55} jɯ^{35}]

阿母您聴来／訓 訓 音 訓 音

母親您且聴，／母よ、しばらく聞いてください。

(5.2) 生果来来双 [xeʴ^{55} kou^{44} le^{21} le^{21} sua^{44}]

生脚（助助）説／訓 音 音 音 音

満心急切説給您，／切羽詰まった心の内をあなたに話します。[4]

(5.3) 月米坑咽月凄惨 [jue^{35} mi^{33} khɯ^{44} jɯ^{35} jue^{35} tɕhi^{44} tsha^{31}]

越想起来越凄惨／音 音 音 音 音 借 借

越想越凄惨。／想えば想うほど寂しくなります。

(5.4)　之祢怎那後生果　[tsi^{44} sua^{55} tsɯ^{35} na^{55} ɣɯ^{33} xeɹ^{55} kuo^{32}]

子孫在您們後生過／音 音 音 音 訓 訓 音

子孫在您們過世後過日子，／子孫はあなた方のいない日々を過ごします。

(5.5)　欺牛心吐双　[tɕhi^{44} ŋɯ^{21} ɕi^{35} nɔ^{44} sua^{44}]

掏牛心上血／音 訓 訓 新 音

掏我心上血。／私の心の血を取り出します。

(6.1)　事物自孟処将来　[si^{31} v^{33} tsi^{55} mɯ^{55} tshv^{44} tɕia^{33} le^{21}]

事情怎麼出這様個／訓 音 音 音 音 音

事情怎麼会這様，／どうしてこんな事になってしまったのか。

(6.2)　夢格很利本発叭　[mɯ^{32} keɹ^{35} xɯ^{31} li^{55} pɯ^{31} fa^{35} phia^{44}]

夢境裡也不防到／訓 音 音 音 音 音 新

做夢也是想不到，／夢にさえ思いもよらなかった。

(6.3)　実要医求阿母病　[si^{35} ɲou^{44} ji^{44} tɕhou^{55} a^{31} mɔ^{33} peɹ^{31}]

想要医好阿母病／音 訓 借 音 訓 訓 訓

多想医好母親病，／母の病気が治ることをどれだけ願ったか。

(6.4)　扶持我望双　[v^{21} si^{31} ɲi^{55} ua^{55} sua^{44}]

服侍您幾年／訓 訓 訓 音 音

服侍您幾年。／あなたを何年も看病した。[5]

(7.1)　天利本空己本空　[xe^{55} li^{55} pɯ^{31} khv^{55} tɕi^{31} pɯ^{31} khv^{55}]

天也不虧地不虧／訓 音 音 訓 音 音 訓

天不虧来地不虧，／天は欠けることなく、地も欠けることはない。

(7.2)　人生秒秒再出将　[zɯ^{42} sɯ^{44} miɔ^{31} miɔ^{31} tse^{44} tshv^{44} tɕia^{33}]

人生渺渺再出這様／借 借 音 音 訓 訓 音

人生渺渺再出這様（的事），／人生には果てしなくこんな事が起こる。

(7.3)　自人怎恨閃格很　[tsi^{55} ɲi^{21} tsɯ^{33} xɯ^{55} se^{32} keɹ^{35} xɯ^{31}]

做人在（助）世間裡／音 訓 音 音 音 音 音

做人到世間一場，／人としてこの世に生きて、

(7.4)　阿怎人想好　[a^{31} tsɯ^{33} ɲi^{21} ɕia^{31} xu^{33}]

一有人想好／音 音 訓 借 訓

人人都想（有）好（結果）。／人はみなよい結果を望むものだ。

(8.1)　自人卅年和東　[tsi^{55} ɲi^{21} sa^{33} si^{33} ɲie^{42} xuo^{42} tu^{44}]

做人三十年河東／音　訓　借　借　借　音　借

做人三十年河東，／人として三十年河東に身を処し、

（8.2）自人卅年和西［tsɿ^{55} ȵi^{21} sa^{33} sɿ^{33} ȵie^{42} xuo^{42} ɕi^{44}］

做人三十年河西／音　訓　借　借　借　音　借

做人三十年河西，／人として三十年河西に身を処し、

（8.3）三起三落不到老［sa^{33} tɕhi^{31} sa^{33} luo^{55} pu^{35} tɔ^{55} lɔ^{32}］

三起三落不到老／借　借　借　借　借　借　借

三起三落不到老，／浮き沈みしながら老いることがない。

（8.4）只是一場空［tsɿ^{31} sɿ^{55} ji^{35} tsha^{31} khu^{33}］

只是一場空／借　借　借　借　借

只是一場空。／これはまったく空である。

（9.1）閃格当自父利活［se^{32} keɹɹ^{35} ta^{44} tsɿ^{55} fv^{55} ȵi^{55} xuo^{35}］

世間当作蜂和花／音　音　借　音　音　音　音

人生就像蜂採蜜，／人生はまるで蜜蜂が蜜を採るようだ。

（9.2）早採東来晩採西［tsɔ^{31} tshe^{31} tu^{44} le^{42} ua^{31} tshe^{31} ɕi^{44}］

早採東来晩採西／借　借　借　借　借　借　借

早採東来晩採西，／朝は東で、晩は西で蜜を採る。

（9.3）自人当自父利活［tsɿ^{55} ȵi^{21} ta^{44} tsɿ^{55} fv^{55} ȵi^{55} xuo^{35}］

做人当做蜂和花／音　訓　借　音　音　音　音

做人就像蜂和花，／人として生きるのは蜜と花のようなもの。

（9.4）好吐阿来没［xu^{33} nɔ^{44} a^{31} le^{21} mu^{33}］

好的一個没有／訓　新　音　音　訓

事事難如意。／思うままになることはめったにない。

（10.1）青周之怎頭吐鳴［tɕhieɹ^{55} tsou^{44} tsɿ^{44} tsɯ^{33} tɯ^{21} nɔ^{44} meɹ^{21}］

青鳥子在頭上叫／訓　音　音　音　訓　新　訓

青鳥就在頭頂叫，／青い鳥が頭の上で鳴いている。

（10.2）海很青必吹海水［kɔ^{21} xɯ^{31} tɕhieɹ^{55} pi^{35} phɯ^{55} kɔ^{21} ɕy^{33}］

海裡清風吹海水／訓　音　音　音　訓　訓　訓

海裡清風払水面，／湖では清風が水面を撫でている。

（10.3）斗母為我之女吐［tou^{35} mɔ^{33} ue^{44} ŋa^{55} tsɿ^{44} ŋv^{33} nɔ^{44}］

父母為我們子女（助）／音　訓　訓　訓　音　訓　新

父母為了子女們，／父母は子どもたちのために、

（10.4）好吐本没日［xu^{33} nɔ^{44} pɯ^{31} mu^{33} ȵi^{44}］

好的不没天／訓　新　音　訓　訓

没過好日子。／楽な暮らしをしてこなかった。

(11.1) 等回阿母没三恨 [tɯ^{31} xue^{35} a^{31} mɔ^{33} mu^{33} sa^{44} xɯ^{55}]
這回阿媽没（助）了／音 訓 訓 訓 訓 音 音
這次母親離人世，／このたび母がこの世を離れた。

(11.2) 舍人漢三我南女之侄
[se˞^{33} ɲi^{21} xa^{55} sa^{44} ŋa^{55} na^{21} nv^{33} nv^{35} the^{44}]
哪個看顧我們難女兄弟？／音 訓 音 音 訓 音 訓 ？ ？
誰人照看我們兄弟姐妹，／いったい誰が私たち兄弟姉妹の面倒をみるのか。[6]

(11.3) 生我冷過幾冷囲 [sɯ^{33} ŋa^{55} kɯ^{35} kuo^{35} tɕi^{31} kɯ^{35} ue^{21}]
讓我們冷鍋攏冷甑子／音 訓 訓 音 音 訓 音
家裡冷鍋又冷竈，／家の中で鍋は冷え、竈は冷えている。

(11.4) 自冷火秋煙 [tsi^{55} lɯ^{31} xuo^{32} tɕhou^{33} je^{44}]
做冷火秋煙／音 借 借 借 借
家裡冷清清。／家の中は冷え冷えとしている。

(12.1) 伴夥大火阿竈熱 [tɕia^{42} xuo^{33} tɔ^{31} xue^{33} a^{31} tsɔ^{32} ue^{35}]
朋友們大火一竈熱／訓 音 訓 訓 音 訓 訓
別人焼火鍋裡熱，／他の人は火を焚き、鍋を温めている。

(12.2) 生我大火（頭）吐洨（冷）水
[sɯ^{31} ŋa^{55} tɔ^{31} xue^{33} tɯ^{21} nɔ^{44} tɕiɔ^{35} kɯ^{35} ɕy^{33}]
讓我們大火頭上澆冷水／音 訓 訓 訓 訓 新 新 訓 訓
我家火上澆冷水，／我が家は火に冷水をかけたようだ。

(12.3) 生不逢時命中代 [sɯ^{33} pu^{35} fɯ^{42} si^{42} miɯ^{55} tsu^{44} te^{55}]
生不逢時命中帯／借 借 借 借 借 借 音
生不逢時命中帯，／生きて逢えないのが運命なのだ。

(12.4) 受頭吐甲雖 [sou^{55} tɯ^{21} nɔ^{44} tɕia^{35} sue^{44}]
霜頭上加雪／音 訓 新 音 音
雪上又加霜。／雪の上にさらに霜が積もったようだ。

(13.1) 怪風吹怎阿十十 [kue˞^{42} pi^{35} phɯ^{55} tsɯ^{35} a^{31} si^{35} si^{35}]
怪風吹来一陣陣／訓 訓 訓 音 音 音
怪風吹来一陣陣，／奇怪な風がひとしきり吹いた。

(13.2) 悪武下怎阿西西 [ɔ^{35} v^{33} ou^{42} tsɯ^{35} a^{31} ɕi^{44} ɕi^{44}]
悪雨下来一場場／訓 音 訓 音 音 音
悪雨下来一場場，／よくない雨がひとしきり降った。

(13.3) 怪風吹進悪武很 [kue^{ɹ42} pi^{35} phɯ^{55} ȵi^{44} ɔ^{35} v^{33} xɯ^{31}]
怪風吹進悪雨裡／訓 訓 訓 訓 訓 音 音
怪風吹進悪雨裡，／奇怪な風がよくない雨に混じりこむ。

(13.4) (阿) 母 (您) 苦千哉百哉
[a^{31} mɔ^{33} ȵi^{55} khu^{31} tɕhi^{55} tse^{44} pe^{ɹ44} tse^{44}]
啊媽您苦千節百節／音 訓 訓 訓 訓 音 訓 音
阿媽喫尽千般苦。／母は千の苦労をすべてし尽くした。

(14.1) 頭吐周之阿樹飛 [tɯ^{21} nɔ^{44} tsou^{44} tsi^{44} a^{31} sv^{55} fv^{35}]
頭上鳥子一双飛／訓 新 音 音 音 音 訓
頭上鳥児成対飛，／頭上の鳥は対になって飛んでいる。

(14.2) 海很安之阿樹杯 [kɔ^{21} xɯ^{31} a^{44} tsi^{44} a^{31} sv^{55} pe^{44}]
海裡鴨子一双走／訓 音 音 音 音 音 音
海裡鴨子成対走，／湖の鴨は対になって泳いでいる。

(14.3) 影陽相格一張紙 [jɯ^{44} ja^{42} ɕia^{44} ke^{ɹ35} ji^{35} tsa^{44} tsi^{31}]
影陽相隔一張紙／借 借 借 音 借 借 借
影陽相隔一張紙，／表と裏を相隔てる一枚の紙、

(14.4) 迷吸流如水 [mi^{42} ɕi^{42} kɯ^{21} sv^{42} ɕy^{33}]
眼泪流如水／音 音 訓 借 訓
眼泪如泉涌。／涙が泉のように湧いてくる。

(15.1) 生活過求母吐怪 [sɯ^{44} xuo^{35} kuo^{32} tɕhou^{55} mɔ^{33} nɔ^{44} kue^{32}]
生活過好母 (助) 不見／借 借 訓 音 訓 新 音
日子好了您離世，／生活はよくなったのにあなたはこの世を
去った。

(15.2) 十磨九難阿母死 [si^{35} mɔ^{42} tɕou^{31} na^{55} a^{31} mɔ^{33} ɕi^{33}]
十磨九難阿母死／借 借 借 借 訓 訓 訓
十磨九難母親死，／苦労に苦労を重ねた母は死んだ。

(15.3) 十貧十富不到老 [si^{35} tɕhou^{42} si^{35} fv^{55} pu^{35} tɔ^{55} lɔ^{32}]
十貧十富不到老／借 借 借 借 借 借 借
十貧十富不到老，／貧しくなったり富んだりして老いること
がない。

(15.4) 等住岸当死 [tɯ^{33} tɕie^{ɹ31} a^{55} ta^{44} ɕi^{33}]
等住這裡死／訓 訓 音 音 訓
留不住阿媽。／あなたを留めておくわけにはいかない。

(16.1) 漢入肯自爹吐怪 [xa^{55} ȵi^{44} khɯ^{31} tsi^{55} ti^{33} nɔ^{44} kue^{32}]

看入裡則爹（助）不見／音 訓 音 音 訓 新 音

朝裡看呢爹不見，／朝に父を見ると姿が見えない。

（16.2）漢期汪自母没三［xa^{55} tɕhi^{44} ua^{44} tsi^{55} mɔ^{33} mɯ^{33} sa^{44}］

看出外則母没有（助）／音 音 音 音 訓 訓 音

朝外看呢媽没了，／朝に母を見ると姿が見えない。

（16.3）生我阿声哭旺人［sɯ^{31} ŋɔ^{31} a^{31} tsheɹ^{55} khou^{44} ua^{55} ɳi^{21}］

讓我一声哭幾人／音 訓 音 訓 訓 音 訓

讓我一次哭幾個，／それが私を一たび、何度も哭かせる。

（16.4）期牛心吐双［tɕhi^{44} ŋɯ^{21} ɕi^{55} nɔ^{44} sua^{44}］

掏牛心上双／音 訓 訓 新 音

掏牛心上血。／私の心の血を取り出します。

（17.1）伴（夥）怎斗母肉胎［tɕia^{42} xuo^{33} tsɯ^{33} tou^{35} mɔ^{33} nv^{35} the^{44}］

伴些有父母兄弟／訓 音 音 音 訓 音 音

別人有父母兄弟，／他の人には父母も兄弟もいる。

（17.2）阿更（那）怎恨岸拉［a^{31} kɯ^{55} na^{55} tsɯ^{33} xɯ^{55} a^{55} la^{44}］

可是您們在（助）哪裡／音 音 音 音 音 音 音

可是您們在哪裡？／それなのに、あなたたちはどこにいるのですか？

（17.3）旺世行上幾阿世［ua^{55} xeɹ^{55} ɕɯ^{35} sa^{55} tɕi^{31} a^{31} xeɹ^{55}］

幾世行善合一世／音 訓 借 音 音 音 訓

幾世行善過一世，／幾世代も善を積み、この世でも善を積んだ。

（17.4）該過阿百双［ke^{35} kuo^{32} a^{31} peɹ^{44} sua^{44}］

該過阿百双／訓 訓 音 訓 音

該活一百歲。／百歲になるはずだ。

（18.1）阿母過達三双怎［a^{31} mɔ^{33} kuo^{32} ta^{35} sa^{55} sua^{44} tsɯ^{42}］

阿媽過加上三年（助）／訓 訓 訓 音 訓 音 音

要是能增三年寿，／あと三年の寿命があったら、

（18.2）求嚨嗯喂利上双［tɕhou^{55} lɯ^{44} ɔ^{35} ue^{32} ɳi^{55} sa^{55} sua^{44}］

好地喂喂您三歲／音 新 新 訓 音 音 音

好好孝養您三年。／三年、よくよくあなたに孝行したい。

（18.3）阿母好比桶公道［a^{31} mɔ^{33} xɔ^{32} pi^{31} thv^{31} ku^{35} tɔ^{32}］

阿媽好比桶箍（量）／訓 訓 借 借 訓 音 訓

阿媽好比木桶箍，／母はまるで桶を締める箍《たが》のようなものだ。

（18.4）公打我旺双［ku^{35} ta^{32} ŋɔ^{31} ua^{55} sua^{44}］

箍着我幾年／音 音 訓 音 音

再箍我幾年。／もう一度私を数年間締めてほしい。

（19.1）我爹次我本時其［ŋɯ^{55} ti^{33} tshi^{55} ŋɔ^{31} pɯ^{31} tsi^{21} tɕhi^{44}］

我爹丟我那時期／訓 訓 音 訓 音 訓 音

我爹去世那時候，／父が亡くなったあの時、

（19.2）皆之阿坐丟岸当［ke^{35} tsi^{44} a^{31} tsuo^{33} liou^{44} a^{55} ta^{44}］

鶏子一窩丟這裡／音 音 音 音 訓 音 音

留下一窩小鶏仔，／残された一羽の雛は、

（19.3）怎情阿母扶育我［tsɯ^{33} tɕie^{ɹ21} a^{31} mɔ^{33} fv^{31} jou^{35} ŋɔ^{31}］

有情阿媽扶育我／音 訓 訓 訓 借 借 訓

有情阿媽撫育我，／愛情をもって母が育ててくれた。

（19.4）利情比海寛［nɹi^{55} tɕie^{ɹ21} pi^{31} xe^{31} khua^{44}］

您情比海寛／音 訓 借 借 借

情義比海寛。／その愛情は海よりも広いものだった。

（20.1）阿母情以比山高［a^{31} mɔ^{33} tɕie^{ɹ21} ji^{44} pi^{31} se^{35} ka^{35}］

阿媽情義比山高／訓 訓 訓 音 訓 訓 訓

阿媽情義比山高，／母の愛情は山よりも高い。

（20.2）我爹情以比海寛［ŋɯ^{55} ti^{33} tɕie^{ɹ21} ji^{44} pi^{31} xe^{31} khua^{44}］

我爹情義比海寛／訓 訓 訓 訓 訓 借 借

我爸情義比海寛，／父の愛情は海よりも深い。

（20.3）筆墨用尽洱海水［pi^{35} me^{ɹ35} jou^{55} tɕiɯ^{55} e^{ɹ31} xe^{31} sue^{31}］

筆墨用尽洱海水／借 借 借 借 借 借 借

筆墨用尽洱海水，／筆の墨は洱海《じかい》に溶けてしまい、

（20.4）写完保朶三［ue^{ɹ42} uo^{31} pɔ^{31} tuo^{33} sa^{44}］

写完它不得（助）／訓 訓 音 音 音

写不完情義。／その愛情を書き留めることはできない。

（21.1）漢灯我之両只胎［xa^{55} tɯ^{44} ŋa^{55} tsi^{55} kou^{33} tsi^{31} the^{44}］

生養得我們児子両兄弟／音 音 訓 音 訓 音 音

生養我們両兄弟，／私たち二人の兄弟を育て、

（21.2）干我当自心肝肺［ka^{44} ŋa^{55} ta^{44} tsi^{55} ɕi^{35} ka^{35} phia^{44}］

把我們当成心肝肺／音 訓 訓 音 訓 訓 訓

把我們当作您心肝。／私たちをあなたの心臓のように思ってくれた。

(21.3) 広武母人扶支刘 [kueɹ^{33} v^{33} mɔ^{33} ȵi^{21} fv^{42} tsi^{44} tue^{32}]
寡婦母個撫育児子対／音 音 訓 訓 音 音 訓
寡婦養大両児子，／父を亡くした母は、私たち二人を育てくれた。

(21.4) 苦自本十三 [khu^{31} tsi^{55} pɯ^{31} si^{35} sa^{44}]
苦做不思（助）／訓 音 音 音 音
喫了多少苦。／どれほどの苦しみがあったのだろう。

(22.1) 生伴熟期因咀咀 [xeɹ^{55} pɔ^{21} tsv^{42} tɕhi^{44} jɯ^{44} tɕy^{33} tɕy^{33}]
生半熟？喫咀咀／訓 訓 訓 ？ 音 訓 訓
半生不熟喫幾口，／よく火の通っていないものを少しだけ食べて、

(22.2) 幹咩嬀抓因哈哈 [ka^{35} ja^{21} ma^{33} tsua^{44} jɯ^{44} xa^{44} xa^{44}]
幹抓漫抓喫口口／訓 新 音 訓 音 音 音
随手抓喫当一餐，／有り合わせのもので一食として、

(22.3) 則之張吐利本坐 [tseɹ^{35} tsi^{44} tsou^{35} nɔ^{44} li^{55} pɯ^{31} kv^{32}]
桌子張上也不坐／音 音 訓 新 音 音 訓
桌子傍辺没坐過，／食卓の脇に腰掛けることもなく、

(22.4) 随便勾因哈 [sue^{42} pi^{55} kɯ^{35} jɯ^{44} xa^{44}]
随便舀喫口／借 借 音 音 音
簡単随便喫。／簡単にご飯を済ませた。

(23.1) 先（給）之祘夥因恨 [ɕie^{33} kɯ^{32} tsi^{44} sua^{55} xuo^{33} jɯ^{44} xɯ^{55}]
先譲子孫些喫掉／訓 ？ 音 音 音 音 音
喫飯先譲小輩喫，／ご飯は先に小さい子に食べさせ、

(23.2) 阿母因本登利三 [a^{31} mɔ^{33} jɯ^{44} pɯ^{31} tɯ^{44} li^{55} sa^{44}]
阿媽喫不着也算了／訓 訓 音 音 音 音 音
寧肯自己喫不上，／母は食べなくてもそれで済ませた。

(23.3) 趕咀咀之悪喂我 [ka^{21} tɕy^{33} tɕy^{33} tsi^{44} ɔ^{35} ue^{32} ŋɔ^{31}]
含咀咀地舀喂我／音 訓 訓 音 音 訓 訓
口含飯菜喂給我，／口に含んだご飯で私を養い、

(23.4) 当自心肝肺 [ta^{44} tsi^{55} ɕi^{35} ka^{35} phia^{44}]
当作心肝肺／訓 音 訓 訓 訓
当成心肝肺。／自分の心臓のように大切にしてくれた。

(24.1) 阿母皮気非之求 [a^{31} mɔ^{33} phi^{42} tɕhi^{55} fe^{33} tsi^{44} tɕhou^{55}]
阿媽脾気非常好／訓 訓 音 借 訓 音 音

阿媽脾気非常好，／母の性格はとてもよかった。

（24.2）高利当自底利当［ka^{35} li^{55} tɔ^{33} tsi^{55} pi^{33} li^{55} tɔ^{33}］
高也行呢低也行／訓 音 音 音 訓 音 音
高也行来底也行，／高いところでもよかったし、低いところでもよかった。

（24.3）格必十五団結求［keɹ^{44} pieɹ^{44} si^{55} u^{31} thua^{42} tɕie^{35} tɕhou^{55}］
隔壁四隣団結好／音 音 音 音 借 借 音
隔壁四隣都和睦，／壁を隔てて近所はいつも仲良しだった。

（24.4）人人米利堆［zɯ^{42} zɯ^{42} mi^{33} li^{55} tua^{32}］
人人想您？／借 借 音 音 音
人人想念您。／人々はみなあなたを慕っていた。

（25.1）提坑阿母利苦情［thi^{55} khɯ^{44} a^{31} mɔ^{33} ȵi^{55} khu^{31} tɕieɹ^{21}］
提起阿媽您苦情／訓 音 訓 訓 音 訓 訓
提起阿媽您苦情，／母よ、あなたに苦しい気持ちを伝えます。

（25.2）苦情双完保朶三［khu^{31} tɕieɹ^{21} sua^{44} uo^{31} pɔ^{31} tuo^{33} sa^{44}］
苦情説完它不得（助）／訓 訓 音 訓 音 音 音
苦情実在説不完，／苦しい気持ちは言い尽くせません。

（25.3）阿母托生（一九）二〇年
［a^{31} mɔ^{33} tɕi^{32} xeɹ^{55} ji^{35} tɕou^{31} eɹ^{55} liɯ^{42} ȵie^{42}］
阿母寄生（一九）二〇年／訓 訓 訓 訓 借 借 借 借 借
阿媽一九二〇年出生，／母は一九二〇年に生まれた。

（25.4）旧社会時加［tɕou^{55} seɹ^{5} xue^{55} tsi^{21} tɕia^{44}］
旧社会時加／借 借 借 訓 音
生在旧社会。／旧社会を生きてきた。

（26.1）味嘆旧社会時其［pɯ^{31} tha^{55} tɕou^{55} seɹ^{55} xue^{55} tsi^{21} tɕi^{21}］
那時旧社会時期／新 音 借 借 借 訓 訓
那時還是旧社会，／あの時がやはり旧社会だろう。

（26.2）生活実不如叫花［sɯ^{33} xuo^{35} si^{35} pu^{35} zu^{42} tɕɔ^{55} xua^{44}］
生活実不如叫花／借 借 借 借 借 借 借
生活不如叫花子，／生活は花と呼ぶには及ばなかった。

（26.3）従閃漢斗母吐苦［tshu^{55} se^{31} xa^{55} tou^{35} mɔ^{33} nɔ^{44} khu^{31}］
従小見父母的苦／訓 訓 音 音 訓 新 訓
従小看見父母苦，／小さい時から父母の苦しみを見て、

（26.4）従小会当家［tshu^{42} ɕiɔ^{31} xue^{55} ta^{44} tɕia^{44}］

従小会当家／借 借 借 借 借

従小会持家。／小さい時から家事をこなした。(7)

(27.1) 旧社会吐苦生活 [tɕou^{55} seɹ^{55} xue^{55} nɔ^{44} khu^{31} sɯ^{33} xuc^{35}]

旧社会吐苦生活／借 借 借 新 借 借 借

旧社会的苦日子，／旧社会の生活は苦しかった。

(27.2) 怎唱没卑過日汢 [tsɯ^{33} tsha^{55} mu^{33} pe^{33} kuo^{32} ɳi^{44} ua^{44}]

有午飯没晩飯過日月／訓 音 訓 音 訓 訓 音

有一頓来没一頓，／昼ご飯はあっても晩ご飯はない。

(27.3) 車勾打幾清頭博 [tsheɹ^{33} kou^{44} ta^{42} tɕi^{33} tɕhieɹ^{55} tɯ^{21} pɔ^{21}]

赤脚踊底清脳袋／音 音 音 音 音 訓 音

光脚丫来没頭巾，／裸足で歩き、スカーフもなかった。

(27.4) 没当子出汪 [mu^{35} ta^{35} tsi^{44} tshv^{44} ua^{44}]

没単子出外／訓 音 音 訓 訓

外出好可伶。／外に出るのはかわいそうだった。

(28.1) 好吐（衣）扣利穿不過 [xu^{33} nɔ^{44} ji^{35} khou^{55} li^{55} ji^{32} pɯ^{31} kuo^{32}]

好的衣件也穿不過／訓 新 訓 音 音 訓 訓 訓

没有穿過好衣服，／よい服など着たこともなく、

(28.2) 好吐鞋幾怎岸拉 [xu^{33} nɔ^{44} ŋe^{21} tɕi^{33} tsɯ^{33} a^{55} la^{44}]

好的鞋双在哪裡／訓 新 訓 音 音 音 音

没有見過好鞋子，／よい靴など見たこともなく、

(28.3) 官育吐自呆官春 [kua^{35} jou^{35} nɔ^{44} tsi^{55} te^{33} kua^{35} tshue^{44}]

褲子条上則帯褲缺口／音 音 新 音 音 音 音

褲子上面都通洞，／ズボンにはいくつも穴があき、

(28.4) 肉様野期汪 [keɹ^{21} ja^{44} jeɹ^{31} tɕhi^{44} ua^{44}]

肉些露出外／訓 音 音 音 音

肉也露在外。／肌が露出していた。

(29.1) 熬熬煎煎過日些 [ɔ^{44} ɔ^{44} tɕie^{44} tɕie^{44} kuo^{32} ɳi^{44} ɕieɹ^{44}]

熬熬煎煎過日子／訓 訓 訓 訓 訓 訓 音

熬熬煎煎過日子，／じりじりとつらい日々を過ごした。

(29.2) 阿母過叭十七八 [a^{31} mɔ^{33} kuo^{35} phia^{44} tsi^{42} tɕhi^{44} pia^{44}]

阿母長到十七八／訓 訓 音 新 訓 訓 訓

阿媽長到十七八，／母が十七、八になると、

(29.3) 石更利鎖配上幾 [tsou^{42} kɯ^{35} li^{55} suo^{33} phe^{55} sa^{55} tɕi^{31}]

鑰匙和鎖配相攏／訓 音 音 訓 訓 音 音

鑰匙和所配一塊，／鍵は結婚することと一緒で、

(29.4) 干我爹配叭 [ka^{44} ŋɯ^{55} ti^{33} phe^{55} phia^{44}]
把我爹配到／音 訓 訓 訓 新
和我爹相配。／私の父と結婚した。

(30.1) 恩愛夫妻一小対 [ɯ^{44} e^{55} fv^{44} tɕhi^{44} ji^{35} ɕiɔ^{31} tue^{55}]
恩愛夫妻一小対／借 借 借 借 借 借
一対恩愛小夫妻，／一対の愛情に満ちた若夫婦は、

(30.2) 和和目目過日汪 [xuo^{42} xuo^{42} mu^{35} mu^{35} kuo^{32} ɿi^{44} ua^{44}]
和和睦睦過日月／借 借 借 借 訓 訓 訓
和和睦睦過日子，／仲睦まじく日々を過ごした。

(30.3) 阿母従閃冲名人 [a^{31} mɔ^{33} tshu^{55} se^{31} tshu^{55} miɯ^{35} ɿi^{21}]
阿母従小聡明人／訓 訓 訓 音 音 音 訓
阿媽従小人聡明，／母は小さなころから聡明であった。

(30.4) 能够自得家 [nɯ^{42} kou^{55} tsi^{55} teɹ^{35} tɕia^{44}]
能够做得家／借 借 音 借 借
従小能持家。／小さなころからよく家事をした。

(31.1) 自庄家自母在行 [tsi^{55} tsua^{35} tɕia^{35} tsi^{55} mɔ^{33} tse^{55} xa^{42}]
做庄稼則媽在行／訓 訓 訓 音 訓 訓 訓
田裡活計媽在行，／農作業にも母は出向いた。

(31.2) 皆猪牛馬喂求香 [ke^{35} te^{42} ŋɯ^{21} meɹ^{33} ue^{32} tɕhou^{55} ɕia^{44}]
鶏猪牛馬喂好死／音 訓 訓 訓 訓 音 音
鶏猪牛馬喂得好，／鶏豚牛馬も上手に飼った。

(31.3) 配害王幾自庄家 [phe^{55} xe^{55} ua^{42} tɕi^{31} tsi^{55} tsua^{35} tɕia^{35}]
配天挖地做庄稼／訓 音 音 音 音 訓 訓
施肥挖地做農活，／肥料を施し田地を掘って農作業した。

(31.4) 是以農為家 [si^{55} ji^{31} lu^{42} ue^{42} tɕia^{44}]
是以農為家／借 借 借 借 借
是以農為家。／こうして農業で生計を立てた。

(32.1) 自従我添斗母盂 [tsi^{55} tshu^{55} ŋa^{55} thi^{55} tou^{35} mɔ^{33} mɯ^{55}]
自従我添爹母（助）／訓 訓 訓 訓 音 訓 音
自従父母有了我，／父母は私を産むと、

(32.2) 李氏門中後代香 [li^{31} si^{55} mɯ^{42} tsu^{44} xou^{55} te^{55} ɕia^{44}]
李氏門中後代香／借 借 借 借 借 借 借

李氏門中有香煙，／李氏の家中にお祝いの煙草があった。

（32.3）扶育我苟胎成才［fv^{42} jou^{35} ŋa^{55} kou^{33} the^{44} tshɯ^{42} tshe^{42}］

撫育我們両兄弟成才／借 借 訓 音 音 借 借

撫育我們兄弟倆，／そうして私たち二人を育ててくれた。

（32.4）争斗母威光［tsɯ^{35} tou^{35} mɔ^{33} ue^{44} kua^{44}］

争父母威光／訓 音 訓 借 借

為父母争気。／父母のために頑張った。

（33.1）肉胎苟人成大器［ȵv^{35} the^{44} kou^{33} ȵi^{21} tshɯ^{42} ta^{55} tɕhi^{55}］

兄弟両人成大器／音 音 音 訓 借 借 借

兄弟両人成大器，／兄弟二人が大人になると、

（33.2）苦尽干来好日汢［khu^{31} tɕiɯ^{55} ka^{44} le^{42} xu^{33} ȵi^{44} ua^{44}］

苦尽甘来好日月／借 借 音 借 訓 訓 音

苦尽甘来好生活，／苦しみは終わり甘いよい生活が訪れた。

（33.3）熱熱閙閙自人孬［ue^{35} ue^{35} ȵi^{44} ȵi^{44} tsi^{55} ȵi^{21} xɔ^{31}］

温温熱熱做人家／訓 訓 訓 訓 音 訓 新

熱熱閙閙家興旺，／家は賑やかで活気に満ち、

（33.4）子孝父心寛［tsi^{31} ɕiɔ^{55} fv^{55} ɕiɯ^{33} khua^{44}］

子孝父心寛／借 借 借 借 借

子孝父心寛。／子の父への孝は心広いものであった。

（34.1）干我両胎配植根［ka^{44} ŋa^{55} kou^{33} the^{44} phe^{55} tsi^{35} xɯ^{55}］

把我們両兄弟培植根／音 訓 訓 音 音 音

把我兄弟成婚配，／私たち兄弟二人を結婚させ、

（34.2）給我一人成一家［kɯ^{32} ŋa^{55} a^{31} ȵi^{21} tshɯ^{42} ji^{35} tɕia^{44}］

譲我們毎人成一家／音 訓 訓 訓 借 借

譲我兄弟各成家，／兄弟それぞれに一家を持たせ、

（34.3）利祘旺人添叭咽［ȵi^{55} sua^{55} ua^{55} ȵi^{21} thi^{55} phia^{44} jɯ^{35}］

您孫幾個添到来／音 音 音 訓 訓 新 新

孫子幾個也出生，／孫が何人か生まれた。

（34.4）当自心自肺［ta^{44} tsi^{55} ɕi^{35} ka^{35} phia^{44}］

当做心肝肺／音 訓 訓 訓 訓

当作心肝肺。／孫を心臓のようにかわいがった。(8)

（35.1）不想砍竹子玉節［pu^{35} ɕia^{31} kha^{31} tsu^{35} tsi^{44} jy^{55} tɕie^{35}］

不想砍竹子遇節／借 借 借 借 借 借 借

不想砍竹遇竹節，／竹を切って節に当たろうとは思いもよらなかった。

(35.2) 阿時胎武人没三 [a^{21} tsi^{21} the^{44} v^{33} ɹi^{21} mu^{33} sa^{44}]

一時弟婦人没有（助）／音 訓 音 音 訓 訓 音

一時弟媳離人世，／突然、弟の妻がこの世を去った。

(35.3) 広子広糸丟閃格 [kueɹ^{33} tsiˀ^{44} kueɹ^{33} ɹv^{33} liou^{33} se^{32} keɹ^{35}]

寡子寡女丟世間／音 訓 音 新 訓 音 音

孤児孤女丟身後，／母を亡くした子たち（の何人かは）世を去った。

(35.4) 怎支母没三 [tsɯ^{33} tsiˀ^{44} mɔ^{33} mu^{33} sa^{44}]

有子媽没有（助）／音 音 訓 訓 音

有子没有媽。／子はあっても母はなかった。

(36.1) 本嘆害称吊下約 [pɯ^{31} tha^{55} xe^{55} tshɯ^{44} tua^{42} thɯ^{55} jɔ^{35}]

那時天（量）掉下来／音 音 音 音 音 訓 音

那時有如天塌陥，／あの時は天が落ちたようだった。

(36.2) 王吐田平田平寛 [ua^{42} nɔ^{44} tɕi^{31} peɹ^{21} tɕi^{31} peɹ^{21} khua^{44}]

挖的田坪田坪寛／音 新 訓 訓 訓 訓 訓

挖的田地田地寛，／掘り起こした田地は広かった。

(36.3) 頭博欺聾偉欺暗 [tɯ^{21} pɔ^{21} tɕhi^{44} kv^{35} ue^{33} tɕhi^{44} mieɹ^{31}]

頭気聾眼気暗／訓 音 音 訓 音 訓 訓

耳朵気聾眼気瞎，／耳は聞こえず、目も見えなかった。

(36.4) 撲己平張張 [phou^{35} tɕi^{31} peɹ^{21} tsa^{44} tsa^{44}]

撲向?張張／訓 音 訓 借 借

撲向???／???にぶつかった。

(37.1) 大人本寸小人寸 [tɔ^{31} ɹi^{21} pɯ^{31} tshue^{55} se^{31} ɹi^{21} tshue^{55}]

大人不勧小人勧／訓 訓 音 音 訓 訓 音

大人不勧小孩勧，／大人が励まさず、子どもが励ます。

(37.2) 古人本双閃人双 [ku^{33} ɹi^{21} pɯ^{31} sua^{44} se^{42} ɹi^{21} sua^{44}]

老人不説小人説／音 訓 音 音 音 訓 音

老人小孩都来説，／老人と子どもがみな来て言った。

(37.3) 死人（保杯央?·吐） [ɕi^{44} ɹi^{21} pɔ^{31} pe^{44} ja^{44} ɹia^{55} nɔ^{44}]

死人他走回我們（助）／訓 訓 音 音 音 ? 新

死人他自己回去，／死者は彼らが自分で帰っていく。[9]

(37.4) 苦生央朶三 [khu^{31} xe^{ɹ55} ja^{32} tuo^{33} sa^{44}]
恐活回不得（助）／音 訓 音 音 音
人死難復生。／人は死ぬと生き返らない。

(38.1) 死人杯央咽朶老 [ɕi^{33} ɳi^{21} pe^{44} ja^{32} jɯ^{35} tuo^{33} lɔ^{32}]
死人走回来不得了／訓 訓 音 音 音 音 音
人已死去難回転，／人は死ぬともう帰ってくることはない。[10]

(38.2) 咬牙来来過日汪 [ŋa^{44} ŋe^{ɹ21} le^{21} le^{21} kuo^{32} ɳi^{44} ua^{44}]
咬牙個個過日月／訓 訓 音 音 訓 訓 音
咬着牙関過日子，／歯を食いしばって日々を生きるほかない。

(38.3) 丢次岸当之糸対 [liou^{44} tshi^{55} a^{55} ta^{44} tsi^{44} nv^{33} tue^{32}]
丢留這裡子女対／訓 音 音 音 新 訓
丢対子女在身後，／（死んだ）子どもたちはあの世に捨て置いて、

(38.4) 干保撫養叭 [ka^{44} pɔ^{31} fv^{31} ja^{31} phia^{44}]
把他撫養到／音 音 借 借 新
把他們撫養。／（生きている）彼らを養育しなさい。

(39.1) 悶敵過恨楽双南 [mɯ^{55} ti^{21} kuo^{32} xɯ^{55} lɔ^{35} sua^{44} na^{21}]
剛只過了少年（助）／音 音 訓 音 音 音
剛剛過了一両年，／やっと一、二年がたったころ、

(39.2) 不想閃胎哉没三 [pu^{35} ɕia^{31} se^{31} the^{44} tse^{44} mu^{33} sa^{44}]
不想小弟再没有（助）／借 借 訓 音 音 訓 音
不想小弟又離世，／思いがけず、私の弟が世を去った。

(39.3) 閃格自孟出将来 [se^{32} ke^{ɹ35} tse^{55} mɯ^{55} tshv^{44} tɕia^{33} le^{21}]
世間怎麼出這様個／音 音 音 訓 音 音
人世怎麼成這様，／この世はなぜこうなのか。

(39.4) 害偉開岸拉 [xe^{55} ue^{33} khɯ^{55} a^{55} la^{44}]
天眼開哪裡／音 音 訓 音 音
天不長眼睛。／天の目はどこにあるのか。

(40.1) 古人本死閃人死 [ku^{33} ɳi^{21} pɯ^{31} ɕi^{33} se^{31} ɳi^{21} ɕi^{33}]
老人不死小人死／音 訓 音 訓 音 訓 訓
老人不死小孩死，／老人が死なず子どもが死ぬ。

(40.2) 黄棵本吊青棵寛 [ŋv^{21} khuo^{33} pɯ^{31} tua^{42} tɕhie^{ɹ31} khuo^{33} khua^{44}]
黄顆不掉青顆摘／訓 訓 音 訓 訓 訓 音
熟果没掉摘青果，／熟れた果実が落ちる前に青い果実を摘む。

(40.3) 白頭発送黒頭発 [pe^{ɹ42} tɯ^{21} ma^{35} sou^{33} xɯ^{44} tɯ^{21} ma^{35}]
白頭発送黒頭発／訓 訓 訓 訓 訓 訓 訓
白頭発送黒頭発，／白髪頭が黒髪を送る。

(40.4) 黒雲被迷汪 [xɯ^{44} v^{21} pe^{33} mi^{55} ua^{44}]
黒雲遮明月／訓 訓 音 音 音
烏雲遮月亮。／黒雲が月を隠す。

(41.1) 本嘆心棵吊欺約 [pɯ^{31} tha^{55} ɕi^{35} khuo^{33} tua^{42} tɕhi^{44} jɔ^{35}]
那時心顆掉出来／音 音 訓 音 訓 音 音
那時心都掉出来，／あの時は心をすべて失った。

(41.2) 皆皮倫恨本想哈 [ke^{32} pe^{21} thou^{33} xɯ^{44} pɯ^{31} ɕia^{31} xa^{44}]
碗個捧起不想扒（飯）／音 音 音 音 音 訓 音
抬起碗来難下箸，／お椀を持っても箸を下に降ろせない。

(41.3) 害斗那怎舍来柱 [xe^{55} tou^{33} ne^{ɹ55} tsɯ^{33} se^{ɹ31} le^{21} tsv^{55}]
天上呢有什麼個（助）／音 音 音 音 音 音 音
天上不知有何物，／天上には何もないのか。

(41.4) 害耳跪亮堆 [xe^{55} e^{ɹ33} kv^{31} ȵia^{55} tua^{32}]
天下跪咱們？／訓 音 訓 音 ？
天下？？？／天下には？？？

(42.1) 閻楽大王委樹得 [ȵi^{21} lɔ^{35} tɔ^{31} ou^{21} ue^{33} sv^{55} te^{ɹ35}]
閻羅大王眼双瞎／訓 音 訓 訓 音 音 音
閻羅大王瞎了眼，／閻羅大王は目が見えないのか。

(42.2) 倒害委双開暗拉 [tɔ^{31} xe^{55} ue^{33} sv^{55} khɯ^{55} a^{55} la^{44}]
大天眼双開哪裡／音 音 音 訓 訓 音 音
大天眼睛看哪方？／天の目はどこを見ているのか。

(42.3) 人生難人命朱称 [ȵi^{21} xe^{ɹ55} na^{21} ȵi^{21} mie^{ɹ21} tsv^{44} tshɯ^{55}]
人生難人命（量）短／訓 訓 訓 訓 訓 音 音
人生多舛運命短，／人生はこんなにも不運で命短いものなのか。

(42.4) 根收細処軍 [kɯ^{44} sou^{44} mo^{32} tshv^{31} tsue^{44}]
革索細処絶／音 音 訓 訓 音
縄従細処断。／縄は細いところから切れる。

(43.1) 没斗没母之利女 [mu^{33} tou^{35} mu^{33} mɔ^{33} tsi^{44} li^{55} ȵv^{33}]
没爹没媽子和女／訓 音 訓 訓 音 音 訓
没爹没媽子和女，／父も母もいない子どもたちは、

(43.2) 叫爹母孟怎岸拉 [kv^{35} ti^{33} mɔ^{33} mɯ^{55} tsɯ^{33} a^{55} la^{44}]

叫爹媽（助）在哪裡／訓 訓 訓 音 音 音 音

哭叫爸媽在哪裡，／父母はどこにいるかと泣き叫ぶ。

(43.3) 閃格与亮吐怎没 [se^{32} keɹ^{35} jy^{32} ȵia^{55} nɔ^{44} tsɯ^{33} mu^{33}]

世間像咱們的是没有／音 音 音 音 自 音 訓

世間每人像我們，／世の中に私たちのような人はいない。

(43.4) 利的跪亮堆 [lɿ^{55} ti^{21} kv^{31} ȵia^{55} tua^{32}]

利只跪咱們？／音 音 訓 訓 ？

？？？？？／？？？？？

(44.1) 伴夥頭吐（怎）青害香

[tɕia^{42} xuo^{33} tɯ^{21} nɔ^{44} tsɯ^{33} tɕhieɹ^{55} xe^{55}]

伴些頭上有青天／訓 音 訓 新 音 訓 音

別人頭上有青天，／他の人の頭上には青空が広がっているのに、

(44.2) 亮頭黒雲被迷汪 [ȵia^{55} tɯ^{21} xɯ^{44} v^{21} pe^{33} mi^{55} ua^{44}]

咱們頭黒雲遮明月／音 訓 訓 訓 音 音 音

咱們頭上雲遮月，／私たちの頭上では雲が月を隠している。

(44.3) 安之遊入水深処 [a^{44} tsi^{44} jou^{35} ȵi^{44} ɕy^{33} si^{55} tshv^{31}]

鴨子遊入水深処／音 音 訓 訓 訓 訓 訓

小鴨遊進水深処，／鴨が泳いで深みにはまり、

(44.4) 鶏母干達三 [ke^{35} mɔ^{33} ka^{35} ta^{42} sa^{44}]

鶏母幹踴踏／訓 訓 音 音 音

母鶏踴幹地。／母鶏が地面を蹴りつける。

(45.1) 窄処趺恨寛処米 [tseɹ^{44} tshv^{31} tou^{44} xɯ^{55} khua^{44} tshv^{31} mi^{33}]

窄処趺掉寛処想／訓 訓 訓 音 訓 訓 音

窄処摔倒想寛処，／狭いところで転んで広いと思った。

(45.2) 咬牙来来過日汪 [ŋa^{44} ŋeɹ^{21} le^{21} le^{21} kuo^{32} ȵi^{44} ua^{44}]

咬牙個個過日月／訓 訓 音 音 訓 訓 音

咬緊牙関過日子，／歯を食いしばって日々を過ごした。

(45.3) 之阿対丟等委 [tsi^{44} nv^{33} a^{31} tue^{32} liou^{44} tɯ^{31} ue^{33}]

之女一対丟這裡／音 新 音 訓 訓 音 音

一対子女丟在這，／息子と娘をここで亡くした。

(45.4) 干保扶育叭 [ka^{44} pɔ^{31} fv^{31} jou^{35} phia^{44}]

把他撫育到／音 音 音 借 新

把他撫養大。／二人を大きく育てたかったのに、

(46.1) 等嘆提坑本嘆咽 [tɯ^{31} tha^{55} thi^{55} khɯ^{44} pɯ^{31} tha^{55} jɯ^{35}]

這時提起那時来／音 音 訓 音 音 新

這時提起那時事，／その時、あのことが起こった。

(46.2) 月米坑咽月凄惨 [jue^{35} mi^{33} khɯ^{44} jɯ^{35} jue^{35} tɕhi^{44} tsha^{31}]

越想起来月凄惨／音 音 音 音 音 借 借

越想起来越凄惨，／思えば思うほど辛い。

(46.3) 米坑頭孟吐苦情 [mi^{33} khɯ^{44} tɯ^{21} mɯ^{55} nɔ^{44} khu^{31} tɕie^{ɹ21}]

想起頭（助）的苦情／音 音 訓 訓 新 訓 訓

想起以前的苦情，／昔のことを思い出すと苦しい。

(46.4) 次吐肉利花 [tshi^{55} nɔ^{44} ke^{ɹ21} li^{55} xua^{44}]

身上肉也花／音 新 訓 音 音

身上肉也花。／この体の肉さえ霞んでしまう。

(47.1) 怎吐迷移流夫很 [tsɯ^{33} nɔ^{44} mi^{42} ji^{42} kɯ^{21} fv^{44} xɯ^{31}]

有了眼泪流肚裡／音 新 音 音 訓 音 音

有了眼泪咽肚裡，／涙が腹の中に咽ぶ。

(47.2) 必吹雲散見迷汪 [pi^{35} phɯ^{55} v^{21} sa^{32} ke^{32} mi^{35} ua^{44}]

風吹雲散見明月／音 訓 訓 訓 訓 音 音

風吹雲散見明月，／風が吹いて雲を散らし名月を見た。

(47.3) 祘旺人自扶養倒 [sua^{55} ua^{55} nɹi^{21} tsi^{55} fv^{31} ja^{31} tɔ^{31}]

孫幾個呢撫養大／音 音 訓 音 借 借 音

孫児幾個撫養大，／孫たち何人かが大きくなった。

(47.4) 一人成一家 [ji^{35} zɯ^{42} tshɯ^{42} ji^{35} tɕia^{44}]

一人成一家／借 借 借 借 借

一人成一家。／一人ひとりが一家を成した。

(48.1) 潔登阿人囲灯潔 [tɕie^{ɹ42} tɯ^{35} a^{31} nɹi^{21} ue^{35} tɯ^{44} tɕie^{ɹ42}]

宅基毎人囲得片／音 音 音 訓 借 音 訓

毎人都有宅基地，／それぞれが宅地を持った。[11]

(48.2) 習菦阿人処方方 [ɕi^{35} xɔ^{31} a^{31} nɹi^{21} tshv^{31} fa^{35} fa^{35}]

新房一人蓋棟棟／音 新 音 訓 音 音 音

毎人蓋起新房子，／それぞれが新しい家を建てた。

(48.3) 等行阿母吐功労 [tɯ^{31} ɕiɯ^{35} a^{31} mɔ^{33} nɔ^{44} ku^{44} lɔ^{42}]

這些阿媽的功労／音 音 訓 訓 新 借 借

這是阿媽你功労，／これは、母よ、あなたの功労である。

(48.4) 本不没利堆［puɯ^{31} phe^{33} mu^{21} ɳi^{55} tua^{32}］

不忘記您？／音 音 音 音 音

忘不了阿媽。／母を忘れることはできない。

(49.1) 阿母利怎節母人［a^{31} mɔ^{33} ɳi^{55} tsuɯ^{33} tɕie^{ɹ35} mɔ^{33} ɳi^{21}］

阿媽您是経母人／訓 訓 音 音 音 訓 訓

阿媽您是経頭母，／母よ、あなたは理想的な母だ。[12]

(49.2) 寿日日期利杯叭［sou^{55} ta^{55} zi^{35} tɕhi^{44} li^{55} pe^{44} phia^{44}］

寿誕日期也走到／借 借 借 借 音 音 新

（本主）寿誕也要到，／（本主《ベンジュ》）長寿もやってくるだろう。[13]

(49.3) 行好人利会灯好［ɕiuɯ^{35} xu^{33} ɳi^{21} li^{55} xue^{44} tɯ^{44} xu^{33}］

行好人也会得好／訓 訓 訓 音 訓 音 訓

行善之人会得好，／善行を積む人はきっと良い事がおきる。

(49.4) 過叭九十双［kuo^{32} phia^{44} tɕiuɯ^{33} tsi^{42} sua^{44}］

過到九十歳／訓 新 借 借 音

過到九十歳。／九十歳を越えた。

(50.1) 習坎将黒烤乾（了）［ɕi^{35} tsɔ^{32} tɕia^{42} xuɯ^{44} khou^{31} ka^{35} lɔ^{32}］

柴根架起烤乾了／音 訓 音 音 訓 訓 訓

柴火架起烤乾了，／薪はやっと乾いた。

(50.2) 生利安逸過日汪［suɯ^{31} ɳi^{55} a^{33} ji^{55} kuo^{32} ɳi^{44} ua^{44}］

譲您安逸過日月／音 音 借 借 訓 訓 音

譲您安逸過日子，／あなたに安楽な日々を過ごさせる。

(50.3) 報答阿母利情以［pɔ^{55} ta^{35} a^{31} mɔ^{33} ɳi^{55} tɕie^{ɹ21} ji^{44}］

報答阿媽您情義／借 借 訓 訓 音 訓 音

報答阿媽您情義，／母の愛情に答える。

(50.4) 求坐阿百双［tɕhou^{55} kv^{32} a^{31} pe^{ɹ44} sua^{44}］

好坐一百歳／音 訓 訓 訓 音

好到百年寿。／百歳の長寿に近づく。

(51.1) 阿母従閃自好人［a^{31} mɔ^{33} tshu^{55} se^{31} tsi^{55} xu^{33} ɳi^{21}］

阿媽従小做好人／訓 訓 訓 音 音 訓 訓

阿媽従小做好人，／母は小さい頃から良い人だった。

(51.2) 没病没使西方央［mu^{33} pe^{ɹ31} mu^{33} si^{31} se^{35} fv^{35} ja^{32}］

無病無痛西方回／訓 訓 訓 音 訓 訓 音

無病無痛回西方，／病や痛みもなく西方に帰る。

(51.3)　利咋行好人登好　[li^{55} tsɔ^{42} ɕiɯ^{35} xu^{33} ȵi^{21} tɯ^{44} xu^{33}]
也説行好人得好／音 新 訓 訓 訓 音 訓
也道行善人得好，／信心深い善人は良い事がある。

(51.4)　干害吐杯叭　[ka^{44} xe^{55} nɔ^{44} pe^{44} phia^{44}]
把天上走到／音 音 新 音 新
死後上天堂。／死後は天国に登る。

(52.1)　哉救利救登利朶　[tse^{44} kɯ^{32} li^{55} kɯ^{32} tɯ^{44} ȵi^{55} tuo^{33}]
再救也救得您不得／音 訓 音 訓 音 音 音
再救也救不了您，／救おうとしてもあなたを救うことはできない。

(52.2)　三汪廿一母没三　[sa^{55} ua^{44} ne^{21} ji^{44} mɔ^{33} mu^{33} sa^{44}]
三月廿一母没有（助）／訓 音 訓 訓 訓 訓 音
三月廿一媽離世，／三月二十一日に母は世を去った。

(52.3)　利敵阿母還不着　[li^{55} ti^{21} a^{31} mɔ^{33} xua^{42} pu^{35} tsuo^{35}]
也只阿媽還不着／音 音 訓 訓 借 借 借
也只母親還不着，／母だけがここにいることはできない。

(52.4)　空去吐空央　[khu^{55} ŋeɹ^{21} nɔ^{44} khv^{55} ja^{32}]
空去上空回／訓 訓 新 訓 音
空去又空回。／空は行き、空は帰る。

(53.1)　生哭王哭母吐怪　[xeɹ^{55} khou^{44} uo^{21} khou^{44} mɔ^{33} nɔ^{44} kue^{32}]
生哭活哭母吐不見／訓 訓 訓 訓 訓 新 音
哭死苦活媽不見，／死にそうに苦しくても母に会うことはできない。

(53.2)　買給利吐沐浴湯　[meɹ^{32} kɯ^{32} ȵi^{55} nɔ^{44} mu^{35} jou^{35} tha^{44}]
買給您（助）沐浴湯／訓 訓 音 新 借 借 借
給您買来沐浴湯，／あなたのために沐浴湯を買った。

(53.3)　干利格入交椅很　[ka^{44} ȵi^{55} keɹ^{32} ȵi^{44} tɕiɔ^{35} jɯ^{31} xɯ^{31}]
把您敬入交椅裡／音 音 音 訓 訓 訓 音
敬您坐在交椅中，／謹んであなたを椅子に座らせ、

(53.4)　干利洗斗叭　[ka^{44} ȵi^{55} se^{33} tou^{33} phia^{44}]
把您洗漱到／音 音 訓 音 新
給您洗身子。／あなたの体を洗います。

(54.1)　蘭糸生祘干利拜　[na^{21} nv^{33} sɯ^{44} sua^{55} ka^{44} ȵi^{55} peɹ^{32}]
男女息孫把您拜／音 新 音 音 音 音 訓

兒女子孫把您拜，／あなたの子孫はあなたに礼を尽します。

(54.2) 哭相恨利母怎拉 [khou^{44} ɕia^{44} xɯ^{55} li^{55} mɔ^{33} tsɯ^{33} la^{44-}]
哭死掉也媽在哪裡／訓 音 音 音 訓 音 音
哭死也拉不回阿媽，／死ぬほど哭いても母を取り戻すことはできない。

(54.3) 自從本嘆杯開恨 [tsi^{55} tshu^{42} pɯ^{31} tha^{55} pe^{44} khe^{55} xɯ^{55}]
自從那時走開掉／借 借 音 音 音 訓 音
自從那時影陽隔，／あの時からあの世とこの世は隔てられた。

(54.4) 漢灯利朵三 [xa^{55} tɯ^{44} ɳi^{55} tuo^{33} sa^{44}]
看得您不得（助）／音 音 音 音 音
看不到阿媽。／母に会うことはできない。

(55.1) 万事優優已解托 [va^{55} si^{55} jou^{44} jou^{44} ji^{31} ke^{31} thuo^{35}]
万事悠悠已解脱／借 借 借 借 借 借 借
万事悠悠已解脱，／すべてが悠々としてあなたは既に解脱しました。

(55.2) 阿母利干害吐叭 [a^{31} mɔ^{33} ɳi^{55} ka^{44} xe^{55} nɔ^{44} phia^{44}]
阿媽您把天上到／訓 訓 音 音 音 新 新
阿媽您往天上走，／母よ、あなたは天に向かって歩き始めました。

(55.3) 古説人死病断根 [ku^{31} suo^{35} zɯ^{42} si^{31} piɯ^{55} tua^{55} kɯ^{44}]
古説人死病断根／借 借 借 借 借 借 借
古説人死病断根，／人は亡くなると病は終わると古くからいいます。

(55.4) 含笑返仙郷 [xa^{42} ɕiɔ^{55} fa^{31} ɕie^{33} ɕia^{44}]
含笑返仙郷／借 借 借 借 借
含笑返仙郷。／笑いを含んで仙郷に帰ります。

(56.1) 苦日苦些母過恨 [khu^{31} ɳi^{44} khu^{31} ɕie˞^{44} mɔ^{33} kuo^{32} xɯ^{55}]
苦日苦夜母過掉／訓 訓 訓 音 訓 訓 借
母親過了苦日子，／母は苦しい日々を過ごした。

(56.2) 生活過求母没三 [sɯ^{33} xuo^{35} kuo^{32} tɕhou^{55} mɔ^{33} mu^{33} sa^{44}]
生活過好母没有（助）／借 借 訓 音 訓 訓 音
生活好了媽離世，／暮らしがよくなると母はこの世を去る。

(56.3) 阿母利咋怎閃格 [a^{31} mɔ^{33} ɳi^{55} tsɔ^{42} tsɯ^{33} se^{32} ke˞^{35}]
阿媽您説在世間／訓 訓 音 新 音 音 音

阿媽要是在人世，／母がもしこの世にいるのなら、

(56.4) 干門五漢三［ka^{44} me^{21} u^{31} xa^{55} sa^{44}］
把門圏看顧／音 訓 訓 音 音
看顧咱家門。／私たちの家を見守ってください。

(57.1) 媽神居利克周頭［mɔ^{33} si^{21} tɕy^{35} li^{55} kheʴ^{33} tsou^{44} tɯ^{21}］
媽神尊也驚鳥只／訓 訓 訓 音 音 音 音
您的様子能吆雀，／あなたの様子は鳥の鳴き声でわかる。

(57.2) 坐恨個頭吐利三［kv^{32} xɯ^{55} keʴ^{55} tɯ^{21} nɔ^{44} li^{55} sa^{44}］
坐在階頭上也行／訓 音 音 訓 新 音 音
坐屋厦下也頂事，／家にいてもわかる。

(57.3) 気祢生祢杯達咽［tɕhi^{55} sua^{55} sɯ^{44} sua^{55} pe^{44} ta^{32} jɯ^{35}］
親孫息孫走回来／音 音 音 音 音 音 新
孫子孫女回家来，／孫たちが家に戻った時、

(57.4) 阿奶坐岸当［a^{31} ne^{44} kv^{32} a^{55} ta^{44}］
阿奶坐這裡／訓 訓 訓 音 音
奶奶家中坐。／おばあさんは中に座っている。

(58.1) 等回大門開入咽［tɯ^{31} xue^{35} tɔ^{31} me^{21} khɯ^{55} ɳi^{44} jɯ^{35}］
這回大門開入来／音 訓 訓 訓 訓 訓 新
這回大門開進来，／この度、門を開けて中に入ると、

(58.2) 没声没期奶怎拉［mu^{33} tsheʴ^{55} mu^{33} tɕhi^{44} ne^{44} tsɯ^{33} la^{44}］
没声没気奶在哪／訓 訓 訓 訓 訓 音 音
没声没気奶奶呢？／声も気配もない。おばあさんは？

(58.3) 堂屋門閃開入咽［tha^{55} u^{35} me^{21} se^{32} khɯ^{55} ɳi^{44} jɯ^{35}］
堂屋門扇開入来／訓 訓 訓 音 訓 訓 新
開了堂屋進門来，／扉を開けて中に入ると、

(58.4) 敵干向帖看［ti^{21} ka^{44} ɕia^{55} thi^{35} a^{33}］
只把相帖看／音 音 音 音 訓
只能看照片。／おばあさんの写真しかない。

(59.1) 丟子丟孫丟閃格［tiou^{44} tsi^{44} tiou^{44} ɳv^{33} tiou^{44} se^{32} keʴ^{35}］
丟子丟孫丟世間／訓 訓 訓 訓 訓 音 音
丟子丟女丟人世，／子を失くし娘を失くしこの世を失くした。

(59.2) 不代分文見言王［pu^{35} te^{55} fɯ^{33} vɯ^{42} tɕie^{55} je^{42} ua^{42}］
不帯分文見閻王／借 借 借 借 借 借 借

不帯分文見閻王，／一文も持たずに閻羅王に会う。

（59.3）敵怎灯灯板四尭［ti^{21} tsɯ^{33} tɯ^{44} tɯ^{44} peɹ^{33} ɕi^{44} jɔ^{21}］

只有得到板四塊／音 音 音 音 訓 訓 音

只得四塊棺材板，／ただ棺桶の板だけを買った。

（59.4）空手見言王［khv^{55} sɯ^{33} tɕie^{55} je^{42} ua^{42}］

空手見閻王／訓 訓 借 借 借

空手見閻王。／手ぶらで閻羅王に会う。

（60.1）米坑咽敵看向帖［mi^{33} khɯ^{44} jɯ^{35} ti^{21} a^{33} ɕia^{55} thi^{35}］

想其来只看相帖／音 音 新 音 訓 音 訓

想起只能看照片，／ただ写真を見て思い出すだけだ。

（60.2）没声没気斗本双［mu^{33} tsheɹ^{55} mu^{33} tɕhi^{44} tou^{21} pɯ^{31} sua^{44}］

没声没気話不説／訓 訓 訓 訓 音 音 音

没声没気不説話，／声も気配もなく話もしない。

（60.3）上禾利叭上私処［sa^{55} kuo^{21} li^{55} phia^{44} sa^{55} si^{35} tshv^{31}］

相愛呢到相思処／音 訓 音 新 音 音 訓

相親再到相思処，／あなたを思う人々があなたのところにやってきた。

（60.4）毒期孔雀胆［tu^{35} tɕhi^{44} khu^{31} tɕhɔ^{35} ta^{31}］

毒出孔雀胆／借 音 借 借 借

毒出孔雀胆。／毒で孔雀の肝を吐き出させる。

（61.1）計少人客咽祭利［tɕi^{55} ɕou^{33} ȵi^{21} kheɹ^{44} jɯ^{35} tse^{32} ȵi^{55}］

多少人客来祭您／音 訓 訓 訓 新 訓 音

多少客人来祭您，／たくさんの客人があなたの祭祀にきた。

（61.2）利伴利偉怎岸当［ȵi^{55} tɕia^{42} ȵi^{55} ue^{33} tsɯ^{33} a^{55} ta^{44}］

您伴您友在這裡／音 訓 音 音 音 音 音

您的夥伴在這裡，／あなたのお友達はここにいる。

（61.3）熱熱鬧鬧打発利［ue^{35} ue^{35} ȵi^{44} ȵi^{44} teɹ^{44} feɹ^{44} ȵi^{55}］

熱熱鬧鬧打発您／訓 訓 訓 訓 訓 訓 音

熱熱鬧鬧来送您，／にぎやかにあなたを送る。

（61.4）干害吐杯央［ka^{44} xe^{55} nɔ^{44} pe^{44} ja^{32}］

把天上走回／音 音 新 音 音

送您回天上。／あなたを天に帰す。

（62.1）阿母利放心上害［a^{31} mɔ^{33} ȵi^{55} fa^{55} ɕi^{35} tsou^{33} xe^{55}］

阿媽您放心上天／訓 訓 音 訓 訓 訓 音

阿媽您放心上天，／母よ、心おきなく天に登ってください。

(62.2) 本学交我子祘堆 [pɯ^{31} ɕiɔ^{35} tɕiɔ^{35} ŋa^{55} tsi^{44} sua^{55} tua^{32}]
不消担憂我們子孫？／音 音 音 訓 訓 音 音
不用担憂子孫們，／子孫を気にかけることはありません。

(62.3) 南只侄団結求 [na^{21} ɳv^{33} tsi^{21} tɕi^{32} thua^{42} tɕie^{35} tɕhou^{55}]
男那子侄団結好／音 訓 音 訓 借 借 音
男女子侄都団結，／子どもも親戚もみな力を合わせます。

(62.4) 扶利吐旗杆 [u^{21} ɻi^{55} nɔ^{44} tɕi^{21} ka^{33}]
扶您的旗杆／訓 音 新 訓 訓
扶您們旗杆。／あなたのために旗竿を持ちます。

(63.1) 阿母杯找爹利胎 [a^{31} mɔ^{33} pe^{44} ji^{21} ti^{33} ɻi^{55} the^{44}]
阿媽去找爹和弟／訓 訓 音 訓 訓 音 音
阿媽去找爹和弟，／母よ、あなたは父と弟を探してください。

(63.2) 影司迚吐那上看 [jɯ^{44} si^{44} thu^{33} nɔ^{44} na^{55} sa^{55} a^{33}]
影司路上您們相看／借 借 新 新 音 音 訓
影司路上得相会，／あの世への道できっと逢えるでしょう。

(63.3) 等世斗母（自）本六 [tɯ^{31} xeɹ^{55} tou^{35} mɔ^{33} tsi^{55} pɯ^{31} lu^{35}]
這世爹媽做不够／音 訓 音 訓 音 音 音
這世爹媽没做够，／この世に父と母はいません。

(63.4) 二世成一家 [eɹ^{55} si^{55} tshɯ^{42} ji^{35} tɕia^{44}]
二世成一家／借 借 借 借 借
二世成一家。／子どもたちは一家を成しました。

(64.1) 上汪上利墳 [sa^{55} ua^{44} tsou^{33} ɻi^{55} mo^{32}]
三月上您墓／音 音 訓 音 訓
三月掃您墓，／三月にはあなたの墓参りをする。

(64.2) 七汪汪一加 [tɕhi^{44} ua^{44} ueɹ^{35} ji^{44} tɕia^{44}]
七月初一接／訓 音 借 借 音
七月初一接，／七月一日には、

(64.3) 過我閑宝阿半汪 [kuo^{35} ŋa^{55} ɕia^{35} pɔ^{31} a^{31} pa^{32} ua^{44}]
和我們閑它一半月／音 訓 訓 音 音 訓 音
我們一起閑半月，／私たちはみな半月休む。

(64.4) 七汪十四送利包 [tɕhi^{44} ua^{44} tsi^{42} ɕi^{44} su^{55} ɻi^{55} pɔ^{35}]
七月十四焼您包／訓 音 訓 訓 音 音 訓

七月十四焼了包，／七月十四日には線香を焚き、紙銭を焼く。

(64.5) 干利打発叭 [ka^{44} ɳɯ^{55} teɹ^{44} feɹ^{44} phia^{44}]
把您打発到／音 音 訓 訓 新
好送您回去。／あなたが帰るのをしっかりと送る。

(65.1) 之祢生祢求保佑 [tsi^{44} sua^{55} sɯ^{44} sua^{55} tɕhou^{42} pɔ^{31} jou^{55}]
子孫息孫求保佑／音 音 音 音 借 借 借
子孫息孫求你的保佑／子孫たちはみなあなたの加護を祈る。

(65.2) 保佑後代香長光 [pɔ^{31} jou^{55} ɣɯ^{33} te^{31} ɕou^{35} tsou^{21} kua^{44}]
保佑後代香長根／借 借 訓 訓 訓 訓 音
保佑後代香煙旺，／子孫への加護を祈って線香を焚く。

(65.3) 党利香火解利（灯）[ta^{21} ɳɯ^{55} ɕou^{35} xue^{33} ke^{31} ɳɯ^{55} tɯ^{35}]
点您香火点您灯／音 音 訓 訓 音 音 訓
燃起香火点起灯，／線香を焚き、灯りを灯し、

(65.4) 干利細尾加 [ka^{44} ɳɯ^{55} ɕi^{55} ŋv^{44} tɕia^{44}]
把您影魂接／音 音 音 訓 音
把您影魂接。／あなたのあの世にいる魂を迎える。

(66.1) 則生則使敬給利 [tseɹ^{35} xeɹ^{55} tseɹ^{35} sɿ^{31} tɕiɯ^{44} kɯ^{31} ɳɯ^{55}]
齋菜齋飯敬給您／音 音 音 音 訓 訓 音
齋飯齋菜敬給您，／お供えのご飯やおかずをあなたに供える。

(66.2) 生番肉古敬岸当 [xeɹ^{55} pha^{44} keɹ^{21} ku^{21} tɕiɯ^{44} a^{55} ta^{44}]
湯菜肉些敬這裡／音 音 訓 音 訓 音 音
蔬菜肉食敬這裡，／野菜も肉もあなたに供える。

(66.3) 好啱因恨利上害 [xu^{33} lɯ^{44} jɯ^{44} xɯ^{55} ɳɯ^{55} tsou^{33} xe^{55}]
好地喫了您上天／訓 新 音 音 音 訓 音
好好喫了回天上，／たくさん食べて天に戻ってください。

(66.4) 見観音朋沙 [tɕie^{55} kua^{44} jɯ^{44} phu^{42} sa^{44}]
見観音菩薩／借 借 借 借 借
見観音菩薩。／観音菩薩に会ってください。

(67.1) 買路銀（銭）打発利 [me^{31} lu^{55} jɯ^{42} tɕhe^{42} teɹ^{44} feɹ^{44} ɳɯ^{55}]
買路銀銭打発您／借 借 借 借 借 借 音
買路銀銭準備好，／路銭も準備できた。

(67.2) 笑哈哈悶上害吧 [sɔ^{31} xa^{44} xa^{44} mɯ^{55} tsou^{33} xe^{55} pa^{44}]
笑哈哈地上天吧／訓 借 借 音 訓 音 借

高高興興上天去，／喜んで楽しく天に登ってください。

(67.3) 等世阿母苦六号 [tɯ^{31} xe^{ɹ55} a^{31} mɔ^{33} khu^{31} lu^{35} xɔ^{55}]

這世阿媽苦够掉／音 訓 訓 訓 訓 音 音

這世媽媽苦够了，／この世で、母はとても苦労しました。

(67.4) 後世享福吧 [ɣɯ^{33} xe^{ɹ55} ɕia^{31} fv^{35} pa^{44}]

後世享福吧／訓 訓 借 借 借

後世再享福。／後生ではたくさん幸福を得てください。

(68.1) 想要在双南 [ɕia^{31} ɳou^{44} tse^{44} sua^{44} na^{21}]

想要再説（助）／訓 訓 音 音 音

還想要再説，／やはりもっと言いたいことがある。

(68.2) 双完保朶三 [sua^{44} uo^{31} pɔ^{31} tuo^{33} sa^{44}]

説完它不得（助）／音 訓 音 音 音

説也説不完，／どれほど言っても言い尽すことはできない。

(68.3) 斗母情以双完恨 [tou^{35} mɔ^{33} tɕie^{ɹ21} ji^{44} sua^{44} uo^{31} xɯ^{55}]

爹媽情義説完掉／音 訓 訓 音 音 訓 音

爹媽情義要説完，／父母の愛情を言い尽すには、

(68.4) 要双灯旺双 [ɳou^{44} sua^{44} tɯ^{44} ua^{55} sua^{44}]

要説得幾年／訓 音 音 音 音

要説好幾年。／長い年月がかかる。

結語

(結語句1)

母親霊前三叩首 [mu^{31} tɕhiɯ^{33} liɯ^{42} tɕhie^{42} sa^{33} khou^{35} sou^{31}]

母親霊前三叩首／借 借 借 借 借 借 借

母親霊前三叩首，／母の霊前で三度額づき、

(結語句2)

做嗚呼尚響 [tsuo^{55} u^{44} xu^{33} sa^{55} ɕia^{31}]

做嗚呼尚饗／借 借 借 借 借

做嗚呼尚饗。／哀悼の祭文を歌い食事を差し上げます。

注

(1) (2.1) 原文に「下」字はないが、ビデオ映像により補入した。以下、白文原文において（ ）で表記されているものはすべて補入である。

(2) (3.2)「土」字はビデオ映像では「tɕi^{31}」と発音しており、実際の意味も「地」である。

(3) (4.3)「板四塊」は棺材をさす。

(4) (5.2)「果」は「kou^{44}」と発音し、「kou^{44}」は切迫感、焦慮感を表す。

（5）（6.4）「扶持我（們）幾年。／あなたは何年も私を育ててくれた。」とも解せる。

（6）（11.2）「之侄」はビデオ映像では「n̩v^{35} the^{44}」と発音している。兄弟の意。

（7）（26.4）「当」は原文では「自」であるが、ビデオ映像により改めた。

（8）（34.4）二つ目の「自」はビデオ映像では「肝」と発音している。

（9）（37.3）原文では「死人後人本閃無」であるが、ビデオ映像により改めた。

（10）（38.1）原文では「死人杯譲亮恨吐」であるが、ビデオ映像により改めた。

（11）（48.1）原文ではこの句の前に「阿反気祶生祶七八人，四代同堂家」の二句があるが、ビデオ映像では歌っておらず、衍文とした。

（12）（49.1）「a^{31} mɔ^{33} n̩i^{55}」（経頭母）は村の女性仏教組織「蓮池会」のリーダーであり、人望がある。

（13）（49.2）本主《ベンジュ》はペー族の村々の本主廟に祀られる神。

趙丕鼎氏自筆の祭文

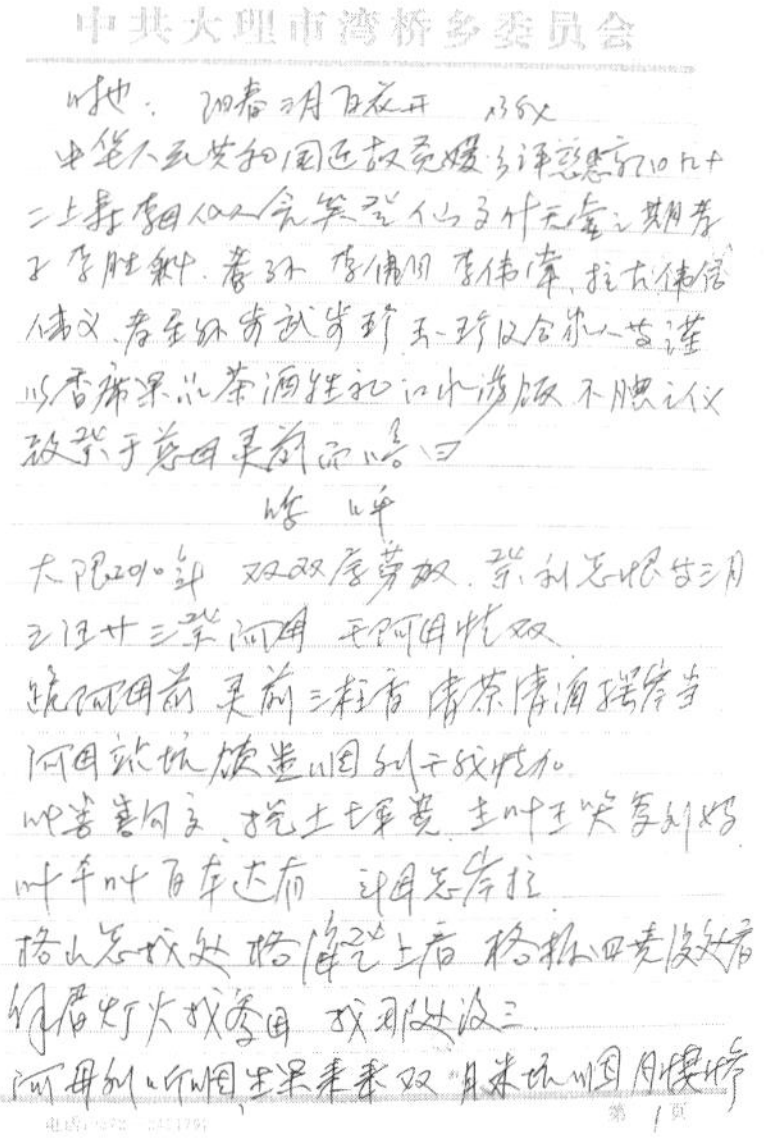

①祭文序文～（5.3）

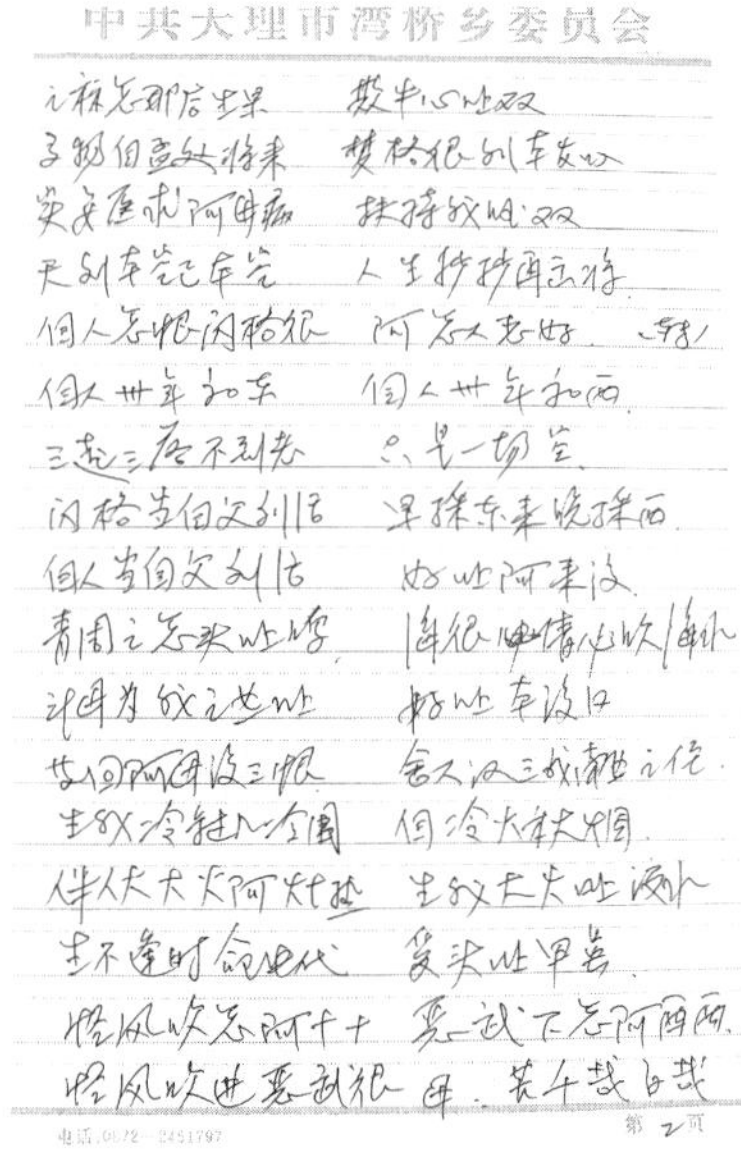

②（5.4）～（13.4）

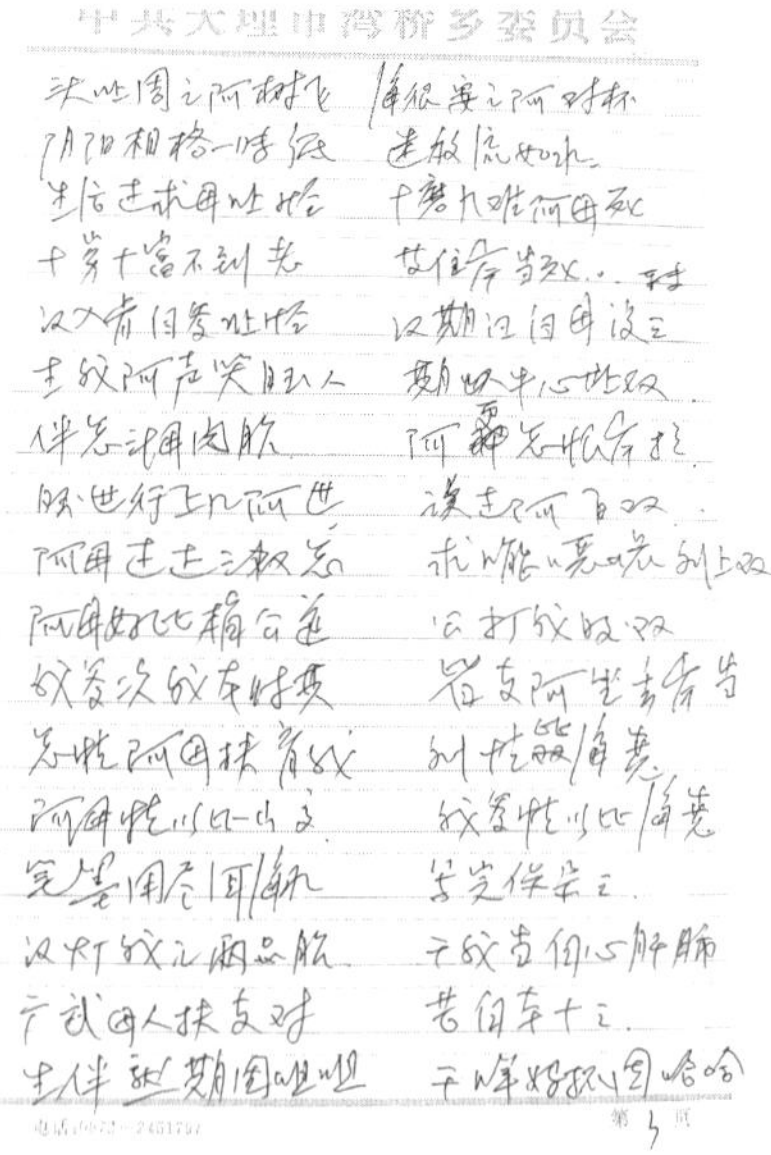

③（14.1）～（22.2）

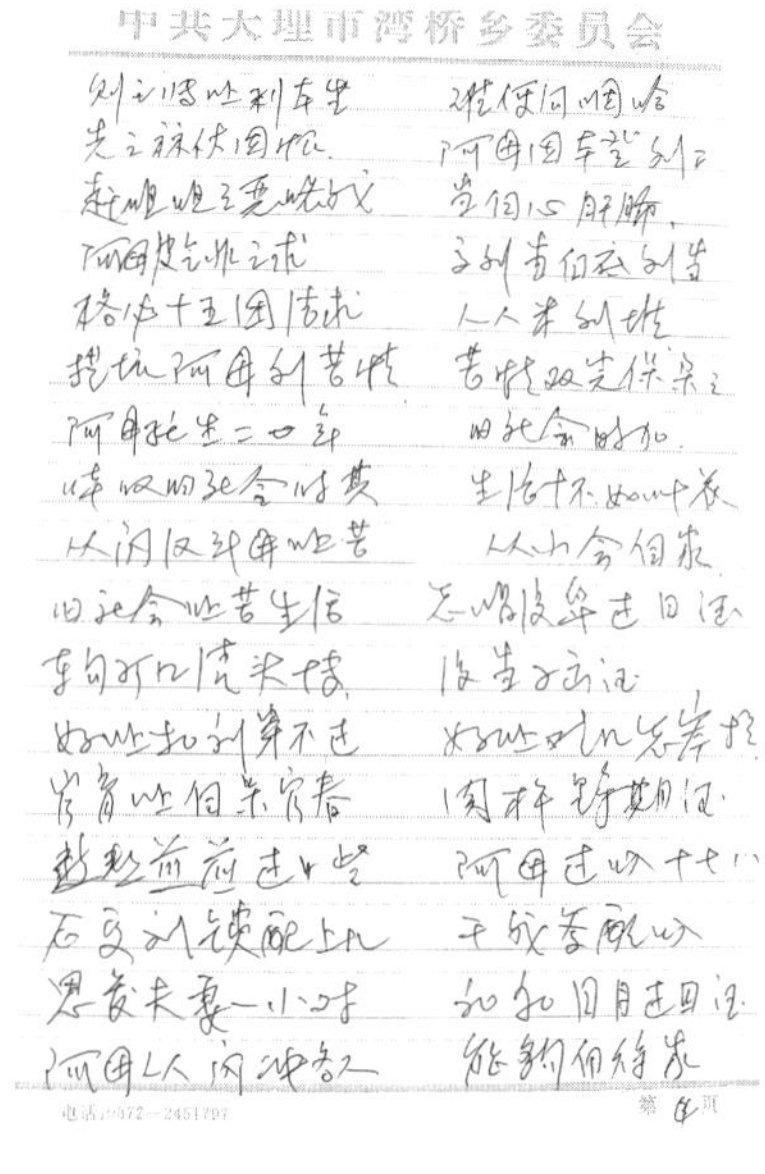

④（22.3）～（30.4）

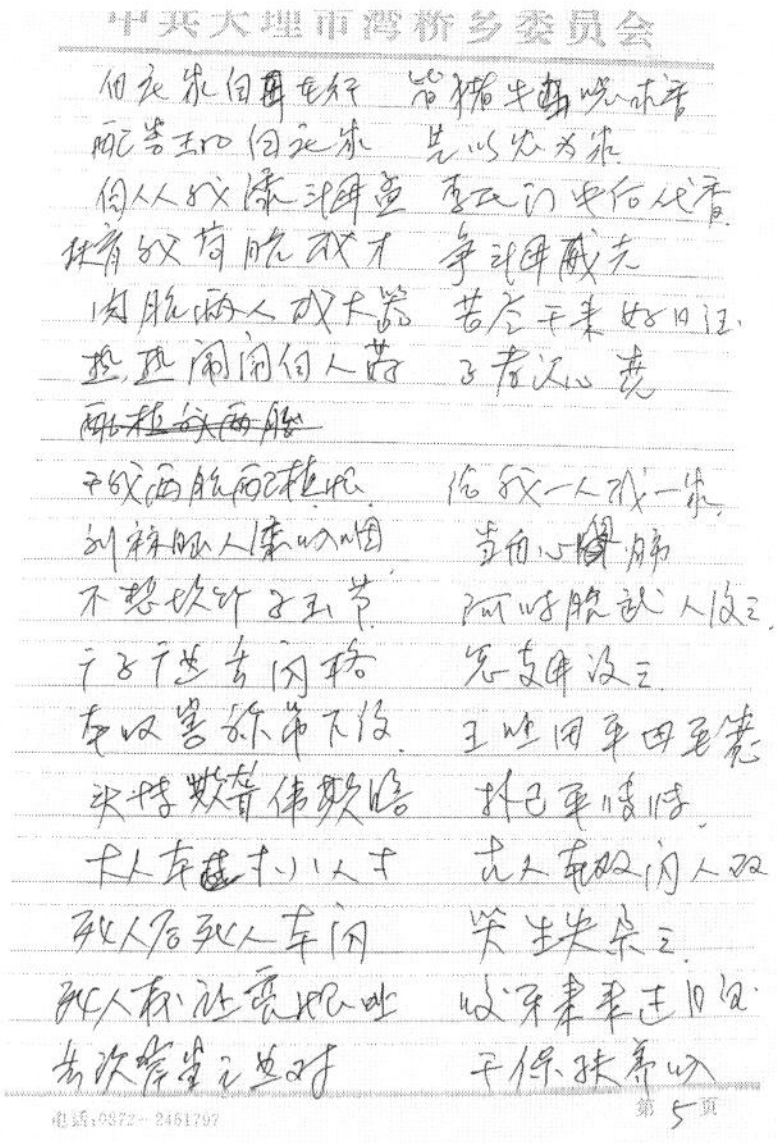

⑤ (31.1) ～ (38.4)

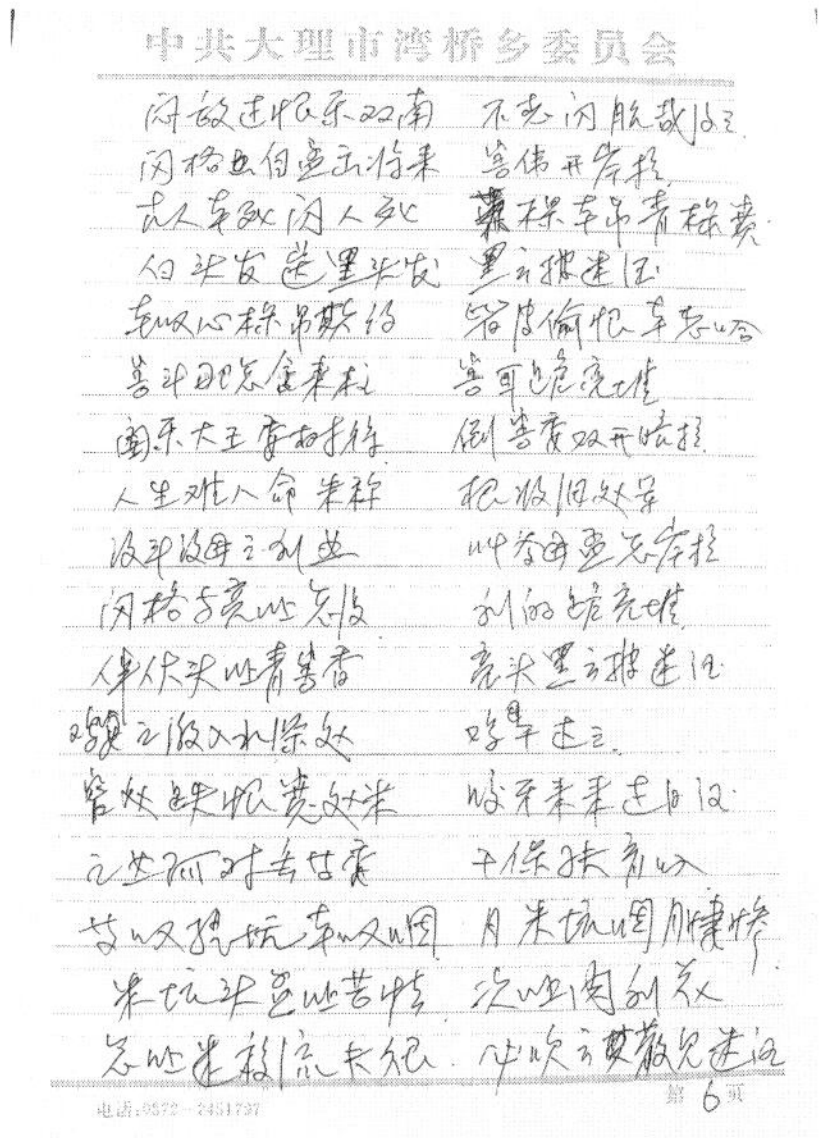

⑥ (39.1) ～ (47.2)

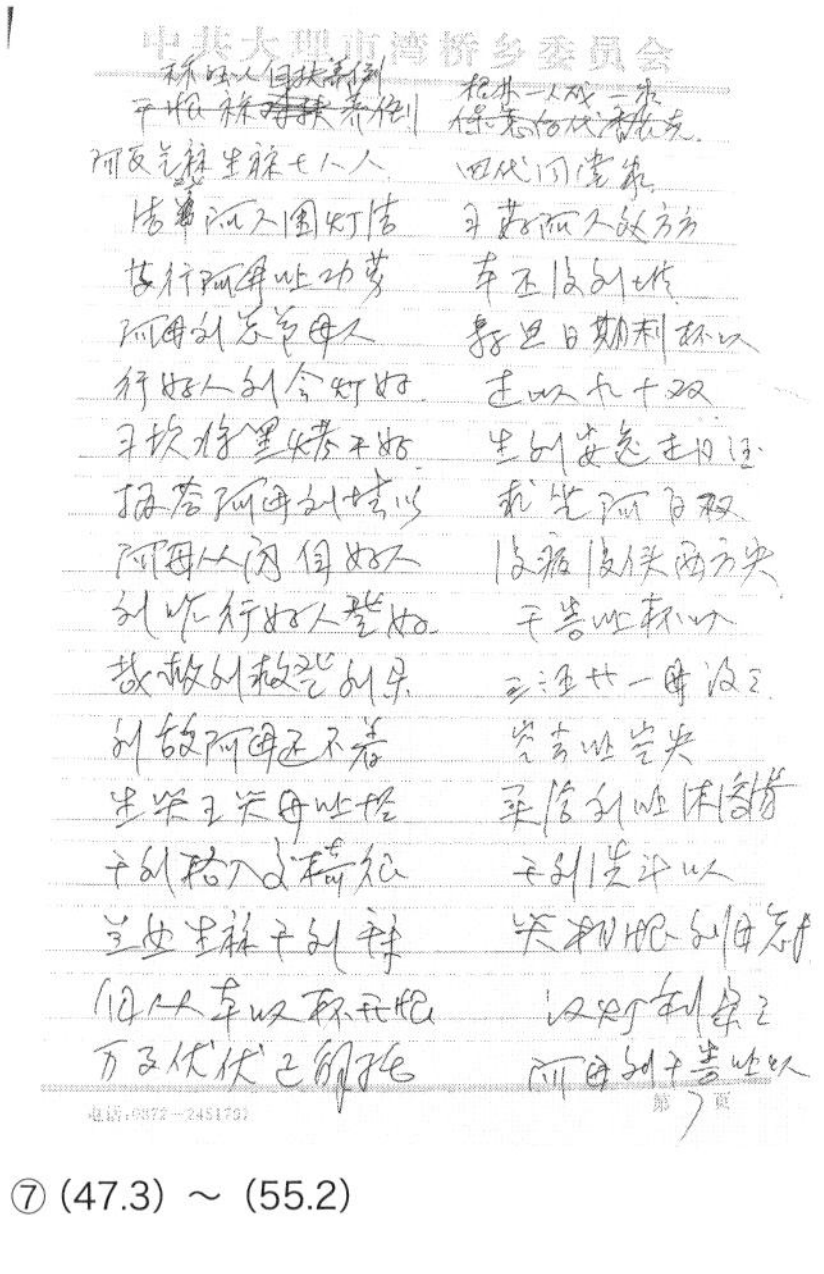

⑦ (47.3) ～ (55.2)

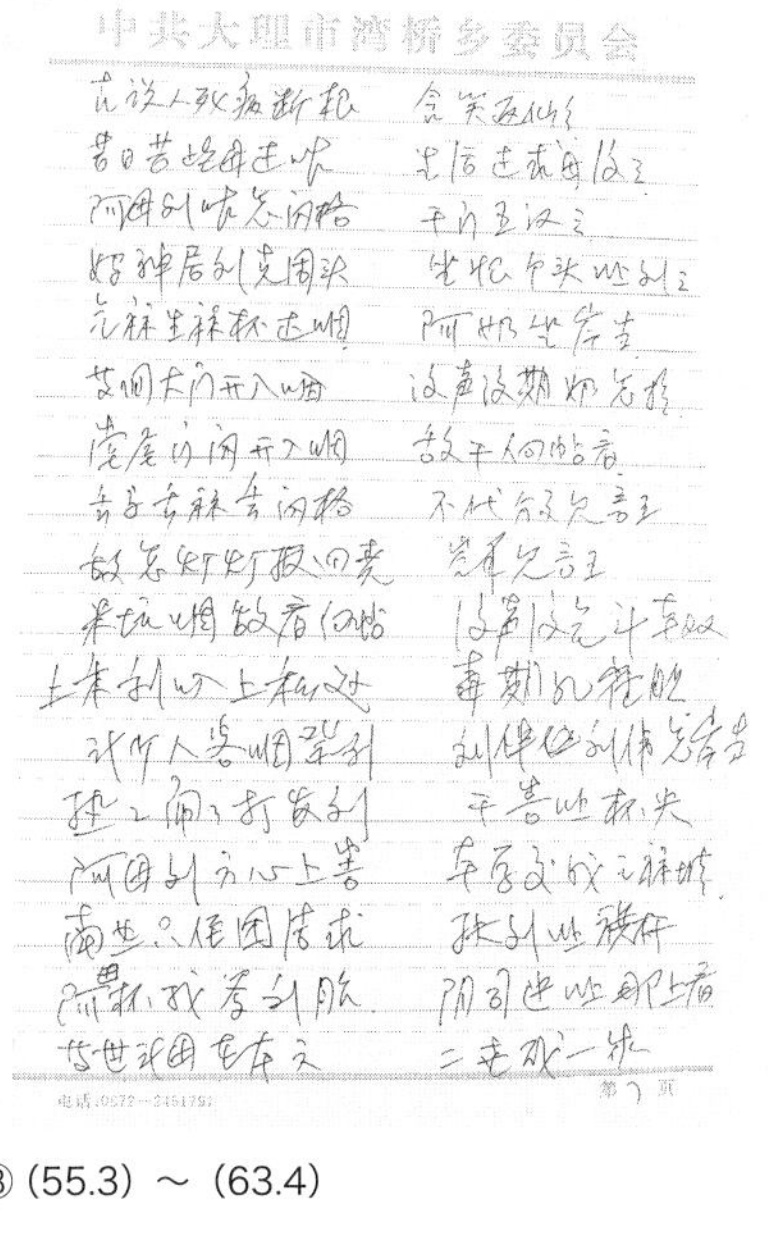

⑧ (55.3) ～ (63.4)

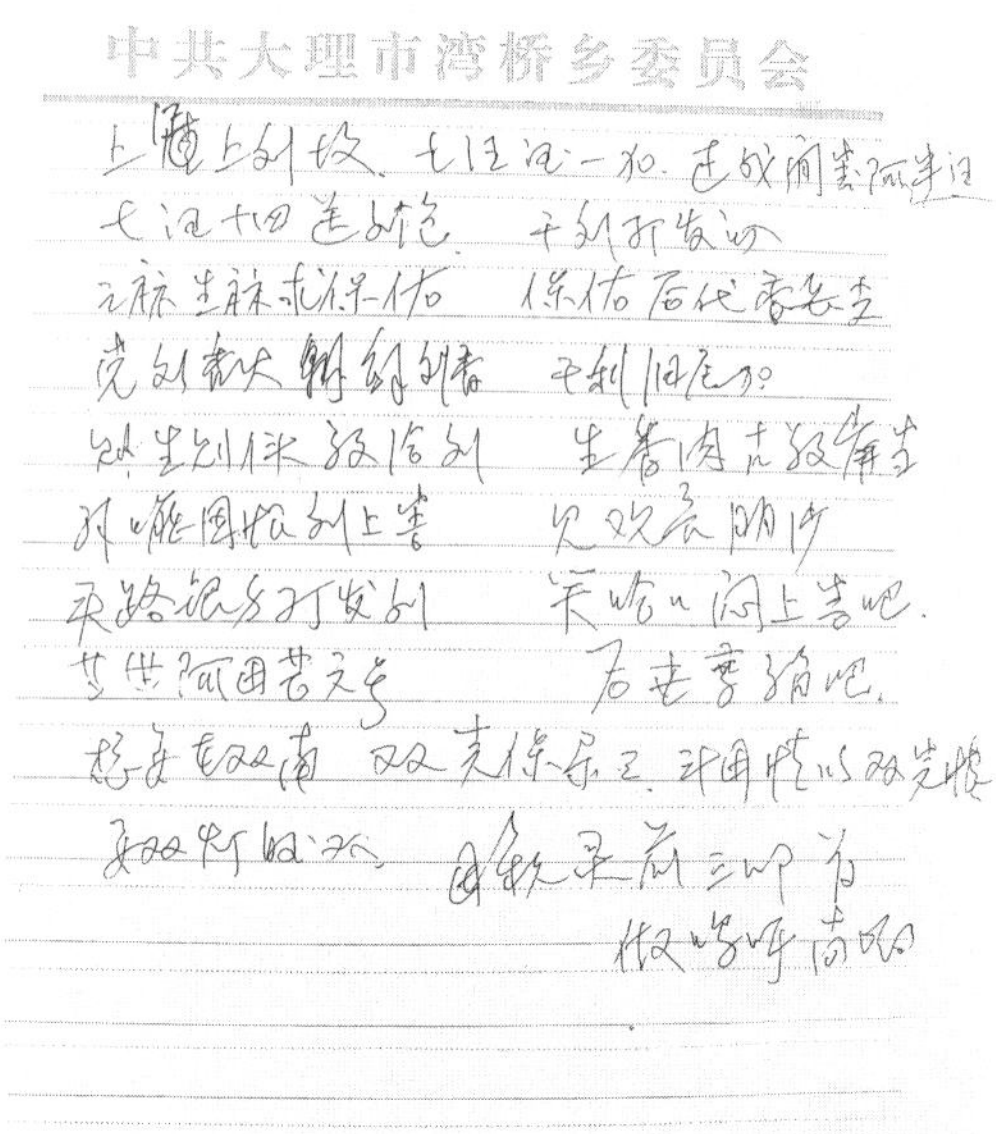

⑨（64.1）～（結語句2）

253ポストコロナ時代の東アジア —新しい世界の国家・宗教・日常

玄武岩・藤野陽平　編

心に　アンドリュー・マッカンバー
破戒と陶酔―中世絵画に見る　山本聡美
黄表紙に擬人化される酒　畑有紀
中世文学のなかの居酒屋と放蕩息子―クリシェか現実か　前野みち子

Ⅲ　飲酒と環境

米と酒そしてその周辺―環境の視座から　伊藤信博・伊藤彰敏
椒芽田楽の洒落本から見るお酒と酔い　ディラン・ミギー
飲料の製造、飲み方と文化―例外としての日本酒？　ニコラ・ボーメール
アンシャンレジーム期のフランスにおける酔いに対する寛容　マテュー・ルクートル（棚橋美知子訳）
酔う女―徳田秋聲『新世帯』と明治期の飲酒文化　安井海洋
【コラム】日本酒と肴―海辺の村で呑み初め　小川雅魚

Ⅳ　飲酒と病

【コラム】フランスにおけるアルコール中毒対策の政策的曖昧さ　ジャン＝ロベール・ピット（棚橋美知子訳）
【コラム】飲酒と体内器官の関係　トマ・ロラン（棚橋美知子訳）
【コラム】アルコール飲料製造における生物学的プロセス　アンドレス・マツラナ（棚橋美知子訳）
翻訳を終えて　棚橋美知子

251 仏教の東漸と西漸

荒見泰史　編

総論　仏教の東漸と西漸　荒見泰史

Ⅰ　儀礼とそのことば

頌讃の文学　荒見泰史
志慕玄奘、独歩五天―唐五代宋初の讃と玄奘、義浄の讃　楊明璋
清代前期、媽祖信仰・祭祀の日本伝播とその伝承―ヨーロッパの東アジア進出も視野に入れて　松尾恒一

Ⅱ　尊像の造形と伝承

信仰における図像と継承―敦煌に見られる山と天界の図像を中心として　荒見泰史
五臺山騎獅文殊尊像群の東漸と西漸―五臺山・比叡山・敦煌の尊像群から　白須淨眞

Ⅲ　経典と物語、その伝播

『賢愚経』の伝播　髙井龍
『キツツキと獅子』説話の伝播と発展　梁麗玲
『仏母経』の流行から見る疑経の受容　岸田悠里
明代、南シナ海の海盗の活動と記憶―日本・中国大陸・東南アジアの宗教史跡をめぐって　松尾恒一

252 中世日本の茶と文化 ―生産・流通・消費をとおして

永井晋　編

序文　鎌倉・室町前期における茶の研究　永井晋

第一部　称名寺伝来資料に残る茶の世界

国宝「称名寺聖教・金沢文庫文書」の茶関係資料　山地純
『金沢文庫古文書』が示す鎌倉・房総の茶　永井晋
「称名寺聖教」に見える「茶」と「荼」　張名揚
【コラム】中世都市鎌倉と喫茶文化　大澤泉

第二部　中世における茶の生産と道具

中世前期の茶の受容　福島金治
抹茶の変容―中世の気候変動と覆い下茶園の成立　沢村信一
中世前期の茶臼　桐山秀穂
建盞と天目―茶器の種類と名　岩田澄子

第三部　中世仏教と茶

栂尾茶・醍醐茶の評判―十四世紀高山寺の喫茶文化　芳澤元
東アジア仏教文化と中世信濃の喫茶―王禎『農書』

アジア遊学既刊紹介

244 前近代東アジアにおける〈術数文化〉

水口幹記　編

245 アジアの死と鎮魂・追善

原田正俊　編

246 和漢のコードと自然表象 十六、七世紀の日本を中心に

島尾新・宇野瑞木・亀田和子　編

執筆者一覧（掲載順）

真下　厚	遠藤耕太郎	波照間永吉
岡部隆志	エルマコーワ・リュドミーラ	
照屋　理	狩俣恵一	手塚恵子
本永　清		

【アジア遊学254】

東《ひがし》アジアの歌《うた》と文字《もじ》

2021年2月25日　初版発行

編　者　真下　厚・遠藤耕太郎・波照間永吉

制　作　株式会社勉誠社

発　売　勉誠出版株式会社

〒101-0051　東京都千代田区神田神保町3-10-2

TEL：(03)5215-9021(代)　FAX：(03)5215-9025

〈出版詳細情報〉http://bensei.jp/

印刷・製本　㈱太平印刷社

組版　デザインオフィス・イメディア（服部隆広）

ISBN978-4-585-32500-0　C1390